回望乡村

刘家宝　著

合肥工業大學出版社

图书在版编目(CIP)数据

回望乡村/刘家宝著．—合肥：合肥工业大学出版社，2019.12（2023.9重印）

ISBN 978-7-5650-4802-9

Ⅰ.①回…　Ⅱ.①刘…　Ⅲ.①散文集—中国—当代　Ⅳ.①I227

中国版本图书馆CIP数据核字(2019)第292292号

回望乡村

刘家宝　著　　　　责任编辑　张　慧

出　版	合肥工业大学出版社	版　次	2019年12月第1版
地　址	合肥市屯溪路193号	印　次	2023年9月第2次印刷
邮　编	230009	开　本	710毫米×1010毫米　1/16
电　话	人文社科出版中心：0551-62903205	印　张	16
	市场营销部：0551-62903198	字　数	261千字
网　址	press.hfut.edu.cn	印　刷	安徽联众印刷有限公司
E-mail	hfutpress@163.com	发　行	全国新华书店

ISBN 978-7-5650-4802-9　　　　定价：42.80元

萦萦于怀的那一片乡土

黄圣凤

与刘家宝相识，是在《皖西日报》社的一次笔会上，似乎很远，又似乎很近。说远，是因为刘家宝从那时的写作，到现在的再写作，间隔了好几年，家宝为了心爱的教育事业，为了那些可爱的学生们，停下了钟情的文学爱好；说近，是感觉数载光阴一下子就过去了，那时的情形似乎就在眼前。

当年，我习惯喊他流流。他，还有仁丽、美科，我们四人一起登临东石笋。那一次的登临可以概括为四个关键词：高跟鞋、方言、诗歌、把子。

穿高跟鞋登山是很奇葩的事情，但是有志趣相投的朋友，有一路幽默的谈笑，有对文学的一腔热血和豪情，别说穿高跟鞋，就是穿着刀子、凿子爬山，恐怕也能够轻松走过罢。

美科操一口“气死人”的六安方言，能听懂的都是奇才，六安人除外，笑。但他一路畅谈，妙语连珠，精彩之处，大家互相翻译、互助解说，往往笑得人仰马翻。美科一本正经地给大家推荐一生必读的书：《老子》《庄子》得读读，鲁迅的作品得读读，《墨色缤纷》（丁美科著）得读

黄圣凤，中国作家协会会员，硕士学位。创作作品近二百万字，出版的个人文集有《野菊花的秋天》《一路轻歌》《一棵树的穿越》《凤的江山》《等一朵花盛开》《那河那岸》《让兄弟姐妹都开花》等。作品被收录于《中国美文》《中国散文诗》《中国当代诗歌精品大系》《新时文》《2017 中国散文排行榜》等几十种文学选本。获得中宣部征文奖、孙犁文学奖、林非散文奖、“美丽中国”旅游散文奖、江淮散文奖、金穗文学奖等各种文学奖项 40 余次。散文《让兄弟姐妹都开花》是中宣部向全国重点推荐的 51 部文艺作品之一。

读，《野菊花的秋天》（本人拙作）更得好好读读。大家笑晕。看来，只有在东石笋的山路上，《墨色缤纷》《野菊花的秋天》这样的书才能修炼成与大师级作品比肩的著作。东石笋之路，一聚一游，人逢知己，四君子成为“把子”。

刘家宝的性格，就像他的外形，周周正正，妥妥帖帖。他讲话得体，做事得体，不突兀，不冒尖，不展锋露角；人长得帅，段子能讲，文章能写，竟然还能听得懂美科的“外星话”，可了不得。待到四人餐桌旁一坐，拿出《野菊花的秋天》一朗读，更是惊人。他的声音非常好听，普通话够标准，多年语文教学锻炼出来的素质，朗诵起来颇具专业水准，令人佩服不已。大家在对文学的痴爱中，在对彼此的欣赏中，度过了一段开心的旅程。

刘家宝是霍邱县第一中学的一名教师，教学能力很棒，非常敬业，多年来所带的每一个班级都管理有序，成绩斐然。课多，又是班主任，压力重重，早自习、晚自习，他几乎所有的时间都用在了工作上，喜爱的文学创作时间被空前地占用。我知其爱好，知其写作有潜力，多次在聊天的时候提醒他闲些的时候提笔再写呵。今年，总算不做班主任工作了，虽然还带三个高三班语文课，但相对管理任务轻一点，他又拎起素笔，开始创作了。近一段时间，他成绩不凡，佳作频出，屡屡发表，真心为他高兴。

现今，刘家宝一手抓教学，一手著文章，“左手一指太行山，右手一指是吕梁”。他经营两块地儿，一块育桃李，一块种庄稼。苗圃林中，桃花李花竞放；庄稼地里，长文短文齐香。不仅如此，最近喜讯传来，他要出版个人著作了。一部《回望乡村》，洋洋洒洒二十几万字，收录了他数年创作的精品文章数十篇，沉甸甸的。对他来说，这是对过去的一个总结，也意味着一个崭新的开端。

翻开《回望乡村》，仿佛走进了他的“太行”、他的“吕梁”。曾经经历的事，曾经走过的路，曾经的酸甜苦辣，曾经的喜憎哀乐，曾经的现实和向往，曾经的思索与考量，尽在其中。

刘家宝出生的地方叫龙潭，那是霍邱县西部、豫皖交界处的一个乡镇。那里很美，一汪湖泊像一颗明珠，静卧在群山的怀抱里；那里的百姓朴实厚道，勤劳善良。但那儿也很偏僻，也很落后，土地算不上丰美，居民大多贫穷。刘家宝在龙潭度过了他的童年和少年时代，那一片土地留下的记忆，是终生难忘的；那一片土地打下的烙印，是永不磨灭的。

他记得老家的茅屋，厚实的土坯墙，蓬松的稻草顶，是精神的家园，是灵魂的栖息地，时隔多年想起来，仍然有感叹，有惊喜；他记得老家的稻场，打场的劳累与辛酸，颗粒归仓的收获与欢乐，稻场上留存着爷爷的气息，留存着翻场收场的汗水，留存着一个背着书包的学生娃最早从事农业劳作时新鲜而痛楚的感受和认知；他记得老家的池塘，有肥硕的鱼儿，也有红麻沤出的浊臭，带着原汁原味的乡土气，也带着未经驯服的野性，既惠人，又吃人，那是乡村永恒的胎记……

刘家宝在离开龙潭许多年以后，还是禁不住回眸乡村，回望那一片土地。土地给予他的，是数不清的物质滋养和精神慰藉；土地给予他的，是深深的眷念和不尽的沉思。

他记得那一片土地，春来油菜花开，荠菜飘香，满目蔚然；夏季，飞舞的蜻蜓，美丽的荷塘，生意盎然；到了秋天，红麻遍野，稻谷金黄；等到北风肆虐的时候，庄稼已经收进了粮仓，一年忙到头的农家进入年下，开始腌腊肉、存年货，春节前夕，开始自己动手写春联，守一份浓郁的年的味道。他记得那一片土地，有母亲的笑容，也有母亲的劳累，还有耕耘在田地里的姨妈、老舅、小叔、邻家小妹，更有长埋在泥土下的爷爷奶奶……

他更清楚地记得父亲的谆谆教诲，父亲的几句话，是前行的风帆，是生命的灯塔。刚记事的时候，父亲是这样教育他的："要想着大家"；刚刚工作的时候，父亲是这样教育他的："超过我就行"；等到父亲老了退休了，这样告诉他："不怕挣得少，就怕走得早"，"只要我和你妈身体不出问题，不耽误你们的工作就行了"。我想，在当今普遍要求孩子"优秀""再优秀"的时代，很多家长实在应该学一学刘家宝父亲的育儿策略和律己信条。

德育，是一个很大很大的概念，与其长篇大论、不厌其烦地说教，弄得孩子“压力山大”、脑袋爆炸，不如放下“高度”，量力而行，把人生的理想与使命落脚在宽厚的大地上，具体到可以切实而行的几句话上。“要想着大家”，这是放之四海而皆有益的为人处世良言，人人都做到这一点，关系就融洽了，社会就和谐了，世界就安宁了。家庭也好，职场也好，小到个人，大到社会，哪一层面用不到呢？“超过我就行”，刘父不拿鞭子，不拿绳子，不拿枷锁，不上囚笼，以自己的精神和品行为准绳，让孩子在人生的道路上脚踏实地地奔跑，这种不捆不绑不刻意拔高的教育方式，教育出了包括刘家宝在内的五个优秀的孩子。刘父是一位可钦可佩的父亲。刘家宝记住了父亲的教诲，走出了自己多彩的世界。

但是，有一种痛，一直沉积在刘家宝的心底。龙潭的大地留给刘家宝的，除了成长，除了亲情，除了无数的难以割舍，还有一种深深的痛。书中第一辑乡村烙印里题为“回望乡村”的文章，真实记录了他情感的酸楚与痛楚，那少年时代就纠结在心中的苦痛，使他很久不能忘怀，浸透在骨子里，融入血脉中，依附在灵魂上，无法排遣。

风雨之夜的出生，凋敝丑陋的贫穷，因毒疮几乎夭折的噩梦，被牛犄角戳伤的胆寒，水蛇爬到床上的惊吓，驱赶麻雀冬日早起的寒冷……如果说，这些痛苦记忆，还只是对乡村生活的一种不满，那么，乡村池塘张开恶魔之口，无情地吞噬自己的五婶子和年幼的小荣妹，就简直不忍直视，不可以承受，不可以饶恕。这些经历，让刘家宝意识到，故乡不是他乐不思蜀的地方，故乡不是他精神回归的去处，故乡不是他漂泊休憩的港湾。所以，当年他几乎是从乡村逃离的。

刘家宝不是不爱他的故乡，他时时牵挂，不论身处何地，都注目着乡村。他祝福着乡村。他对家乡的辛苦与劳累、贫瘠与穷困、愚昧与落后，始终念念于心，多么希望乡村能够发生天翻地覆的变化，让留在乡村的亲人以及那里所有的老人、妇女、孩子都过上更为明媚的生活。家宝的爱，家宝的不满，家宝的期冀，都不仅仅是为他个人，他顾念的是所有乡亲乡邻，内心默默祈祷他们过上幸福的生活。

我非常喜欢刘家宝这样真心真性的文章，看过很多说谎话、说讨巧话的文章，很多人写文章是预备给别人叫好的，把自己的境界拔得很高，其实言不由衷、虚而不实。刘家宝“以手写心”，从灵魂肺腑说话，说真话，说实话，他写故乡的沉痛，不是数典忘祖，不是背叛绝情，而是爱到深处心不设防，情到笃处至真至切。

什么样的文章是好文章，并没有一个绝对的标准。但是我个人一直固执地认为，有一种文章叫掏心掏肺的文章，那才是“王道之始”，才是好文章。

人间烟火本为真。刘家宝的这本书共五个部分，无论是乡村烙印、挚爱真情、人生感悟，还是校园影像、生活漫步，都是写生活，述说的都是人间烟火。生活最忌空洞，刘家宝在徐徐展开的画卷中描绘了家园、亲情、职业、爱好，娓娓道来，无不展露生活的本来面目，透出生活的本真。刘家宝将琐碎的生活精心提炼，将亲切的感悟诉诸笔端，写出了爱意，写出了温情，写出了活力，写出了藏在日常生活背后的生命哲理、精神气度和价值观。刘家宝在文字中灌注丰厚的悲喜，无论在生命的低处，还是在生命的高处，都具有人间的热力，有向上向善的精神气质。刘家宝用平和朴素的语言，传达意趣，传达感慨，传达正能量，这不仅需要深厚的文字功力，也需要一颗执着的心、感恩的心、豁达的心，需要一种匍匐于世的深情。

文如其人。性情憨厚方正的刘家宝，写出的文章也是方方正正，四平八稳，不突兀，不出格，构思审慎，行文严谨。他的散文，述说家事也好，议评陈情也好，不论繁简，不论长短，都布局得体，文风端庄，言语妥帖。他以质朴纯正的心、质朴纯正的文笔，原汁原味、原生态地呈现生活。读他的文章，就像面对面与他谈话。看到他，总会让人想到传统，想到正统，想到儒家文化。他从不花言巧语，从不巧言令色，从不油腔滑调。他没有旁门左道，没有旁逸斜出，性格没有虚线。

一见到他人，就晓得他的文风。这个世界非常奇妙，万事万物都有共通共融的“点”，只是许多时候人们站在“局外”，并不懂得。人与人，人与世界之间，往往靠“懂得”搭建桥梁，走到对方去，所以“懂得”二字带着某种神圣而神秘的色泽。我感觉自己对刘家宝的人和刘家宝的文，都有一种深深的懂得，尽管我们见面机会并不多，但心有灵犀，见一字就通。

非常希望看到刘家宝继续写出更多、更精致、更厚重、更具影响力的文章，他有这个热忱，也有这个实力。祝愿刘家宝在文学的道路上取得更加丰硕的成果，到时候，当我们再次登临东石笋的时候，可以并不戏谑地说：《老子》《庄子》得读读，鲁迅的作品得读读，《墨色缤纷》得读读，《回望乡村》更得好好读读。我们还可以指着那一根秀于山林的石笋说：看，这就是刘家宝，春笋到夏，一发冲天。

目　　录

第一辑　乡村烙印

第二辑　挚爱真情

第三辑　人生感悟

第四辑　校园影像

第五辑　生活漫步

第一辑　乡村烙印

我可以把我的乡村描绘得如诗如画。她的风如同母亲温柔的手，她的雨如同甘醇的美酒，她的土地如同黧黑的脸庞，她的庄稼如同清新的诗行，她的池塘如同深情的眸子……

——《回望乡村》

回　乡

美美地睡到自然醒，拉起帘子打开门窗，久违的冬日暖阳便毫不吝啬地射入室内。走上阳台，一种身心舒畅的惬意扑面而来，多日积聚心头的阴冷一扫而光。脑中突然蹦出一个念头——回乡，回乡！

草　埂

妻子打电话询问午饭事宜，我说："我回老家了。"妻子惊讶："你怎么不吱声跑回去了？"我嘻嘻地开着玩笑："我的寒假我做主。"妻子又问："那何时回来？"我说："未定，我有时间，我任性。"

此时，我正漫步在老宅旁边的那条草埂上。县城距老家一百多里路，经不起车轮的驱驰，启动车子，一忽儿即到。

乡村田地间的草埂纵横交错，经纬线般给大地织出了网格。隆冬时节，一条条草埂枯黄着身子，与田地中嫩绿的麦苗和油菜秧子有着鲜明的色差，也就愈加清晰易辨。草埂被厚厚的茅草枯叶覆盖，见不到一点泥土，踩在上面软乎乎、湿润润的，同时散发出清新淡雅的草木气息。这种气息我再熟悉不过了，我知道，这是大自然的气息，是乡村的气息；这种气息始终氤氲在我的生命里，就像记忆中母亲的怀抱，那种温暖始终不曾淡去，时时令我陶醉。草埂上还有不少挺立的草秆，有的有拇指粗，有的有半人高，或许是青蒿，或许是野麻，也或许是黄葵，因上面没有一片叶子，很难辨认出品类。它们清一色地张开膀子，拉着架势，阻绊着我前行。可以想见，这样的草梗平素荒草离离，很少有人涉足，更没有牲畜的踩踏，任由草儿被遗弃般地自生自灭、自荣自枯。

这就与我印象中的草埂大相径庭了。我印象中的草埂从来长不住草，只见草根盘曲错节，深深地扎在泥土中。初春时节，天气放暖，草埂上长出半拃高稠密的嫩芽时，我们便会将牛儿牵到草埂上，拽紧缰绳，以免它趁机偷食田里疯长的麦苗。牛儿的舌头一卷一卷的，能贴着地皮将草芽吃得干干净净，像用镰刀切割的一样齐整。走过几条草埂后，牛儿臀部靠前的两处凹窝平了，便心满意足地躺卧下来，慢条斯理地反刍去了。而我们，却在算计着时日，待草儿再次长出，又会将牛儿牵着“故地重游”了。因此，我印象中的草埂根本没有高秆植物，多数时间都是齐茬茬的草梗，像新理过发的平头。

田埂上离不开草，草根是田埂的骨头，杂草的盘根错节增加了田埂的牢固性。插秧季节，大大小小的田地能够蓄住水、保肥保湿，草埂功不可没。

爬坟头

在几座祖坟前燃过火纸、放过鞭炮，我就会爬上坟头，绕上几圈，然后再用手将清明之前包坟时垒上的坟头推掉，看着它们骨碌骨碌滚出老远。年年如此，次次如此。

“男娃子有用，男娃子能爬坟头哩！”

爷爷的话在我的耳畔响着。爷爷是有点重男轻女，那个时代的老人，大多如此。爷爷偏爱我和弟弟，常常抚着我俩的头这么说。

小时候，坟滩地是最好的放牛场所。透雨下过，道路湿滑，只有草埂和坟地长着厚厚的草根，能够经得住脚。我们往往骑在牛背上，将牛赶到坟地，让牛儿在那儿尽情地吃饱。牛儿吃草时经常会踏到土坟半坡，牛蹄在坟坡上踏出深深浅浅的凹痕。我们也经常会在坟地疯玩号叫，比赛从坟坡上滑下，坟头也会被我们当作道具滚来滚去。而对这些，大人们一点儿也不责怪，只会静静地瞅着，微微地笑着，用目光暗暗地鼓励着。爷爷说：“你们尽管闹吧，闹得越欢祖先越开心哩，没人爬坟头祖先才难过哩！”

然而现在，真的很少有人再爬坟头了。在很多人心中，有些事比爬坟头重要千倍万倍。不少人将祖坟用砖垒砌，抹上水泥，再焊上坟头，坟前立上石碑，认为这样就一劳永逸了，就可以安心地在城市里淘金了。我不赞同这样的做法，每年的清明节前，我必然会选定一个风和日丽、春光明媚的日子回乡包坟。我先将祖坟爬上一遭，然后用铁锹将坟头挖开，培上新土，再垒上新挖起的坟头，之后，趴下身子手脚并用，将包在坟头坟坡上的新土拍紧踏实。我虔诚地做着这些，并在心里和先人们唠着话。我想，先人们最在乎的不是坟墓的华美，而是后人们对自己的追思与怀想。

我家的祖坟离老宅很近，先人们选址于此的目的，大概就是想静静地观望着整个家族的繁衍生息。然而，老宅早已凋敝、坍塌，早已不在，早已被整成了一马平川的田地，只剩下几座祖坟孤零零地静卧在碧绿的田野中央，像阔大水面上的孤岛。

临走时，我对着祖坟高声喊道："老太、爷爷、奶奶，我给你们爬过坟头喽！"

死去的村庄

每次回乡，我都无法与"近乡情怯"形成情感上的共鸣。

一路畅通，车子泊在堂哥的门庭前。然而堂哥家还是"铁将军把门"，怕是有好几年我都没见过堂哥一家人了。不光堂哥家，整个村落十有六七人去楼空，紧锁大门的锁孔里淤积着斑斑锈迹。在我眼中，僵立在那儿的空房无异于枯死的木桩。家，对于那些为生活所迫外出奔波的人们来说，已经成了一个空心的圆圈，成了一个没有意义的符号。

这个庄子是小半个村的居民聚居点，几十户人家住着成排的连体平房。车子开进去，没看见鸡跳，也没听到狗叫，显得灰头土脸，了无生气，静默得让人惆怅。村落中树木本来就少，此时更不见一点绿色，只在个别院中偶有花草，假洋鬼子般炫耀着容颜。离过年还有十来天，外出务工的人回家过年还得几天，有一部分不打算回来的，便让放了假的孩子也进了城。村中偶尔可见几位老人，佝偻着背，步履蹒跚。依我判断，放了假的孩子大多蛰居室内，依着床头，低着脑袋拨弄着手机。很多外出务工人员将孩子丢给老人，自己无法陪伴、照顾、教养，便在物质上尽量满足。试想，这种"亲情物质化"的方式又补偿得了什么呢？着实可叹！

我心中的村庄不是这样的。我家的老宅绿树掩映，围沟环绕，远远望去，堆绣叠翠，几间茅屋躲藏在树影中，极富诗情画意。我们宅子上的树不下几十种，仅果树就有近十种，平日里杂花生枝、绿荫如盖，房后还有一个小小的竹园，四季碧绿，终年常青。我们家老少九口人住在一块，欢声笑语，热闹非凡，每次吃饭都得排开一大溜。老宅上鸡飞狗叫，充满了生机，只要有个生人走近围沟坝埂，狗儿便会迎上去狂吠不停，必须得家里人出去制止。而现在，我回老家，总感觉到悄无声息，几乎没有打扰到任何一个人。

我知道，我心中那个诗意的村庄已经死了，于是不免伤感，很多人走得太远，迷失了回家的路，欣慰的是我没有。祖坟在这儿，我的根就在这儿。无论我走到哪里，这儿都是我最深的牵挂。

春来荠菜香

一阵春风，一场春雨，乡村的土地便活泛了起来。植根于乡村土壤中的荠菜，此时也不失时机地抖擞精神，蓬勃地出现在人们的视野之中。

荠菜是一种越冬的植物，它遍布于田垄地头、沟渠河汊，不管地势的坑洼与平坦，不择土地的贫瘠与肥沃，默默地、毫不张扬地展示着顽强的生命力。冰雪严寒中，人们只注意到了怒放枝头、清香四溢的梅花，却很少注视过朴实的荠菜。是啊，荠菜就是如小草一样朴实无华，可小草又怎能比得上荠菜呢？小草只会在春雨的哺育下才东张西望地从土里探出头来，小草只会在春风的抚摸下才撒娇似的打着滚儿。而荠菜，冰雪练就了筋骨，春风赋予了柔情。它们一丛丛、一簇簇，好像比赛成长的孩童；它们一朵朵、一株株，又恰似耐得住寂寞的诗人。它们有的被挖起，然后制成美味佳肴，以这种辉煌的献身精神实现了生命的最高价值。即使不被发现，它们也毫无怨言，仍然扎根乡村，独守着自己的一片天空，为大地增添一抹绿色。

荠菜是众口菜，以其大众化的口味而深受各色人等的钟爱。它不像芹菜、芫荽那样香味独特，让喜爱它们的人爱之入骨，而又让不喜爱它们的人嗤之以鼻。荠菜不是那样，荠菜的香味老少适应、妇孺皆宜。荠菜永远有着好人缘。古往今来，荠菜就没少受到过文人雅士们的赞誉。古书中就有“甘之如荠”的句子，南宋大诗人陆游更是盛赞荠菜，写下了“残雪初消荠满园，糁羹珍美胜羔豚”的诗句，清朝的郑板桥也有诗云：“三月荠菜饶有味，九熟樱桃最有名。”我想，他们不是饱尝了荠菜的香甜，是写不出这样的诗句的。辛弃疾更是把荠菜花当成了春天真正的使者，留下了“城中桃李愁风雨，春在溪头荠菜花”的名句。如此看来，荠菜没有理由不堂而皇之地登上大雅之堂，成为乡村、城市餐桌上的珍品。荠菜给人们的印象也不再是土头土脑的农家小伙，而是清丽可人的秀美乡姑。

如今，荠菜更因是绿色、纯天然的野菜而备受人们的青睐，然而我对于荠菜的喜爱并没有这种附庸风雅之意。小时候，我们兄妹总是踩着残雪刚刚化尽的微润的土地，一手提着小篮，一手拿着小铲，爬遍沟沟坎坎，寻视角角落落，然后满载而归。母亲无数次将手浸在水中，细心地洗去菜根上的泥土，拣净菜叶间的杂物，然后将其煮熟，洒上一些盐，调上少许佐料，便成了我们美味的菜肴。间或有些白面，她细细地搓揉，擀成饺皮，以荠菜为馅，便成了我们的大餐，让我们美美地吃上一顿，荠菜的香味便会长留唇间，足够我们惦记数日、回味数日。那时，家很穷，是荠菜填饱了我们的肚肠，帮助我们度过了春荒。

现今，春风又起，又到了荠菜飘香的时候了。而我却蛰居小城，面对着小城呆滞的面容和凝固的神情，成天忙于事务，甚至忘记了时令。有时我真想挎个小篮，拿个小铲，踏着微润的土膏，吹着柔软的春风，沐着和煦的春阳，再非常时尚地去采挖荠菜，亲近荠菜。

乡村二题

又见茅屋

两间茅屋，如不速之客，蓦地闯到我的眼前。

在皖西大地，茅屋早不常见。因而，她们像是从记忆深处跳出来的一样，给了我不小的视觉冲击和内心震撼。

小镇的街道宽阔平坦，临街的门面房鳞次栉比、华美气派，而茅屋，就巧妙地躲藏在街道的侧后方。这很像文章中的反衬，茅屋以自身的矮小和破败反衬着小镇的繁华与现代。

是那种熟悉的味道：厚实的土坯垒墙，蓬松的稻草蓐顶，吱呀的木料成门；房前一片艳阳明照，屋后几棵老树成荫，左侧一方水塘如鉴，右端几墒菜地碧绿；一对老年夫妇游走其间，或动或静，或坐或立，慈眉善目，神情怡然。

我生于茅屋，长于茅屋，茅屋于我来说是精神的家园，是灵魂的栖息地，有关茅屋的记忆自然刀刻斧凿般镌刻在心上。时隔多年，在毫无心理准备的情况下再见茅屋，油然而生的有亲切，有惊喜，更有感叹。

每次读到或是教到杜甫的诗句“八月秋高风怒号，卷我屋上三重茅”时，我都会别有一番滋味在心头。因为这种场景我多次见过。小时候，每至雨前风起，我家的几间茅屋便会惨遭蹂躏，先是一个角，尔后是多处，茅草被风翻卷开来，甚至成片扯起。此时，大人们往往会急呼呼地高喊：“泼水，泼水，快泼水！”记忆中，我很多次用尿桶盛水，用长柄的尿舀子将水一次次奋力泼向屋顶，经常会因风向一旋，将自己也泼得淋淋漓漓一头一身。直至雨落草湿，风儿无力掀起时，我才拿着脸盆，到屋中去查找漏雨的地方。不过，茅屋教会了我们如何去面对贫穷，使得我们兄妹几个在学习上特别勤奋。每天晚上，放学归来，茅屋里，油灯下，我们围坐桌前，几颗小脑袋攒在一起，共同编织着“鲤鱼跳龙门”的梦想。

无意间读到《金兰集》中一篇名为“雪屋记”的文章，记载了吴地的一个叫徐孟祥的读书人，以白茅覆顶，以白粉刷墙，以“雪屋”命名。当然，他的这个“雪屋”是有深意的：雪表面看去使千里冰封、万木凋零，其下却暗藏生机，孕育着生命的气息。这样看来，这个书生虽然处境困顿，尚未得志，但他隐居茅屋，只是为了苦心钻研、砥砺品行。

我与两位老人攀谈了很久。我也记下了他们的话：“孩子们在镇上盖的有好房子，可是我们住不惯。我们用不了空调，夏天受寒，冬天上火，而这茅屋冬暖夏凉，既省了电，又落得个清静。”的确，这两间茅屋所处的位置恰到好处，恰如其分地避开了市井的嘈杂，同时又对现代的便利触手可及。

面对这两间茅屋，我浮想联翩。俭省、清静、勤奋、砥砺品行，这大概是茅屋赋予人们的精神胎记吧！

想起石磙

别看石磙呆头土脑，其貌不扬，它却是农家的“重器”。

庄户人家，家家户户的稻场上必不可少的就是石磙。耕种收获时节，其他的农具在邻里间都可以互借。镰刀锄头可以借，铁锹木锨可以借，洋叉犁耙可以借，甚至在耕牛用不过来时，二爷爷也会在完成当天的农活之后，端来半盆水浸的豆料，对我爷爷说：“哥，给牛儿加点料，明儿我要用一驾呢！”但就是没有借用石磙的。

当然，这或许是因为石磙太重，不便于移动；也或许是因为石磙很便宜，不用花几个钱就能买回一个。我家的石磙就是父亲用架子车颠过坑坑洼洼的土埂拉回来的。圆圆滚滚的一轱辘青石，上面刻印着浅浅的锯齿样的不太规则的条纹，一头略粗一头略细，两端的截面正中各有一个凹陷的脐眼。

石磙一拉进稻场，便在那里安了家，换句话说，石磙是将它的一生都托付给了稻场。午收、秋收两季，是石磙最受重用的时候，石磙会被套上磙架，跟在人或牛的后面压场、打场，一整天在磙架的牵动下“咿咿呀呀”地唱着歌，直唱到更深夜静。那段时间，石磙上面自然沾满了泥土的清新和稻禾的馨香，磙面被滚磨得光亮耀眼，煞是可爱。之后，石磙便卧在稻场的一角，像学生和老师的寒暑假一样，安然地享受着农闲的清静时光。

那是一个雨过新晴的午后，春暖日丽，稻场上的土只大半干，湿湿的，润润的。爷爷对我喊道：“伢子，整稻场去！”此时，田地中的麦子已泛黄低头，即将开镰。我们先将稻场上的杂草除尽，再用锄头将土浅浅地锄起一层，然后在磙架上拴住绳子，再在绳子的前端横上一根扁担拉动石磙，在上面一圈一圈地压。记得最清的是爷爷让我拉石磙的大头，走外圈。我不乐意了，说：“爷爷，我这么小，怎么不让我拉小头走里圈?”爷爷乐呵呵地说：“你不懂，走里圈要把舵，有时要用横劲调整方向，走外圈只管跑就行了，不耗力。”压到最后，我们脱去鞋子光着脚板，生怕鞋底留下印痕伤到稻场一样，直到把稻场压得平平整整，在阳光下泛着白光。然后，石磙和稻场便开始了静静的等待，等待着它们的客人——麦子的到来。

从来也没想过石磙会有其他用途。但在我当了教师、不事稼穑之后，却见证了一件奇异的事。学校附近一户村民的石磙竟从正中间破裂为两片，裂口齐斩斩的，刀削一般，且其中一片隐隐地现出人的头像。一些村民便视为神异，将那半片石磙竖了起来，每月的初一、十五，便有人到那儿上香祭拜。因为地点就在校园的水沟外，大家都觉得不妥，但谁也不愿去触霉头，只好听之任之。最后，乡政府给学校拨了款，在水沟内加修了一道围墙，但香火味和鞭炮声仍会飘进校园，扰乱孩子们读书。

后来，随着农业的机械化，农民收割庄稼再也用不着石磙和稻场了。前段日子回乡，看到我家的石磙和另外几个石磙一起被亲戚埋在池塘边修成了石码头，便又想到了那半片石磙。那天，我又去了多年前任教的那所学校，由老同事带着，绕过围墙，不觉一惊。还是在原来的那个位置，依着学校的围墙，竟有了个小庙。庙虽然很小，仅大半人高，却也琉璃瓦顶、檐飞壁翘，半片石磙立在里面，上面有香火、有供品，两边还有了对联：“磙老爷保佑，老百姓安康。”

石磙本来是农家勤劳的象征物，不曾想却被用作虚无的寄托品，想来确实有点滑稽可笑，也有点让人心痛。石磙如果有知，不知会做何感想！

老家的稻场

时常忆起老家的稻场。

“伢子，整稻场去!”多少年过去了，爷爷的这声呼唤仍在我耳边响亮着。

记忆中，总是在我刚散学回来还没走进家门时，爷爷对着我喊。“好嘞!”我高声应答着，猴蹿一样地向堂屋奔去，边跑边卸载斜挂在身上的书包，然后“吱呀”一声撞开木门，同时将书包高高抛起，眼看着书包在空中划过一道完美的弧线，稳稳地落进老竹椅后，便回转身大奔小跑地追上爷爷。此时，田里的稻穗只是沉稳地低垂着头，似乎泛起了一点淡黄色，但绝没有书上所写的那种“金色波浪”的壮丽景观。

我们老家叫稻场，不叫打谷场，也不叫麦场。虽然我们家也种麦子，但种得很少。只有在稻子即将成熟之时，我们才会像贴门联、挂年画迎接新年一样去郑重其事地打理稻场。

时机是爷爷选定的，必须是雨后初晴，场地欲干未干，土层微微泛着青白色时最好。闲置了许久，稻场上已有了一些杂草。我和爷爷首先将这些杂草拔得一根不留，然后并排弯着腰，用锄头将土浅浅地刨起一层，之后再将石磙套上磙架，将绳子一头拴在磙架上，另一头拴在一根大扁担上。我和爷爷一人推着扁担的一端，转着圈子，一磙紧挨着一磙，细细地碾压。压稻场是不能用牛的，牛的蹄子太重，会踩得稻场坑洼不平，就是我和爷爷在压最后一遍的时候，也必将鞋子脱掉，光着脚轻来轻去，好像生怕把稻场踩痛了一般。于是我们一老一小用扁担拉着石磙在稻场上不停地画着圆，画出了我心中的一幅永恒的图画。

那时的稻场是几家连在一起的，并且是位于几个农庄的中心。稻场是躲避着农庄的，因为房屋和树木会阻挡来风，那样扬场时就有了麻烦。待稻场全部碾压平整之后，便是光光溜溜的一大片，也就成了我们放学娃追逐嬉戏最好的游乐场了。但我觉得这稻场更像是我们打扫干净的农家庭院，清清爽爽地等待着客人的到来。哦，稻场，那些环围着你的农田里的稻子，是你生命中最重要的客人吗?

果然，这之后过不了多久，农家辛苦劳累的日子便开始了。我们家人口多，地也多，就是劳动力少。爸爸在镇上教书，只能抽空回来帮忙，爷爷年岁已高，干不了挑稻的重活，但爷爷会指挥整个稻收的全过程，他还几乎承包了捆稻和打场的全部任务。大姐就是在那时辍学的，虽然大姐成绩优异，但还是无法读完初中。这样，大部分的稻子都是妈妈从田里挑到稻场的。我虽然小，但从没偷过懒。我可以在烈日下让银镰飞舞饱食稻香，可以在夕阳中不停地一起一伏搂抱着“稻铺子”，可以用两根细柳桩一头死结一头活扣制成一个简易的“稻夹子”，来回奔跑着将稻子一点点挑向稻场……

这时，重头戏打场便激情上演了。白天要趁天割稻，好让毒辣的太阳将稻秸晒干，傍晚时捆送到稻场上。因此，打场的时间全部安排在夜晚。我会把扬叉稳稳地插在草垛上，上端挂上一盏马灯，然后大家七手八脚将稻秸抖乱。这时，爷爷便套好了牛，拉动着石磙，在铺开的稻秸上一圈又一圈地反复碾压。待我们吃完饭回来时，第一遍也就压好了。大家又用扬叉挑起稻草，用力地抖动，好让压掉的稻子沉下去，这叫作翻场。然后再接着压第二遍、第三遍，中间再翻一次场。待第三遍完成后，大家便又一起收场，把稻草抖干净，堆到稻场边上，再将稻子拢到稻场中央。爷爷在压场时总会哼着小调，赶着牛不停地挪动着脚步。我有时也会接过爷爷手中的牛绳压上一小会儿，听着石磙“咿咿呀呀”地唱着歌。我也把手中的鞭子甩得“啪啪”作响，但我一次也没有让鞭子落在那头老水牛的屁股上，我是舍不得打那头经常将我老老实实驮在背上的老水牛的。爷爷顶多会坐在稻场边一明一暗地抽上一支烟，就要让我“下岗”，他嫌我走磙走得稀疏，压不干净稻子。我便会跑回家搬来一把凳子，让爷爷坐着压场，但爷爷只有在累狠了时才小坐一会儿。我经常会在等着翻场、收场的空隙，顾不上蚊叮虫咬，歪在草堆上沉沉睡去，需要干活时再被大人喊起。

稻子堆好后，如果风好，还要扬场，如果风不好，扬场会被安排在第二天清晨。我是最喜欢扬场的，用木锨将稻粒高高抛起，看着风儿将稻谷中的碎草叶远远吹走，便觉得自己像个指挥着千军万马的将军。爷爷常说“会扬的一条线，不会扬的一大片”，我是属于“一大片”的。好在稻场大，不管我把稻子扬到了哪儿，最终还是会“颗粒归仓”的。扬好的稻子会被堆成大圆锥，妈妈只会用青灰（草木灰）在四周撒上灰点，而我却能用青灰在上面写字，有时会写上比较简单的“丰收”，有时会别出心裁地写上“我爱劳动”。妈妈说，稻谷堆上必须要有青灰的，不然会被天狼吃少的。看着我写的字，爷爷笑，妈妈也笑，大人们都在笑，而我们孩子们也没了瞌睡，跑着叫着笑着，让整个稻场成了欢乐的海洋。这时候，大人们都是宽容的，他们会让我们疯一会儿的。

稻收时最怕下雨，一下雨，我们不知道要多受多少累。稻秸表面上看晒干了，水却藏在秸秆里，挑起来重不说，经石磙一压，又湿乎乎的，翻起来沉得像“死猫肉”。晒稻时如果风云突变，还要抢场。这个时候，如果谁家形势紧急，一个大稻场上的邻居们都会来帮忙，大家一拥而上，推的推，拉的拉，扫的扫，将稻子堆成一座岭，用早已准备好的厚薄膜盖上，然后上面再盖上稻草。就这，还是难免出现意外，于是，一场暴雨过后，我就会发现稻场边上长出了青青的稻芽。

待稻子扬净晒干之后，便要回家入仓了。看着金灿灿的稻粒，大家都会非常高兴。我知道，那种快乐是从每个人心底飘出来的。爸爸可以用笆斗挑，而妈妈只能用笆斗扛。妈妈是最劳累的，她在挑稻秸上坎时就多次扭过腰，但她硬挺着继续干农活。我用手从稻堆上扒了大半笆斗稻子，然后帮着妈妈上肩。有一次妈妈没有抓牢，连笆斗带稻子又从肩头滑了下来，妈妈的肩头被蹭破了一大片，鲜血洇红了衬衫。妈妈没有怪我，只是轻轻地说：“娃呀，种田不容易呀！”我咬着嘴唇一句话也不说，但心里早就有了一个念头：一定要好好读书，以后不让爷爷劳累了，不让妈妈劳累了。但是一个十来岁孩子心中的誓言没敢说出来，也就没有人知道这个十来岁孩子心中隐秘的誓言。

后来，除了大姐被命运安排在了农村之外，我们剩下的兄妹四人都通过考学进了城。但在我刚参加工作那一年，劳累了一辈子的爷爷便永远地离开了我们。再后来，我们兄妹兑现了我少年时心中的那个诺言。现在，妈妈和已退休的爸爸已安居城内，生活也过得富足无忧了。早已不事农桑、不问稼穑的我也很少再回老家。老家的稻场早已消逝，现在的老家再也用不着打场了。稻子成熟，收割机便会开进田里，直接将干净饱实的稻粒收进袋子内，科技让农民种田变得简单而轻松。

但是，老家的稻场，你记录了农人的劳累与辛酸，承载着农人的收获与欢乐，你又怎能从我的心中永远消逝呢？

哦，老家的稻场。

乡村的池塘（外一篇）

池塘是属于乡村的，她是乡村永恒的胎记。

池塘不同于亭台回廊、水榭彩舫的城市景观，更与映阶碧草、烟柳画桥沾不上边。她的堤是长满厚厚巴根草的土坝，堤坝上最常见的歪脖子柳树依水而生、东倒西斜。池塘的水面上常常浮游着一群麻鸭或是三两只白鹅，最美也不过是长满野菱或绿荷。清晨，勤劳的村妇们用竹篮拎来一家老小的衣物，让“啪啪”的捶衣声裹着脆脆辣辣的说笑声飘出老远；黄昏，忙完农活的汉子们光着膀子，“扑通扑通”跳下去，飞溅起银亮的水花。池塘里可以撒下大网，捞起肥硕的鱼儿，也可以沤上红麻，沤出一塘浊臭。池塘就是这样原汁原味的乡土，透溢着一股未经驯服的野性。

池塘是属于大地的，她是大地深情的眸子。

池塘静卧于大地的怀抱中，毫不吝啬地奉献着自己的乳汁，滋养着她周围的土地。每当播种时节或干旱之际，池塘便会开渠放水，池水顺着渠道流向东西南北，浇灌着远远近近肥沃的土地。然后她便静静地深情凝望，凝望着麦苗拔节，凝望着稻花缤纷，凝望着秋果累累，凝望着大地的繁荣与丰收，凝望着人间的幸福与欢乐。池塘还永远有着好脾性，永远是那样的温文尔雅，从来不会像河流那样暗藏着险滩急流，偶尔还耍耍小性子，让大地一片狼藉，让世界一片汪洋。

池塘让我想起了爷爷。爷爷是个种庄稼的好把式，他深爱着土地。也只有像爷爷这样经历过从无田的佃户到有田的新农民的人，才能对土地爱得如此深沉。因此，爷爷精心奉养着池塘。每年开春河道来水，爷爷总是将池塘里的水蓄得饱饱满满；每次暴雨初歇，爷爷总会扛起铁锹，绕着塘埂巡望数周。在我很小的时候，爷爷就把我带入水中，双手托着我小小的身子教我练习“狗刨”，以至于我后来成了水中的一条“鱼”。爷爷执着地要求我留在农村，成为像他一样的种田能手，后来当我拿到师范录取通知书时，爷爷坐在池塘边，闷烟抽到月落星稀，然后重重地叹息：“可惜了，好排场的一个棒劳力！”神情中满是恨铁不成钢的无奈与感伤。

池塘绝称不上妩媚，却有着无华的朴实。假如没有了池塘，乡村便减了韵味，大地便不再灵动，人间自然也少了几分欢乐。

龙潭湖，秀美的湖

在霍邱县龙潭镇，最有名气、最有灵性的要数龙潭湖了。

龙潭湖是镶嵌在龙潭镇境内的一颗璀璨的明珠。她静卧在绵延群山的怀抱里，山水相依，造就了一幅绝美的山水画。水，倒映着山；山，衬托着水。山因水而更为青秀挺拔，水因山而更显缠绵多情。登上坝堤，看日坠西山、浮光跃金，听渔歌声声、欸乃有韵，再加上水波浩渺、烟雾迷蒙，水与天融为一体，美不胜收，视野顿时为之开阔，心胸也顿时无比博大。如果套用“欲把西湖比西子，淡妆浓抹总相宜”来比喻，那么，龙潭湖就是一位未施粉黛的清丽女子。面对她，你会抛开世俗的尘嚣和浮躁，忘却人间的忧愁与烦恼，感觉人整个儿都澄澈透明了。

龙潭湖美，美得实实在在。龙潭湖又叫龙潭水库，与梅山水库相通连，是全镇供水的心脏，多年来一直无私地奉献着湖水，确保了龙潭镇免受干旱的肆虐。每当播种时节或干旱之际，龙潭湖就会开闸放水，湖水奔腾着、咆哮着涌入血管一般纵横交错的河道，流遍全镇的角角落落，浇灌全镇几十万亩肥沃的土地，滋养全镇三万多勤劳的人民。在龙潭湖水的浇灌和滋养下，每家每户年年都有小山似的粮囤，每个人的脸上也总是时时挂着灿烂的笑容。这样看来，龙潭镇农业的丰收和经济的发展，龙潭湖功不可没。

难怪好几次梦回龙潭湖，因为我就是喝着龙潭湖水长大的呀！

除　夕

走过了春夏秋冬，经历了雨雪风霜，将三百六十五个日子细细品味之后，我们便等来了除夕的盛装登场。

侧耳倾听，除夕是一首悦耳动听的歌。偏远的乡村中，大人们忙完了一年的农事，结束了一年的劳作，便毫不顾忌地大声吆喝着，肆无忌惮地哈哈大笑着，然后霍霍磨刀杀猪宰羊，准备着丰盛的年夜饭。孩童们则极度兴奋地穿上刚添置的新衣，奔跑着，嬉戏着，打闹着，尽情地释放着欢乐与喜悦。再加上各个村庄上的鸡鸣犬吠，乡村的和谐与安宁便会像河水一般流淌在除夕的日子里。热闹的集镇上，脆响的叫卖声、讨价还价声、熟人们的前呼后应声不绝于耳。购买者急呼呼地寻问着，想尽快买足所需的物品回去与家人一同分享。兜售者也恨不得一次性卖光所有年货早早收摊，然后奢侈地享受正月初六以前不出摊的清闲。繁华的城市里，除夕的声音则会更富激情，小巷里是步履匆匆的足音，大街上是车水马龙的喧嚣，商场前是热火朝天的叫卖，剧院中是欢快喜庆的锣鼓……是呀，当你一路走来，除夕的声音无处不在，令你陶醉。还不到傍晚，鞭炮声又成了除夕的主角，噼里啪啦，哔哔剥剥，远处的飘飘忽忽，近处的震耳欲聋，此起彼伏，连绵不绝，将除夕的氛围营造到了极致。这声音会因各家的生活习惯不同、风俗讲究有别而一直响到深夜、响到零时。至于觥筹交错声、划拳酒令声、春晚的乐曲声，更是从家家户户不停地飘出，传递着无比温馨的气息。是呀，当你一路走来，除夕的声音无时不在，令你陶醉。就是这无处不在、无时不在的声音组成了除夕的主旋律，唱出了神州大地上人们美好生活的赞歌。

驻足观赏，除夕是一幅五彩斑斓的画。“千门万户曈曈日，总把新桃换旧符。”一大早，人们便将红彤彤的春联贴在大门上，如同给家家户户印上了幸福美满的图章。大红的灯笼也高高地挂在了门头上，犹如贴上了新年的标签，出示了除夕的名片。而商家店铺则尽可能地把五颜六色的货物摆在门口，摆到街面上，他们想抓住这一年中的最后时机，也是最畅销的时机展示自己琳琅满目的年货，也赚取尽可能多的生活的甜头。而刚过日中，户外便开始变得冷清，除夕的色彩转移到了房内。人们点着了红艳艳的喜烛，挂出了色泽明丽的中堂年画，直等到色香味俱佳的年夜饭摆上桌，将脸喝得通红，便走出房外去欣赏除夕夜的缤纷绚丽。此时，除夕夜黑色的帷幕刚刚拉拢，各色礼炮烟花便纷纷登台表演，它们一个个卯足了劲腾身跃向天空，绽出最灿烂的笑脸，开出最美丽的花朵。它们争先恐后，竞赛一般，此消彼长，将天空当成质地最好的宣纸，用璀璨的色彩将盛世祥和的美景挥洒得酣畅淋漓。

用心品味，除夕是一杯甘醇甜美的酒。除夕一到，在外求学的莘莘学子回来了，他乡工作的青壮年回来了，海外流浪的游子也回来了，家家户户实现了大团圆。于是，握手、拥抱、亲吻，每一个动作都蕴含着思念；长谈、叹息、流泪，每一句话语都洋溢着真情。年夜饭桌前，道不尽的红尘滚滚，说不完的儿女情长，掩不住的激动喜悦。“每逢佳节倍思亲”，没有一个父母、没有一个子女、没有一对夫妻不珍惜除夕团圆，因为在短暂的“共剪西窗烛”之后，很多人会再次“执手相看泪眼”，他们虽依依不舍而又不得不挥手作别。除夕的月亮不是圆的，但在人们心中，除夕本身又何尝不是一个最大最圆最亮的月亮呢？这样看来，除夕成就了人间真情，是一杯用亲情酿制的最醇美的酒。古往今来，这美酒不知醉倒了多少人。

除夕匆匆地来，也会匆匆地走。她会给过去的一年画上一个圆满的句号，也会给新的一年一个有益的启示。让我们尽情地阅读除夕、享受除夕吧！

油菜花开

攥紧了是绿，
张开了是黄，
一朵一朵呐喊响亮。

——黄圣凤《油菜花》

品赏着朋友的诗句，我的面前仿佛铺开了一地金黄烂漫、粲然生辉的油菜花，脑海中珍藏的有关油菜的稼穑之事也不由自主地欢跳在记忆的湖面上。

每年的三四月，春风吹，春雨润，油菜花便热烈奔放地盛开在了乡村的土地上，开成了大地最美的笑靥。晴空丽日下，耀眼夺目；朗朗明月中，温情迷人。微风吹拂，是金色的海浪；细雨纷飞，是娇柔的新娘。白昼，蜂飞蝶舞，嘤嘤成韵，将钟爱之情毫不掩饰地放声朗诵；黑夜，蛙鸣虫吟，喋喋不休，把相思之苦不厌其烦地反复诉说。油菜花，就是这样，尽情地释放着储蓄了一冬的力量，将最绝美的身姿、最靓丽的青春毫无保留地展现给了世间万物，展现给了蓬勃春天。同时，油菜花那带着甜味的馥郁芬芳，也弥漫在清新净洁的空气中，荡漾于碧波粼粼的水面上，渗融在炊烟袅袅的村庄里，丝丝缕缕，亲吻着人们的鼻息，滋润着人们的心肺。远远望去，遍地金黄，房屋、村舍倒成了漂浮在金色海面上的小小船只。

这样的油菜花，当然是乡村人的最爱，自然也与我的成长密切相关。我生在乡村，长在乡村，小小年纪便常常忘情于油菜花丛中。它有着粗壮的根茎、茂密的绿叶，每一朵花都是四片精致的花瓣，整齐地包裹着中间的花蕊，而花蕊又是说着悄悄话一般地弯曲着凑在一块挤眉弄眼。抚摸着油菜花，查看着它那细密的纹路，我就认为这是技艺再高超的雕刻家也无法雕琢出来的世间极品。我还常常情不自禁地掐下一枝放在鼻尖不停地嗅着，甚至还会摘下几朵放到嘴里含玩咀嚼。求学时期，我最喜欢坐在田埂上，在油菜花的重重环绕中读书，那样人便感觉格外清爽，心智也会格外聪慧。我还会轻轻吟诵着自己最喜爱的油菜花的诗句："儿童急走追黄蝶，飞入菜花无处寻。""沃田桑景晚，平野菜花春。""吹苑野风桃叶碧，压畦春露菜花黄。"恋爱季节，我更是牵着恋人的手，缱绻流连在每一个有油菜花相伴的夜晚，将对幸福生活、美好未来的向往与田虫对油菜花的深情呢喃相融交织……

不过，我朴实的父老乡亲们可能没有那么多闲情逸致，他们看重的往往不是油菜花的诗情画意，而是更多地从油菜花的笑脸中解读丰收的信息。他们的追求实实在在，一如他们简朴的衣着。毕竟，一季作物的丰歉将直接关系到他们的生活，关系到他们的吃穿用度。他们从油菜花中看到了柴米油盐，看到了老人的新衣，看到了孩子的学费，看到了一家老小的安康。他们甚至希望油菜花快点开谢，那饱实丰硕的油菜荚才是他们心中沉甸甸的依恋。他们盼望着收割时日的到来，就像临产前的母亲急切地盼望着胎儿的降生。

终于，油菜花谢尽了。终于，油菜荚饱涨了。终于，可以开镰了。砍油菜绝对不是劳累的农活，在我的眼中反而富有无限的情趣。首先，你完全可以光着手臂去感觉油菜秆的圆润光滑。割稻子就不行，割稻子必须用护袖包住手臂，即使那样手臂还常被划得伤痕累累。如果说稻子是到处惹事的毛头小伙，那么油菜就是忠厚慈祥的长者。其次，砍油菜无须深深地弯腰，你可以尽量地将油菜茬留得高高，因为这样既不会损失果实，又可让留高的油菜茬成为田中的肥料。再次，油菜绝不像稻子一样"死猫肉"般沉，给人的印象总是轻来轻去，轻松自如。油菜到了稻场上，也不是现打，而是像草垛一样堆起来，焐上五六天，等到活意不在、绿色褪去，再翻晒开来，然后用棍子轻轻敲打，油菜荚便会一个个爆开，乌黑油亮的菜籽便会闪烁在农人们欣喜怜爱的目光中。

"一朵一朵呐喊响亮"，多么形象、多么亲切、多么诱人的诗句！油菜花唱出的是乡亲们对于美好生活的念想，唱出的是我心中最动听的赞歌！在这隆冬之时，我局促于一室之内，只能期待着下一个春风拂面、油菜花开时节的到来，那时，我还会像儿时一样步入菜地，再与油菜花来一次亲密接触。

久违的拳音

“五魁首呀!”“八匹马呀!”“六六顺呀!”……

很久没有听到这样的划拳声了。

也就是在十几年前，这种激情四射的划拳声经常响在我们的酒桌上。那时我们这儿的习惯是：先喝门杯，或六杯或八杯或十杯，然后便两军对垒般地摆开阵势，划拳行令，直喝到一方人仰马翻为止。那时，席间如果少了拳音，好客的主人就会说：“不叫唤叫唤，谁知道我们家来客了呢?”

不光是我们这儿，划拳在许多地方都有着广泛的应用，它能劝酒助兴，增进人与人之间的情谊，深受广大人民群众的喜爱。有一句话这样说：“酒桌上若要好，猜拳是一个宝。”因此，拳到恰当处，很多难说的话都说了，很多难办的事都办了。划拳在我国还有悠久的历史，根据明朝人谢肇淛所写的《五杂俎》一书记载，划拳的传统可以追溯到汉朝的手势令，《七侠五义》上面也有划拳的具体描写。可以说，划拳早已成了我国源远流长的酒文化的一个重要组成部分。

常见的划拳方式有这么几种：“两军对垒”——席间在座无闲人，分为两派，团体参与，输赢共享；“两人对猜”——席间两两组合，负者罚酒，赢者再行组合；“摆擂台”——一人坐庄，别人打擂，胜者成擂主，败者罚酒；“打通关”——一酒量较大者坐庄，与席间每个人一一较量，输者罚酒。不管是哪种方式，目的只有一个，那就是增加酒桌上的热闹气氛，让大家喝个尽兴。

因为划拳，我们这儿还流传着一个“拍大腿”的笑话。话说这一拨人出门喝亲家酒，在路上就开始了谋划，让一个酒量最大的人先假装不舒服不喝门杯，然后划拳时再出手，充当马后炮的角色，以便更有把握地撂倒对方。不想酒场上情况有变，对方在划拳时坚决不让他参与，害得他白馋了一顿酒。回到家，此人坐在庭院的老榆树下，一个劲地问自己：“是不是没酒喝？是不是你不想喝？是不是你不能喝？”……他反反复复地问，并且问一句还狠命地照着自己的大腿拍一下，结果大腿被拍成了青紫色。

我们通常把“划拳行令”混叫在一起，其实行令和划拳是有区别的。行令也是酒席上的一种助兴游戏，一般在席间推举一人为令官，余者听令轮流说出诗词、联语等，违令者或负者罚酒。唐代传奇《申屠澄》记载了一则关于行令的动人故事。风流才子申屠澄赴任县尉，风雪阻途，夜投茅屋。好客的主人烫酒备席，围炉飨客。申屠澄举杯行令：“厌厌夜饮，不醉不归。”不料话音刚落，坐在对面的主人之女就咯咯笑了起来，说：“这样的风雪之夜，你还能到哪里去呢？”说完，少女多情地看了申屠澄一眼，对出一令：“风雨如晦，鸡鸣不已。”申屠澄听后，惊叹万分。他知道少女是用《诗经·郑风·风雨》里的诗句，隐去了“既见君子，云胡不喜”之句，说明少女已含蓄而巧妙地向他表达了爱慕之意。于是，申屠澄向少女的父母求婚，喜结良缘。读《红楼梦》，我深感行令深受贾府中人的欢迎。在“金鸳鸯三宣牙牌令”时，不仅年高位尊的贾母喜不能已，就连多愁善感、矜持含蓄的林妹妹也是情不自禁地脱口说出《牡丹亭》《西厢记》中的句子：“良辰美景奈何天”“纱窗也没有红娘报”。在“寿怡红群芳开夜宴”时，一向与女孩儿扎堆的宝哥哥更是兴奋得忘乎所以，不知不觉已过二更，他还不信，并一定要自己看过钟表才罢。就连那“呆霸王”薛蟠，因与贾宝玉、冯紫英、蒋玉菡等对饮，也能说出“女儿悲，嫁了个男人是乌龟；女儿愁，绣房蹿出个大马猴”和“一个蚊子哼哼哼，两个苍蝇嗡嗡嗡”的歪诗和滥曲。

划拳粗犷，行令文雅，所以行令一般被文人学子在酒宴上使用，以显风雅。我国的酒令五花八门，见于史籍的酒令就有雅令、四书令、花枝令、诗令、谜语令、改字令、典故令、牙牌令、人名令、快乐令、对字令、筹令、彩云令等，所以真正能搞清楚的人并不多，因此，行令远没有划拳普及。行令就像栽种在花盆里的花儿，招摇着几分清秀和婉约，而划拳则是遍生在山野上的高粱，透溢出十足的粗野和豪放。

然而，现在的划拳声确实不多了。乡下的人大多忙着进城打工，没有心思喝闲酒了；城里的人生活节奏加快，也很少有时间喝闲酒了。当然，酒席还是常有的，但酒席的色彩自与以前不同。

十一放假，几挚友相聚。酒酣耳热之际，不知谁提议划拳，竟一呼百应。于是大家兴致陡增，争相出手，多喝了许多酒，多笑了许多声，最后乘兴而归。

真正应了“酒逢知己千杯少”的话儿。那晚我们都喝了很多，但，都没有醉。并且时至今日，那久违的拳音仍在我的耳畔飘荡、回旋，那浓浓的友情仍在我的心间氤氲、萦绕。

家乡的小河

我是在家乡小河的滋养下度过童年的。记忆深处，家乡的那条小河永远清清亮亮，如村姑扑闪着的明眸。她终年流淌不息，悠悠地绕村而过，不仅给村民们的生活和农业生产带来了很大的好处和方便，还成了我和小伙伴们天然的游乐场，为我们增添了无限的欢乐和无穷的情趣，使我们的童年岁月多姿多彩、绚丽缤纷。

万物复苏的春天，小河是春的使者，欢快地唱起了春之曲。她唱醒了沉睡的大地，唱绿了满村庄的杨柳，唱红了遍地的野花，唱出了一幅姹紫嫣红的春天的画卷。歌声中，广袤田畴里的麦苗畅饮过小河甘醇的乳汁后返青了，拔节了，微风拂过，绿意满眼，喜得村民们总将笑容荡漾在脸上，将期盼深藏在心窝。这时，小河堤岸上水美草肥，我便和小伙伴们在上面摔跤、打滚、踢皮球、采野花，也把自制的风筝拿来放飞，看空中蝴蝶与蜻蜓嬉戏、山鹰与孔雀共舞，还不时地高声尖叫："看呀，河里的红鲤鱼游到空中去了!"闹累了，我们就躺在草地上嚼着草根，背上几首"儿童放学归来早，忙趁东风放纸鸢"之类的古诗。

夏天的小河是最受人们青睐的。每当晨曦微露，村里的大姑娘小媳妇便踩着东方泛起的第一抹彩霞，挎着竹篮端着脸盆到小河边浣衣洗刷，"啪啪"的捶衣声裹着脆脆的说笑声飘出一方愉悦的天。中午，我们趁大人们午睡之机，偷偷地溜出家门，执一根钓竿，坐在河边树荫下的草地上，静静地注视着水面上的浮子。不大一会儿工夫，我们便会钓上几条肥大的鲫鱼。那时，我们一点儿也不贪心，钓着钓着就会扑入小河的怀抱中戏水玩耍，打水仗，比赛扎猛子，充当一条条"娃娃鱼"，喧闹声随着河水流出很远很远。夕阳的余晖洒在小河上，小河宛若一条金色的绸带环绕着小村庄。这时，慷慨的河水又被村民们挑进菜园，浇灌出水灵灵的白葱、灯笼似的青椒、紫红的茄子、努力鼓圆红红腮帮的西红柿……夜晚，月光如瀑，泻在静谧的河面上，使微微波动的河水成了块块碎银。村民们都不约而同地搬着竹椅、摇着蒲扇到河边闲谈纳凉。这一堆，那一簇，妇女们拉着家常，说着心中的希望和憧憬；汉子们规划着家庭的未来，谈论着庄稼的长势，颇有几分“稻花香里说丰年”的意味；我们小孩子则大多是你追我赶，叫声笑声不绝于耳，偶尔也蹲在老人堆里，听他们讲牛郎织女，讲岳飞，讲杨家将，也听他们把村中寥寥无几的收音机开得“咿咿呀呀”，往往听着听着，就歪在草地上进入了梦乡，什么时候被大人抱回家也不知晓。

金秋时节，稻谷飘香。我们小孩子帮助大人做完一天的农活后，照样会跳入清凉的河水中。多情的河水像无数只纤纤玉手，轻抚着全身，抚掉身上的汗渍和泥尘，冲走一天的劳累与疲倦，舒畅极了，惬意极了。淳朴勤劳的村民们在劳作一天之后，晚饭时将小桌小凳端到河边，临风而坐，听河里青蛙啼鸣，看枝头归鸟振翅。他们弄来半瓶烧酒，炒上几碟小菜，聚在一起猜拳行令，“把酒话桑麻”，把丰收的喜悦喝进肚中，把生活的激情喝进肚中。

寒冬腊月，雪花飘飞，家乡成了一个粉妆玉砌的世界。好动的我们抛开父母的叮嘱，任凭手冻得发紫、脸冻得通红，兴高采烈地在小河边堆雪人。我们堆起一个身材高大的“雪博士”，用小河里的冰块为它制作眼镜，用河边树枝上的冰凌为它制作博士帽上的饰物。末了，我们还会别出心裁地在“雪博士”的脖子上系一根鲜艳的红领巾。然后，我们欢呼雀跃，热火朝天，我们要让冰雪低头、严寒却步。

家乡的小河就是这样一年四季与我们相随相伴，成了我儿时的港湾、童年的摇篮。多少次，我都想逆流而上，看看河水是不是从瑶池里溢出的琼浆玉液；几回回，我又想顺流而下，看看河水到底流向何处，是不是流进了王母娘娘的蟠桃园。然而，年龄稍大的我便随父母举家搬迁，求学，谋职，走上了一条远离家乡小河的迷茫之路，小河的倩影只能被我储存在记忆的底片上，酿制成了我永恒而又美好的回忆。

新千年本应呈现出新气象，然而旱情却无情地肆虐着古蓼大地，一些地方的水稻因严重缺水而无法栽种，很多农民都积极地调整了耕种结构，不少抗旱农作物也因此繁生在了田间地头，这使我不由自主地思念起了家乡的那条小河，思念起了那条为人们无私奉献出清冽甘甜的河水、赐予人们无尽恩惠的母亲河！时隔数年，不知家乡的那条小河是否流淌依旧，是否清澈依旧，是否慷慨多情依旧？

情系荷塘

堤埂上杨柳依依，不知名的鸟儿婉转啁啾于枝头；塘内荷叶挤挤挨挨，微微泛着红晕的白荷花像含羞少女的娇靥点缀其间；亭亭荷叶下，清波粼粼，凉彻肌肤，鱼儿欢快地吐出串串水泡，自由自在地嬉戏畅游……盛夏赤日炎炎，面对这样一泓碧水、满池清荷，怎不让人心旷神怡、暑气尽消?

数年前，家乡随处可见或大或小的一方方荷塘，那是我儿时的游乐场，也是我童年的摇篮，那里盛满了童稚的梦想，也记载着一个又一个清纯的童趣。那时候，大人看管得严，出门时都警告我们这些小孩子不要下塘洗澡。若是谁不小心被大人发现了，小伙伴们都免不了挨一顿饱揍。可孩提时代的我们哪里能禁得起那碧水清荷的诱惑，一瞅见大人不在，就一个个脱光衣服，泥鳅般跳入这避暑胜境，有时惊扰得鱼儿也跃出水面。我们尽情摇动那亭亭如盖的荷叶，吮吸荷花那沁人心脾的馨香。我们穿梭在“芙蓉国”里，时而逗弄着圆盘似的荷叶上晶莹的“珍珠”，时而一猛子扎下去从污泥中扯出嫩藕大快朵颐，时而又摘下一片荷叶兜满水猛扣在头上，那惬意、那清凉便随着飞溅的水珠在水面上荡漾开去……还记得，玩累了的我在父母的逼迫下，不得不拎着书包回家做功课，而掏出的却是一大堆璀璨的荷花瓣。

后来，随着年龄的增长，我渐渐走离了家乡的荷塘，难得再与当年一同玩耍的小伙伴们相聚。家乡的荷塘也渐渐地成了我内心珍藏的一帧风景画，很难再找到机会与荷塘相依相偎了。幸好我能从文学书籍中搜寻到关于荷塘的点点记忆，品味荷塘的妙趣神韵。在那神奇而隽永的文字中，我侧耳倾听过采莲女子“江南可采莲，莲叶何田田”的清丽歌声，驻足观赏过“小荷才露尖尖角，早有蜻蜓立上头”的淡雅画面以及“接天莲叶无穷碧，映日荷花别样红”的壮阔场景，真切怀想过“置莲怀袖中，莲心彻底红”的缠绵情意，彻骨感悟过“出淤泥而不染，濯清涟而不妖”的风流本色……我还曾数次追随朱自清先生的脚步神游过“水木清华”园内那溢满诗情画意的月色荷塘。

然而，蓦然回首时，我依然觉得童年的那半亩方塘、满池碧荷在我的心中留下的印痕更清晰、更鲜明、更自然，只是由于岁月的流逝，记忆中的荷塘仿佛被罩上了一层轻纱的梦。

今年春天，扩建的院子大而空旷，于是，一个令自己怦然心动的创意在心头萌生：我何不将荷塘缩影于小院，以此了却自己对荷塘的怀想之情和相思之苦？说干就干，我在院中修起一方水池，从朋友处觅得莲芽数株植于池中。不久，水池中竟冒出点点嫩芽，这嫩黄的荷尖使我激动不已，钟爱之情溢于言表。接着，碧绿如盖的硕大荷叶已蓬蓬勃勃，胀满水池，四周还被挤得沿着池边向外斜生。荷叶中间，几朵翠色欲滴的荷花亭亭玉立，如凌波仙子，似出浴美人。荷花、荷叶无不鲜绿撩人，秀色可餐，并沁溢着逼人的芬芳，足以给小院添色增辉。踏入小院，这池碧荷的丰姿便会闯入眼帘，芬芳也沁入肺腑，观者无不为之惊讶赞叹。茶余饭后，我总是驻足池边、流连荷旁，如面对钟情已久的恋人，脉脉含情。微风过处，荷叶如知晓主人的心事般，举止轻盈而款顺。

一夜，我做了一个甜美而又绮丽的梦。梦中，院落里的荷池慢慢地扩散开去，一大池，一大片。后来，我的眼前全是荷塘，不着边际。一阵风吹过，塘中的荷叶、荷花翩翩起舞，并伸出无数纤纤玉手，向我示意，邀我入池。我像儿时一样，情不自禁地跳了下去，融入无边的荷塘里，在荷塘的怀抱中尽情地嬉戏玩耍……

忆起那时写春联

“汪汪汪……”我家的狗儿一骨碌从地上爬起来，箭一般地冲出门去。我也急忙从火炉边起身追去，赶开狗儿，必然会看到路坝口站着的不是王二叔就是三大爷，要么就是李家后生。他们手中拿着红彤彤的春联纸，总是笑着问我：“伢子，你爸在家吗？我求他帮我写春联呢！”

“在哩！我爸桌子已拉开，毛笔、墨汁都准备好了，在家等着哩！”

祭灶（小年）刚过，来我家写春联的人总是络绎不绝。不光是左邻右舍、前村后村，就是好几里远之外的庄户人家也是每年必到。爸爸是教师，是文化人。当时，十里八里地中，文化人找不出几个，特别是像我爸这样的会写春联的文化人更是少而又少。因此，每年的春节前好几天，我家里都异常热闹，常常是前一拨没走，后一拨又来了。直到年三十上午，仍有几个拖拉户找上门来。

记得那些天，作为家里的男孩子，我总是表现出异乎寻常的热情和兴奋，清晨早早地起，拉开堂屋的大桌子，将裁纸刀、墨汁放到桌上，再将头一天刷好又凝住的毛笔用温水润开。客人一到，我便拿烟倒茶拉板凳，详细询问他们家有几扇门、几扇窗，之后便帮着爸爸裁纸、拉纸头，再将写好的春联双手平托着放到合适的地方晾干。那些天，我们家中的说笑声总是飘得很远很远。

庄户人家并不太讲究春联的内容，记得爸爸那时写得最多的是他自己串的“风调雨顺家家乐，国泰民安户户欢”，横批要么是“辞旧迎新”，要么是“万象更新”，要么就是“春回大地”。帮爸爸拉纸头拉久了，看熟了爸爸用毛笔饱蘸了墨水在红纸上挥洒，小小年纪的我也就手痒了。每天客人走后，我总是将剩余的纸头整理出来练上一阵，爸爸也总是适时地指导我握笔的姿势。不多久，我真的可以上阵了，不过我不能写门联，爸爸只让我在裁得窄窄短短的红纸上写“水火平安”“鸡鸭成群”“槽头兴旺”，这些分别是贴在灶门前、鸡圈门口和牛棚上的。虽然如此，我心中的成就感照样鼓胀得像张开了的风帆。

那些年，到我家来写春联的人总是受到我们全家人的欢迎。只有一次，天色已晚，人已散尽，我在收拾残局时不小心将墨水洒在了袄子上，于是我发起了脾气："每年都这样，我们赔烟赔茶赔墨水，有时还要赔上晚饭，我家又不是欠着他们的。"这话被爸爸听到了，他马上严厉地说："你这孩子，不懂事了吧！都是乡邻乡亲，我们放寒假没事，一年不就帮他们一次吗？我们家人口多田地多劳动力少，他们在农忙时没有少帮衬着我们家呀！"一席话，羞得我再也不敢言语了。

后来我上了师范，学校开有书法课，我也练了一阵子。再写春联，我就有点看不上爸爸的字了，不想乡邻们看我的字只是笑，并不说一句好。再看爸爸写的字，下笔那么粗、那么重，他们反而喜欢。猛一想，可不是嘛，笔画粗的字在他们眼中胖墩墩、圆斗斗，年过得团团圆圆、圆圆满满不正是这些朴实的乡亲们心中最大的渴望吗？于是我就放下笔，像以前一样，照样帮着爸爸裁纸，帮着爸爸拉纸头。

当除夕来临，再看左邻右舍、村前村后、家家户户的门板上都贴上了爸爸写的春联，偶尔还间杂着我的"墨宝"时，我心中的自豪便随着乡村的风不停地飞扬。

"千门万户曈曈日，总把新桃换旧符。"是的，春联是新年的标签，是春节的表情绽放在"家"的面额上。春节又将至，然而时过境迁，不知从什么时候起，很少再有人写春联了，手写春联早已被满大街色彩鲜艳的印刷品所取代。这些印刷品纸质好，有的还是镏金大字，看起来十分精美。但每年此时，我都会忆起写春联的那段时光，总觉得那段时光别有情趣，同时心底总会泛起丝丝遗憾、缕缕怅惘。我知道，这是时代的发展所致，但我不知道我们的一些传统文化会不会迷失在这时代前行的风雨中……

回望乡村

无数次感动于名家的乡村。

感动于鲁迅笔下江南水乡的婉约律动，感动于沈从文笔下湘西边城的神奇诡秘，感动于萧红笔下呼兰河的凝重凄楚，感动于贾平凹笔下八百里秦川的钟灵毓秀，感动于徐贵祥笔下皖西村庄的原色风貌。

的确，乡村是我起跳的平台，是我生命的底色，是我人生的第一抹朝阳。她生养了我，滋长了我，丰腴了我。她的色彩永远闪亮，她的馥郁永远清新，她的籁音永远嘹亮。

我可以把我的乡村描绘得如诗如画。她的风如同母亲温柔的手，她的雨如同甘醇的美酒，她的土地如同黧黑的脸庞，她的庄稼如同清新的诗行，她的池塘如同深情的眸子……

然而，坦白地说，我是从乡村逃离出来的。

这风、这雨、这土地、这庄稼、这池塘……这一草一木、一物一景，给我带来的是那么多的酸楚，深深地灼痛着我。这酸楚连同乡情一起浸透在我的骨子里，融入我的血脉中，依附在我的灵魂上，无法排遣，就像我无法分离开清新空气中的杂尘一般。

那个风雨之夜，我呱呱坠地。而就在当天下午，母亲还在田间劳作，第二天，母亲就又支撑着孱弱的身子下了地。这之后，母亲原本瘦弱的身体更显单薄，父亲本已深沉的叹息也愈加凝重。这风，这雨，对我来说是凄风苦雨。

穷生虱子富长疮。乡村里流传着这样一句俗语。可我的家有富的印迹吗？怕是连一丁点儿富的迹象都不曾有过。房屋是那般的凋敝，家具是那般的丑陋，田地是那般的薄瘠。而我，小小的身子上却脓疮不断，从身上到脸上，从脸上再到头上，就像春天的小草，遍地发芽。

妈妈向我絮叨过多遍。那天夜里，我因脸上长了个大疮而高烧不退、哭闹不止。乡村中没有医生，爸爸又是心疼又是着急，无奈地在庭院中转个不停。深秋的农家小院破败不堪，只有墙角的一棵石榴树结着累累的果实，焕发着生机。爸爸灵机一动，摘下一颗最大的石榴，塞在我的手中。而我，竟搂着这个大石榴迷迷糊糊、混混沌沌地睡沉了。而这一睡，我差点没能醒过来。第二天一大早，爸爸和妈妈便抱着我急匆匆地赶往十几里外的集市。集上有两位医生，第一个看过后，说这个疮没熟透，不能杀。爸爸听信了，便要抱着我回去。走了几里路，见我鼻息微弱，妈妈硬是把爸爸又拽回到了集上。第二个医生看过后，说这疮不是没熟，是长得深，必须马上杀开，不然会要命的。于是，这个医生在我的脸上留下了一道深深的刀痕。这刀痕，至今仍依稀可见，而就是这一刀，救了我的命。回来的那一整夜，妈妈不停地帮我擦着从刀口流出的血水，一夜未眠。那一夜，我几乎没有了呼吸，爸爸几次痛心地提出该怎样把我丢掉，妈妈以泪洗面，不加理会。第二天午后，当我奇迹般地醒过来时，妈妈傻了似的一会儿哭一会儿笑，泪流满面。

牛可是农家的宝贝。可我打记事起，便与牛结了仇。土地刚分到户不久，我们家和二爷家合分到了一头老水牛。这头老水牛壮壮硕硕，两只几乎快成整圆的盘状大犄角很有几分威武。老水牛性情温厚，很小时我便能踩在它的犄角上，待它一昂头，便爬到它的背上。老水牛在草地上悠闲地吃草，我便坐在它的背上悠闲地编着我采摘下来的柳条，后来还能站在它的背上放歌。老水牛什么都好，就是夏天太贪水，一看见前面有水塘，尥蹶子一阵猛奔，一次把我摔伤了腿，还有一次把我带到了塘里，让我呛了几口水。然后老水牛便卧到了水塘中，把头深深地没在水中，猛然露出头，一阵猛甩，一声粗喘，从鼻腔中喷出水柱，任我在塘边喊破喉咙，任我向塘中扔泥块扔得手臂生疼，它顶多是挪挪地儿，就是不上来。我那时有办法——哭，哭得累了，天也黑了，爸爸也就找来了。就为这，家人怕出事，忍痛用老水牛与别人家换了一头黄牛。黄牛仍归我放。黄牛从不下水，就是不给骑，于是我失掉了许多放牛的乐趣。这头黄牛与我和睦相处了两年，不知怎的，性情就突然变了。一天傍晚，我放牛回来，牵着它走到一个大化粪池旁时，也许是它吃饱了撑的，冷不防向我的腰上甩了一角，一下子把我甩到了粪池里。那个粪池沤了很久，汩汩地翻着泡，散发着刺鼻的臭味。我是最怕脏的，从来不打赤脚，就怕踩着鸡屎鸭屎什么的。连阴天过后，稻草堆四周会流出许多牛粪一样颜色的黄水，我每每经过时都要绕出很远。雨过之后的清晨，我和姐姐一同去捡拾地菜皮，巴根草皮上有一层圆圆的硬壳的黑球，我捏起一个用力一挤，里面黏糊糊的，竟是羊屎蛋，恶心得一张嘴便把早饭吐了出来。从粪池里爬上来时，我心里那个气呀，顺手抄起一个棍子，照着黄牛的屁股就是几下，这黄牛不但没跑，掉过头又来抵我，吓得我连滚带爬，撒丫子狂奔。那时我已学会了凫水，一个猛子扎到了门口的水塘里，待我露出头，用手抹去脸上的水和泪时，黄牛还站在塘边，支棱着两个尖犄角，瞪着两个圆眼睛，仇人似的盯着我。晚上，妈妈在用劣质的白酒给我擦腰上的伤时，叹着气说："唉，这牛，也不能要了！"

不知是不是被牛抵过的缘故，我的腰特吃不住劲。稻场边的那块大田是爸爸说了无数好话、求了无数人情才分给我们家的，但我一点儿也不喜欢它。插秧时，我被远远地落在后面，每动两步就得直起身子来捶捶腰，再加上那看不到边的晃荡的水面，我几乎要晕倒在水田中。割稻时，大田就是一片海，而我们简直就像是在一瓢一瓢地舀水。我总是弯下腰猛割一阵，便直挺挺地躺在稻茬上用手捏腰，然后再起来一阵猛割。因为腰疼的缘故，我宁愿干挑稻的重活，也不愿割稻和抱稻铺子，所以很小时，我就能用两根细柳桩一头死结一头活扣地制成简易的"稻夹子"，一点一点地将稻子挑到稻场上，哪怕是被雨淋过的稻子，沉得如同"死猫肉"，我也咬紧牙挺着。待稻子到了稻场，经历了铺、压、翻、抖、收、扬、晒等多道工序后，稻子便可以归仓了。看着金灿灿的稻粒，大家都会非常高兴。我知道，那种快乐是从每个人心底飘出来的。因为怕扬场时遮风，所以稻场是远离村庄的。爸爸用担子挑，而妈妈只能用笆斗扛。妈妈是最劳累的，她在挑稻秸上坎时就多次扭过腰，但她硬挺着继续干农活。妈妈对我说："娃呀，种田不容易呀！我看你也不是种田的料，你就用心念书吧！"我用牙咬紧嘴唇，一句话也没说。但从此之后，妈妈的这句话就如同纤绳一样牵引着我航行。

我最怕蛇，而我们家乡最多的是那种水蛇，灰质而黑章，虽说没有毒，但每次见到，都能吓得我半死。雨后潮湿的草埂我是绝不去的，经常会有盘成一盘的水蛇等在那儿，一眼猛见，不由得一声惊叫，头发根根竖起，全身泛起一层鸡皮疙瘩。一辈子都忘不掉那个夏夜，我被热醒后到门口塘前的石码头边洗了个澡，之后惬意地钻进帐子里，却感觉有点不对劲，帐顶塌下一个大兜，帐子还在不停地摇动。我隔着粗纱帐子用手一摸，是一根圆圆粗粗的尾巴，便喊了起来："爸，爸，是老猫跑到帐顶上了，快把帐子压塌了。"爸爸拿着手电筒进来一照，也惊叫着说："你快出来，是条屋蛇！"我的妈呀，吓死我了！我不知道当时是怎样狼狈地逃出来的，但我记得爸爸把那条蛇放了生。爸爸说："屋蛇没有毒，它是保佑宅子平安的，不能打。"你想想，这屋子我还敢住吗？从此之后，就是在冬天，我也总是把帐子夹得严丝合缝的。

我憎恶大热天的麻雀，晒粮时它们总是成群地来吃食，害得我被钉在稻场上不能回家不说，好不容易找来的那本《野火春风斗古城》也看得断断续续。我痛恨初冬的早晨，天麻麻亮就要起来，用铁锹或锄头去打碎刚撒上麦粒的田里的土坷垃，结果手冻烂得扔给狗都不啃。我有时就非常恨自己：生就的狗尾巴草命，野生野长，泼皮胆大的多好，可性情咋如山茶花般娇贵。

这些不能不使我对乡村生活有所不满，可还有一些更让我难以忍受之事。

乡村的土地呀，无情地埋葬了我那至亲至爱的奶奶。奶奶总是拄着拐杖，艰难地挪动着那双裹小了的脚，在村口等着我散学归来。她总是绽开脸上的皱纹，慈爱地用手抚着我的头，然后捉住我的手，一直牵到她的床边。她的小簸箩是个永远充满魔幻的地方，奶奶总能从里面摸出一个小糖或是一个小玩意儿塞到我的手中，有时还笑着说："乖孙子，快快长大，好给奶奶爬坟头哩！"我没有给奶奶爬坟头，我只是在泪眼中看着一锹一锹的泥土掩盖了奶奶的棺木，然后我将头重重地撞在奶奶的坟前，撞出了一个圆溜溜的坑。

乡村的池塘呀，你是一张张开了的恶魔之口，无情地吞噬了五婶子和我的小荣妹。五婶子是做了见不得人的事被逮住后投水自尽的，而可怜的小荣妹呢，她刚蹒跚学步，尚不谙世事，你也没有放过她呀！后来有一次我和小叔一起放牛洗澡，小叔先脱光衣服跳入水中，待我下水后却不见了小叔，我以为小叔在扎猛子，过了一会儿，小叔突然在不远处的深水中露出了头，眼直翻白，手急急地乱抓着。我当时吓坏了，不知哪儿来的勇气，两下游过去，抓住小叔的手猛一带，便把小叔甩到了浅水区。这之后，我再也不敢下水，后来到大连，到青岛，到上海，到深圳，朋友们都兴奋地买泳衣下了海，而我，只是怅然地在沙滩上漫步。

乡村的学校呀，你为何要无情地拒绝我的邻家小妹呢？那个跟屁虫般

跟在我身后的邻家小妹，常常从书包里掏出锅巴捧给我。那个被人欺负，我会勇敢地冲上前去保护的邻家小妹，小学还没上完，就抹着眼泪和鼻涕对我说："我不能再上学了！"一句话，在我的心中留下了深深的刻痕。她后来早早地出嫁，早早地生子，在丈夫的打骂声中疲惫不堪地磨着日子。

…… ……

这就是乡村，是生我养我的乡村。她带给了我许多的酸楚和悲痛，不是我乐不思蜀的地方，不是我精神回归的去处，不是我漂泊休憩的港湾。面对她的辛苦与劳累、她的贫瘠与穷困、她的愚昧与落后，我又怎能再忍受下去呢？

于是，通过考学，我逃离了乡村。

人啊，对家乡的感情都会在心中流淌成一条乡情河。我又何尝不时刻牵挂着我的乡村呢？不论身在何时，不论身处何地，我都在心中注目着我的乡村，祝福着我的乡村，超度着我的乡村。

这么多年过去了，乡村发生的天翻地覆的变化令我不时地狂喜，但在我的期望中仍有丝丝遗憾。因为乡村中和我同龄的那些人，他们大多也已逃离了乡村，他们逃到了更远更远的城市，可是他们把门扉紧闭的房屋留在了乡村，把老人、妇女、孩子组成的"993861 部队"留在了乡村。他们求得了物质的丰裕，却把一系列的问题抛在了乡村。他们逃得不干脆不利落，拖泥带水，牵牵挂挂。我的乡村呀，为何时至今日，你仍在我的心中留有伤痛呢？

我的乡村啊，我今天对你一口气说了这么多，但我认为这些都是从我肺腑之中流淌出来的真话、实话。我也认为我说这些不是数典忘祖，不是背叛绝情。人只有对自己最亲、最爱、最信、最敬的人才说真话，才言无所忌，心不设防。我的乡村呀，如果不是与你感情笃厚，我又怎会说出这些呢？我又怎会一直期望着你尽善尽美呢？

回望我的乡村，眼中分明有泪在。

草莓红艳入画来

早就听说宋店有个草莓采摘基地。

周六下午，几个朋友雅兴勃发，撺掇着一同驱车前往。从霍邱城关出发，不紧不慢，二十分钟车程，片刻到达。

一下子踏入大自然，便仿佛瞬间坠入了童年，儿时的乡村记忆顷刻间全部复苏，泉水般汩汩涌出。那广阔的田野、清澈的池塘、诱人的果树、碧绿的菜畦，无不承载着我儿时的欢乐，翻菱角割鸡头、掏鸟窝捅蜂巢、摘梨杏偷瓜枣，无不是我曾经的足迹。此时此刻，丽日朗照，惠风拂面，泥土清新，人竟整个儿神情恍惚，不知“今夕何年”了！

一长溜塑料大棚整齐地排列着，一条逶迤而过的小河犹如修长的臂弯将它们轻揽入怀，仅这些白色的大棚点缀在广袤无垠的绿色田畴中，就别是一番景致。进入大棚，你会立时安静下来，因为平铺在你眼前的是一片绿色的湖。因为无风，不见一丝波纹，这湖更显得宁静。这种绿与棚外的绿有所不同，棚外新生出的嫩苗绿得柔和，不够饱满，像没有内涵的黄毛丫头。而棚内，每一株草莓都舒枝展叶地蓬勃生长着，每一个枝条都浆液丰富，每一个叶片都富含水分，它们簇着拥着、挤着挨着，绿得厚实，绿得浓烈，绿得逼眼，绿得欲滴欲流，滋润得人每一寸肌肤都发亮发光。绿色是浮躁心灵的镇静剂，是滚滚红尘的安魂汤，浸泡在绿色中，你会忘记身份，忘记年龄，忘记得失，唯觉澄澈明净的思绪在躯体内不停地游走、翻飞，然后慢慢儿沉淀、沉淀……其间再有一个采摘草莓的红衣女子，斜背布包，头戴遮阳帽，臂挎小竹篮，美丽又时尚，在田塝间缓步轻移，在绿波上优雅地转动腰肢，自会创造出“万绿丛中一点红”的震撼人心的视觉效果。

翻开叶片，鲜嫩娇柔的草莓便赫然显现。这些小家伙像一个个小小的心脏，色泽红艳，珠玉般圆润，翡翠样亮洁，依偎在枝叶间探头探脑，煞

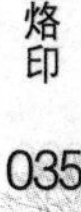

是可爱。看一眼，便觉得味蕾在发情，满口生津，难以自持。那还等什么，尽情地采摘吧！待竹篮已满，用清水涤净，捏出一颗，轻咬一口，汁液四溢，清香扑鼻，可口的酸甜顿时沁入五脏六腑，滋养着全身的每一根神经和每一个细胞。草莓营养丰富，富含维生素 C，有帮助消化的功效。草莓还可以巩固齿龈，清新口气，润泽喉部。《本草纲目》中就记载草莓可以润肺、健脾、补血、益气。同时，食用草莓又没有任何禁忌，可以放心大胆地敞开肠胃，直吃得舌齿发酸、肚皮发胀，也难以舍得停下来。

主人是位四十多岁的憨实汉子，结实的身板，黝黑的脸庞，一看便知是位勤劳持家的厚道人。当我们问及是否有很多人来采摘草莓时，他轻轻摇头告诉我们，他的草莓主要还是靠批发给水果商来销售，只偶尔有人来采摘。末了，他叹息说："现在的人都各有各的事，哪肯停下忙碌的脚步，有几个能像你们这样懂得生活的趣味儿呀！"

"生活的趣味儿"，说得多好啊！变成文雅的说法，就是诗意的生活。我顿时对眼前的汉子产生了敬意，他不仅懂得诗意的生活，更是在用自己的聪明才智、辛苦劳累创造着生活的诗意。就在今天，他让我们全方位地享受了一场视觉、嗅觉、味觉的盛筵，足以给我们留下悠长的回味和永久的记忆。也正因此，他脚下的土地才变得无比芬芳，他眼前的园子才成了绝妙丹青。

节日随想

最近几日，陆陆续续收到不少学生送来的平安果和新年贺卡。手机也是信息不断，我甚至在睡梦中还被信息声惊醒。

看到学生们乐此不疲，把节日过得很像那么一回事，虽然有点担心他们在学习上分心，但我还是没忍心压制他们高涨的热情。学习本身就是一个漫长而清苦的过程，偶尔松弛一下紧绷的神经也未尝不可吧。就像一个长途奔波的旅者，突然遇到了一个温馨的旅馆，不正好可以调整调整自己疲惫不堪的步态吗？而那些早已毕了业的学生，能在节日里想起我这个曾经的老师，虽然只是一个短短的信息，却也给我带来了说不出的惊喜和感动。

可是，说实话，节日给我留下的最初印象却是苦涩的。

那时我大约五六岁，刚记事。

大年的喜庆氛围是在一串鞭炮的鸣放声和我们姊妹几个的欢叫声中达到高潮的。之后便是一家团坐、笑声朗朗的年夜饭。怎样丰盛的年夜饭我是一概记不清了，但饭桌中央的那盘诱人的咸鸭蛋却永远清晰地印在我的记忆深处。鸭蛋象征着团团圆圆，象征着一家平安，因此也是妈妈每逢过年过节时必备的一道“大菜”。饭后，我们兄妹便会每人分到一枚青润亮泽、浓香四溢的咸鸭蛋，当晚肯定是舍不得吃的，鸭蛋会被我们爱不释手地把玩整晚，然后放在床头相伴一夜甚至是更长时间。

于是整顿饭期间，我无心温情艳艳的喜庆红烛，无心激情四射的猜拳行令，眼睛大部分时间都停留在那盘咸鸭蛋上，生怕一不留神鸭蛋便会不翼而飞了似的。我还几次站起来，涎水涟涟地伸手摸了无数回。

终于，年夜饭接近尾声了，我盼望已久的分鸭蛋的时刻到了。妈妈把整盘的鸭蛋端过来，先是爷爷、奶奶，然后是爸爸、妈妈，之后是大姐、二姐。到我了，到我了，终于轮到我了，我的心跳得欢快，双眼死死地盯着那枚该属于我的鸭蛋。这时坐在妈妈怀里的小妹却突然伸出双手，把盘中仅有的两枚鸭蛋一手抓了一个。这可把我急坏了，身不由己地猛冲过去从小妹手中夺过了一个。小妹那时只两三岁，被吓得扑闪着双眼，愣了片刻，便“哇”的一声大哭了起来。

因为是过年，没有任何人责备我，大家都一个劲儿地哄着小妹，但那个大年夜的咸鸭蛋我却没吃出什么味道。

往事虽如烟，但小妹的哭声却永远无法随风而逝。

有时真的不愿意回首，更不愿意将我对节日的这种灰色的记忆说给我的学生们听，以免他们把我的经历当成童话故事。他们是幸福的一代，他们的节日什么都不缺，他们的记忆中只应有欢笑，不应有泪水，只应有甜蜜，不应有苦涩。

我含笑地注视着他们，含笑地注视着他们的节日。我知道，这当是我最优雅的姿态。

老家的红麻

“故天将降大任于斯人也，必先苦其心志，劳其筋骨，饿其体肤，空乏其身，行拂乱其所为，所以动心忍性，曾益其所不能。”正为学生解读着《孟子》中的名句，老家的红麻就蓦地闯进了我的脑海中。

记忆中，红麻总是无遮无拦地生长在光秃秃的冈子高地上，一垄垄、一畦畦，碧绿挺拔，高大粗壮，不枝不蔓，掌形的阔叶在风中欢快地舞蹈。在中学的生物课本上，我又知道了红麻是锦葵科木槿属一年生草本韧皮纤维农作物，常被农人们种植在无法灌水的冈地上。而那些低洼肥沃的土地，则一成不变地永远是水稻的温床。相比之下，水稻就显得娇气十足，只能在水的多情浸润下才茁壮成长，只能在青蛙的赞美声中才开出缤纷的稻花。红麻则不然，它默默地忍受着孤独：独处高冈之上，它独自面对着不可一世的山风，独自仰望着不屑一顾的流云；烈日曝晒，它高昂着头颅；狂风肆虐，它撒一阵欢笑。因为红麻只能从土壤中吸取水分、吸收养料，所以它必须深扎根须，虽不说是下饮黄泉，却也必将根系深深地、牢牢地扎在了土层深处。也正因此，红麻才能长出四五米高的修颀身材，将潇洒身影展现在旷野上；也正因此，红麻才能在山风中站稳脚跟，将不依不斜的丰姿挺立于天地间。

越是经历烈日的曝晒，越是经受秋霜的肃杀，麻皮的韧性就会越足。于是在草枯树凋的深秋，一根青绿的竹竿便在红麻间上下飞舞，起伏鞭打，打下所有的麻叶，然后将麻秆贴着地皮砍下。而这只是红麻收获的开始。之后红麻会被捆成捆扔到水塘里，串成串、摞成摞、排成排，再挖起塘泥将其埋于水中，沤上十天半月。沤好的红麻腐臭熏人、污泥附着，而剥下的麻皮用水一洗，再经阳光一晒，便洁白柔韧、清香四溢了。这时，红麻的价值便得到了真正的体现：搓成麻绳，吊起千斤重物也毫无惧色；制成麻袋，装下万斤粮食也毫不满足……

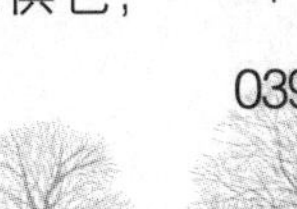

自小至大，我都被红麻感动着。因为我们家有两块冈子地，所以每年都要种红麻，我那时虽然还没有达到劳动力的年龄，可我在收获时照样会特别卖力。打麻叶时，我会让每一根麻秆变得光光溜溜；扛红麻时，我会把围裙往肩上一搭，专拣大个子扛，有时在半路上累得直不起腰，我也咬牙挺住，直到水塘边，从没有半路抛锚现象；剥红麻时，我也能忍受住刺鼻的恶臭，从没叫过脏；我还不惧深秋的水寒，卷起裤腿站在浅水中，将剥下的麻皮用力地在水中摆动……现在想来，怕就是红麻的精神在一直激励着我吧。

“舜发于畎亩之中，傅说举于版筑之间，胶鬲举于鱼盐之中，管夷吾举于士，孙叔敖举于海，百里奚举于市。”是的，舜、傅说、胶鬲、管夷吾、孙叔敖、百里奚，他们都是像我老家的红麻那样经受住了无数的历练才成就大业的。学生们的读书声仍然琅琅，我含笑倾听着，含笑注视着。我也希望他们能够体会到老师心中升腾起的这种红麻的情愫，希望他们能够成为具有红麻精神、红麻品质的人。

乡村物语

槐　树

记事时，自家小院的一角就挺拔着一株粗壮的槐树，遒劲的枝干伸向苍穹，生长的足迹在树皮上踩满了纵横的沟壑。很小时，我就偏爱春风中的这棵槐树，爱槐花那特有的清香，爱槐树为农家增添的蓬勃朝气。

每年春季，当轻柔的风把槐树从沉睡中唤醒，如丝的细雨为槐树注入拔节的活力，槐树便精神抖擞地吮吸着春的气息，打呵欠般地舒枝展叶。在那姹紫嫣红的春天中，槐树舒展出一羽羽嫩黄的小叶，舒展出一串串铃铛般淡白色的槐花，为摇曳多姿的春天奉献出一道别样的风景。槐花那淡淡的香气也整日整夜弥漫在小院中，溢满了农家的角角落落。我爱春风中的槐树，爱它枝头汪出的耀眼绿意和槐花的灿烂；爱它把春天的丽日筛子般筛落，斑驳出一地闪闪的金币；爱它为小院营造出的满眼可望的绿荫和伸手可感的清凉。小时的我，也总爱用一根长长的竹竿绑上钩子，摘取那串串璀璨的花叶，也摘取一个个清纯的童趣。

然而，当我后来远离农家小院的槐树，带着对它永不褪色的思念在外上学时，这棵槐树却在康居工程的浪潮中，和我家老屋一起轰然倒地，走完了它的风雨历程。这时，它又因木质优异而一度成为木匠们的相思物，但最终还是被父母作为农家希冀和爱心的寄托物保留了下来。

如今，又见春风，又到了槐香四溢的季节，而这棵槐树却早已被父母打制成书桌摆进了我的居室，这也使我对槐树的感情有了一个永恒的着落。我用桐油将桌子漆好，但不忍用油漆覆盖它淡黄的本色和清晰的纹络。每天，和我洗脸一样，我把桌子擦拭得干干净净，趴在上面嗅着淡淡的木质的香味读书、备课，咀嚼着对槐树的绵长的情感。

槐树，你正以这种特殊的方式陪伴着我，与我一同走过一个个春夏秋冬。

腊　　菜

晚饭时，母亲端上来一盘青绿喷香的腊菜，笑盈盈地说："大过年的，食物太腻了，吃点腊菜消消油吧！"

在我们家乡，腊菜虽然和狗肉一样，是上不了席的，但这并不妨碍庄户人家对腊菜的青睐。每年冬季，家家户户的菜园内，一垄垄、一畦畦碧绿的腊菜挨着挤着，蓬蓬勃勃地生长着，带着锯齿边缘的狭长的叶子在萧瑟的土地上泛着生机。临近春节时，母亲便会将已长得壮硕的腊菜贴着地皮铲起，择除枯叶，整棵整棵地浸在水中清洗，然后头朝下晾挂在晒衣绳上。待腊菜打蔫时取下，切成段，搬出咸菜坛，一层一层地平铺在坛内，中间撒上碎盐末，再用擀面杖筑实，用塑料薄膜密封坛口，并在上面加盖一个粗瓷碗。十天半月后，打开坛口，抓出腊菜，在水中淘去多余的盐分，便可煮食。腌制好的腊菜放在坛内，随吃随取，剩下的再密封好，这样便能长久储存。所以直到春末夏初，腊菜都能一直滋润农家的日子。

我从小就对腊菜很有感情，特别是上初中的那几年。那时我住校，星期日回家一次，就经常用搪瓷缸装满母亲煮好的腊菜带到学校，作为一周的菜食。大冷天的，腊菜容易冻住，班主任刘老师有时就让我把搪瓷缸端到他家的炉子上温一下，这不仅温热了腊菜，更暖了我的心。

腊菜又叫雪里蕻，因耐寒生长，故而口感脆酥，味酸麻。吃上一点点，便能生津提神，食欲倍增。相传施耐庵在写《水浒传》期间，顿顿餐桌上必不可少的菜蔬就叫作"三腊菜"。腊菜还很有药用价值，能温肺补胃，预防风寒。李时珍在《本草纲目》中把它和其他几种植物一起统称为"芥"，文曰："芥有数种……冬月食者，俗呼腊菜；春月食者，俗呼春菜；四月食者，谓之夏芥。"其"通肺豁痰，利膈开胃"。

放好母亲端上来的腊菜，我们说着笑着，将筷子伸了上去……

拨 浪 鼓

"梆梆梆梆……"是拨浪鼓的声音，响在窗外。那是孩子们在嬉戏。

“梆梆梆梆……”是拨浪鼓的声音，响在我记忆的深处。那是一些沉睡的往事在苏醒。

乡村的路面永远是那样的坑坑洼洼，乡村的房前永远是那样的鸡飞狗跳。我们平日里只能摘摘梨、偷偷瓜、掏掏鸟蛋、捅捅马蜂窝，夏天到河里洗洗澡、摸摸鱼，冬天堆个雪人、打场雪仗。除此之外，便是一成不变的单调。然而当“梆梆梆梆”的拨浪鼓声响起时，乡村的上空便飘来了一丝灵动的风。

摇拨浪鼓的人是货郎，他用一根扁担挑着的东西我们叫作“货郎担”。担子的一头是一个箩筐，上面平放着一个方形的有着推拉玻璃的货柜，里面被分成若干个小匣，分放着针头线脑、纽扣头花之类的小玩意儿，当然，也有让我们眼馋心动的糖豆、饼干。下面的箩筐则是货郎的“仓库”，他能从里面掏出各色各样、花花绿绿的商品。担子的另一头也是一个箩筐，但只放些回收来的旧塑料等不值钱的物件，有时为了维持平衡，这个箩筐里还会放上些随时可以增减的土坯块。

“梆梆梆梆……”货郎每次到来的时候，总会先选定一处相对开阔平坦的位置，放好他的担子后，便狠命地摇起他的拨浪鼓。这鼓声很具诱惑力，不大一会儿，大姑娘小媳妇们，还有像我这样的一些顽皮的孩童们，便会叽叽喳喳、说说笑笑地簇拥到货郎的周围。可以用钱买，可以用鸡蛋换，当然，货郎还会回收一些旧绳头、旧塑料、破铁皮等物什。这时，我会将我收集来的旧鞋底、废铁皮等物件统统搬出来。要知道，每次能收集到这点东西可不容易，不光要在家里找，还经常要到野外去寻觅，有时捡到了一个旧铁块，那高兴劲儿不逊于捡到了一块金元宝。我会用这些东西为妈妈换来些针线，为自己换些糖豆，有时也换鱼钩、鱼线。

有一次，我将我的一双旧凉鞋扔在了货郎面前，妈妈又给拿了起来，说：“这鞋，还能穿呀！”妈妈的话引来了一片笑声。我的脸“刷”地一下子红了，嗫嚅着说：“全破了，再说也小了。我不想要了。”妈妈还是翻看着那鞋，说：“补一补，能给你弟弟明年再穿一年的。”妈妈并没有怪我，还破例给我多买了几块饼干。

那时，我总觉得村外的路好远好远、村外的世界好大好大。货郎能给我们带来很多外面的新鲜事，他还有一个能出声的叫作收音机的黑匣子，里面有人唱歌，还有人说着些稀奇的事。这些都牵引着我的想象不停地扑棱着翅膀。

一次，货郎给三婶少算了几分钱，被我一句话说穿了。大家都一个劲儿地夸我，甚至货郎也夸我。货郎是一个敦实强壮的汉子，他用厚实的手掌摩挲着我的头，眉里眼里都是笑，呵呵地说："这孩子，不简单呀，长大了怕是能吃皇粮的。"也正是那次，货郎大方地将我们平时难得摸一下的拨浪鼓递到了我的手上。那是巴掌大的一面厚厚的鼓，两侧各固定着一个小绳，绳子的另一头是一个小圆球，下面是一个光滑的手柄。一转动手柄，小绳襻左右甩动，小圆球打在鼓面上，"梆梆梆梆，梆梆梆梆……"这可把我高兴坏了，我撒开脚丫子，房前屋后，塘埂巷道，田间小径，一阵疯跑，让"梆梆梆梆"的声音在村庄的每一个角落经久不息。

"梆梆梆梆……"是拨浪鼓的声音，还响在窗外。

"梆梆梆梆……"是拨浪鼓的声音，仍响在我记忆的深处。

乡村记忆

早已离开乡村，生养我的老屋也已不在，老宅现在是一马平川的土地，然而有关乡村的记忆却像一口隐藏在幽暗之处的泉眼，不时地翻涌着水花。

村　庄

一处村庄一丛绿。

村庄总是掩映在绿色中，远远望去，堆翠叠绣，浓荫一团。树往往不下几十种，仅果树就有近十种，平日里杂花生枝，绿荫匝地，屋后还有个小小的竹园，四季碧绿，终年常青。几间茅屋躲藏在树影中，仿佛因为自身的灰暗而羞于见人，而袅袅升腾的炊烟却个性自由，灵动得如同醉酒后的书法家随手写在天空中的狂草，极富诗情画意。

村庄是我的“百草园”。融融春光中，我可以尽赏百花，细究枝头上蜂飞蝶舞、春意喧闹，还能撸下大串的槐花，让妈妈做成香甜可口的槐花糕。炎炎夏日里，我捉知了捕鸣蝉，或者半天坐在某一处高高的枝丫上，享受着高风漏枝而来、穿枝而过。秋风中，我更是尽情地品尝百果芳香，那段时日，肚子总是吃得胀胀的，枝头的果实着实犒劳了口舌，并且润心润肺，滋润得皮肤油光水亮。暖暖冬阳里，我砍下竹竿，看爷爷坐在暖阳下剖开篾片，从从容容地编篮织筐。

村庄大多是一户一宅，也偶有几户共处，那是尚未分家的同宗兄弟。宅子四周，围沟环绕。围沟中或开满菱花，或挤满绿荷，或挺立着蒲草、茭瓜。屋前屋后少不了鸡群鸭阵，沟坝头少不了卧着一只老狗。

一个村庄就是一片独立的天地，就是一家人躲风避雨的安稳的巢。

荷　塘

荷塘，是乡村夏季的贵妇。

越是炎热，荷塘越是蓬勃。整个夏季，那馥郁的荷香都氤氲在空气中，熏染着乡村的土地、庄稼、树木、河流，充盈到家家户户，吸吮到每个人的鼻子、肺腑中。

每年的季春时节，我都会选定温暖的午后下水崴藕。盛夏之时，我更是躲在荷叶下清凉的水中消热避暑，整个中午只露出半个脑袋。寂寥时，我会扯出莲藕的白茎大快朵颐。入秋，莲蓬成熟了，又是我们抢摘的对象。再至中秋，新藕长出，又可以崴藕了。

我很小时就是水中的一条鱼，远近的水塘河流，何处深何处浅，哪地方是沟脑子，没有我不清楚的，所以家人从来不担心我下水，也从来不反对我崴藕。那年中秋节，父亲还在喝酒，我就急呼呼地要下塘崴藕。父亲说："抿口酒吧。"我真的抿了一口。那是我第一次喝酒，辣出了眼泪，也辣出了浑身的热。多年过去了，我会经常想起荷塘，想起荷塘我就会想起在水中崴藕的情景：先选定嫩藕芽，脚顺着藕芽慢慢地深入淤泥，用脚将横卧着的藕从淤泥中清理个大概，之后一个猛子扎下去，便捧出比手臂还要粗、比手臂还要长的白白嫩嫩的条藕。有时不小心，脚趾头抠破了藕皮，污泥便会吸入藕孔中，怎么洗刷都难以洗净，那是我的败笔。

后来有段时间，我在小院中用水缸栽过藕，或许是想将荷塘浓缩到情感中，或许是在找寻一种心灵的慰藉吧。

小 学 校

小学校建在一块荒地上，一派荒凉。

几间破旧的草房，草房的东山墙向外倾斜着，常年用几根木头从外面支撑着。草房的东边是一片庄稼地；西边是一口水塘；南面是一条土路，天晴久了，便会被踩踏出厚厚的尘土；北面，也就是草房的后面是一片荒草萋萋的乱死冈子，零星分布着几十座坟茔。坟地的中央孤零零地挺立着一棵高大的老榆树，树丫上永远有一个帽子一样的老鸹窝。到了冬天，老榆树只剩下铁一样冷硬的枝干刺向天空，依然不变的老鸹窝就更加打眼了。

只有孩子们到校后，小学校才有了生气。

下课的哨子一响，我们便像枪响之后的一群麻雀，一哄而散，在坟茔地里卖命地追赶玩闹。我们绕着坟包转，绕着老榆树转，任由呼呼的风声在耳边刮过，任由杂草在我们的脚下呻吟。也总会有一些孩子“哧溜哧溜”爬上高高的老榆树，坐在树杈上或狂喊狂叫，或高声歌唱。

给我们上课的老师姓杨，既教语文，又教数学。杨老师身子瘦瘦的，佝偻着腰，烟瘾很大，手指和牙齿都被烟熏得焦黄。每次下雨，教室里就会乱作一团，不少学生抱着书包躲避漏下来的雨水。有几场暴雨，杨老师都是硬将我们从草房里推出来，说是怕房子要淋垮了。但在我们淋成几次“落汤鸡”后，草房依然歪在那儿，并不给他一点面子。

那些年，我们都是处在散养的状态，由杨老师随意地教。

小 石 桥

村子的东边有一条蜿蜒的小河，清亮亮的河水哗哗流淌，像一条彩带飘然而过，又像一弯温柔的臂膀，怀抱着一片土地、一串村庄。

小河当然是毫不吝啬地奉献着自己的乳汁，无私地滋养着她周围的土地，然后就是深情地凝望，凝望着麦苗拔节，凝望着稻花缤纷，凝望着秋果累累，凝望着大地的繁荣与丰收，凝望着人间的幸福与欢乐。

小河上有一孔小石桥，拱起的脊背如同二爷爷弓着的腰。小石桥下方，由于落差较大，形成了一个扇面的涵洞，这里便是我们天然的游乐场。每年夏天，洗澡游泳、逮鱼摸虾，能让很多男孩子流连忘返。水稍大时，我会从家里拿来一张有着很大的口、拖着一个长长的尾巴的网，那是爷爷就这个涵洞量身定做的。我们将网口固定在涵洞上，然后就等着鱼儿落进网中，我们在网尾处尽管收获好了。

很多次，我骑坐在小石桥上，那时我绝没有“逝者如斯乎”的喟叹，但我想过逆流而上，看看河水是不是从瑶池里溢出的琼浆玉液，也想过顺流而下，看看河水到底流向何处，是不是流进了王母娘娘的蟠桃园。

后来一场暴雨，起了洪水，小石桥被冲垮了。然后又新建了一座水泥桥，水泥桥宽了很多，也压平了拱起的背，不过那时我已外出上学，对水泥桥的印象就相当模糊了。

…… ……

乡村的记忆啊，有时一触碰，就像一锹捅破了一个泉眼口，泉水汩汩地翻涌而来。不过，拥有这种记忆，是我一生的幸福。

乡村手艺人

那些年月，在乡村，能拥有一门手艺，便拥有了养家糊口的根本，拥有了安身立命的自信，自然也拥有了农人们的歆羡和尊敬。

年 猪 杀

有些年，凡是境况稍好点的人家，都会在新年来临之际杀一头年猪。农户人家，辛劳一年，杀年猪是最好的犒劳，同时也是对自家光景兴盛的一种张扬。

于是就得约请年猪杀。

年猪杀大都是精壮的汉子，属于“脑袋大脖子粗，不是大厨就是屠夫”的那种。他的家当主要是一个黄桶，就是那种很大的杀猪桶，用桐油油得黄澄澄的。还有一只小筐，里面放着刀子、刮子、镊子之类的用品，最显眼的当然是那把明晃晃的尖刀，在冬阳中闪着寒光，令人生畏。年猪杀干起活来动作麻利，脏兮兮的皮围裙往腰上一系，伸出双手抓住猪的两条后腿，一使劲便能将猪掀翻在地。

杀猪之前，首先要在院角用土坯支起两口大锅，烧出两锅滚烫的开水。主人趁猪吃食的机会，先用绳子绊住猪腿，将猪掀翻在地后，大伙合力将猪抬到架在黄桶上的木板上。这时，年猪杀一刀下去，又准又狠，一股鲜血从猪脖子里猛窜出来，汩汩地流进地面上一个赭红色的大瓷盆里，冒着热气泛着泡沫，猪也就在同时哀号几声挣扎几下便一命呜呼了。之后，将滚烫的开水倒入黄桶，烫猪、刮毛、剖肚、卸肉，年猪杀干得有条不紊，熟练得就像收拾自家的场院。年猪杀会将热气腾腾的大下水“噗”地一下扔进自己的小筐，那是他应得的报酬。

杀年猪的人家会在当天请来关系比较近的亲朋邻居吃喝一顿，叫吃猪晃子。名单由大人来定，请的任务就交给了我们这些孩子。我们总是一路小跑着来到一家又一家，嘴里喊着：

“二大爷，我家杀年猪了，请你吃猪晃子！”

“李大哥，我家杀年猪了，请你吃猪晃子！”

…… ……

被请的人自然有一种荣幸，便急忙放下手中的活儿赶过去帮忙。

年猪杀完之后，主人家便开始腌制腊肉，灌制香肠，也开始了下一年生活的精打细算。农家人可不敢敞开肚皮吃，这点腊肉要放到正月里待客，放到下一年午、秋两季最忙最累时犒赏肚皮，一直要吃到第二年的秋天。

年猪杀揭开了农家新年的序幕，给农家新年贴上了一个红红火火的标签。

木　匠

那时自然没法读到《齐白石自传》，不过，我们这儿的木匠也没有他笔下的“大器作”“小器作”之分，这儿的木匠既打制那些笨头笨脑的大家具，也打制那些精细小巧的农具。

农闲时，主人家便将备好的木料抬至院中。这些木料，大都是从自家宅子上精选砍伐而来，有的放置一段时间风干既可，有的则需要置于水中沤上几年，用手叩击，“当当当当”，有着金石之声。然后主人便将自己信得过的木匠请来，将自己要打制的物件说明，木匠此时会选定木料，与主人进行一番谋划，如果称意，木工活于当天或是第二天便开始了。

木匠干活，锯、砍、钉、凿、刨，叮叮当当，再加上谈论说笑，农家小院就有了生气。我小时对木匠们干活很感兴趣，我欣赏着他们用墨斗弹出笔直的墨线；欣赏着他们锯子来回拉扯，拉得锯末纷扬；欣赏着他们用刨子刨出飘飞的刨花；欣赏着他们变戏法般将圆滚滚的木料一步步打制成形状各异的不同物件。

木匠们一般都是早来晚归，一天三餐由主人家安排。如果活量较少，木匠带着徒弟即可完成；如果活多，时间又紧，几拨木匠还会联合起来。

不过，这种联合无须主人操心，木匠们有着自己的一套不成文的行业规则。

木工是种体力活，所以木匠们一个个都是膀大腰圆、臂力惊人。我的一个表哥是木匠，曾为我家打制衣柜，他能一把薅住我的褂领子，一只手将我高高地举过头顶。他赤着膀子拉锯，夕阳的余晖斜照在他古铜色的肌肤上，煞是壮美。表哥搂圆木，也像搂抱自家儿子般亲切随意。

木匠们有时也买些木料回家，或是提议受雇的主人家用几段木料来抵作酬金。他们自己在家得闲时便因料取材，打制出圆桌、木椅、扁担、秧马等成品，以供一些图省事的人上门选购。这当然也是木匠们的一种谋生智慧。

媒　婆

媒婆在我们这儿，俗称“老红人”。

“天上无云不下雨，世上无媒不成婚。”在那不能自由恋爱的年代，媒婆的作用就显得至关重要。

媒婆跑的是反复多次的来回路，靠的是不厌其烦的嘴上功夫，起到的是穿针引线的沟通作用。所以需要说媒的人家首先得给媒婆买上两双新鞋，当然，不管是在男方家还是在女方家，媒婆都会受到盛情款待，“成不成，酒三瓶”嘛！不过，这酒也不是白喝的，男女双方可能都想在推杯换盏的酒桌上了解到对方更多的信息。

媒婆的说合一旦得到了男女双方的初步认可，便有了更多的工作。首先得安排双方见面“相亲”，如果都觉得合意再安排“看家”，以便了解对方家庭更多更详细的情况，之后便是“订婚”，最后是“娶亲”。这中间的一个个环节，男女双方可能都有很多要求不便明说，就只能说给媒婆，媒婆便想着法儿在中间周旋，直到事情圆满解决，双方满意。特别是在“订婚”“娶亲”过程中的“彩礼”问题，媒婆非得说破嘴皮不可。只有到了新娘子娶进家门，婚礼结束洞房花烛之时，媒婆才算完成使命，放心地喝喜酒去了，然后是坦然地接受“谢媒礼”。至于农村人家的“闹房”，不管是否过分，都是绝不要媒婆操心的，用我们这儿野俗一点的说法就是“新娘子领上床，老红人扔过墙。”

媒婆有着广泛的交际圈，所以手中有很多的“资源”。哪家的小伙英俊实诚，哪家的大姑娘漂亮贤惠，媒婆大都了然于胸。媒婆说媒，讲究的是门当户对。老户人家，家风淳厚，媒婆便常惦记于心。谁家奸猾狡诈，孩子没有出息，即使家境殷实，媒婆也是不愿登门的，媒婆可不想落骂名。

说是媒婆，其实有的是男的，我就见过“男媒婆”。

牛 鞭 手

牛是农家的“重器”，被当作宝贝般精心饲养。的确，犁田耙地、拉磙打场，哪一样也少不了牛，牛的作用，是再多的劳动力也无法替代的。在当时，不少孩童就是因为要放牛而中断了学业。

选购一头好牛，是农家天大的事，这也就凸显出了牛鞭手的重要性。

牛鞭手一般都是老者，身子精瘦，举止文弱，头上戴着礼帽，手里攥个烟斗，有的还在鼻子上架着一副金丝眼镜。牛鞭手并不多见，十里八乡往往也就只有一两个。

牛鞭手看牛时，眼眸里的光会突然变亮。不管啥样的牛，到了他面前，都会在他闪亮的眼光下现出本色。盯着牛看了足足有几分钟之后，牛鞭手再慢条斯理地绕走两圈，接着，他的举止便不再文雅，将烟斗塞进衣袋，用拳头在牛屁股上擂两下，有时在牛大腿上轻踹两脚，然后再到牛头前，一只手抓过牛鼻子，另一只手掰开牛嘴，查看牙口，于是这头牛的年龄、胃口、体力等便全部了然于胸。当然，牛鞭手同时也在心中确定下一个合适的价格。

牛鞭手心中自有一杆公正的秤，他不想落人怨言甚至砸了饭碗，他指望着在人们的口口相传中远播自己的声名。因此，不管是买家还是卖家，都大可放心，不必担心会吃亏，即使价格有些许偏差，也一定是在可接受的范围内。牛鞭手绝不明说看牛的诀窍，他像保护“祖传秘方”一样保护着自己的那份技艺，毕竟牛的买卖数量有限，自己能够挣得一份额外收入也是多日一遇。

牛鞭手会在自己实在干不动时带出一个徒弟。当然，这个幸运儿肯定是他最亲近或最信任的人。

剃 头 匠

临近月末，剃头匠便进村了。

剃头匠臂弯里挎着一只小筐，里面有一块深色的围布，有手捏的机械剃刀，有闪亮的刮胡刀，有一条明晃晃的荡刀布。

剃头匠每月来一次，在村里吃派饭。每次选定一户人家，摆上一高一矮两个凳子，用脸盆打来一盆清水，他便开始了工作。剃头匠一般只给老大爷和男娃子剃头，剃的一般也都是平顶和光头，有时也给一些小半拉橛子剃出一个个茶壶盖。至于那些大姑娘小媳妇，则不是剃头匠的服务对象，她们会去街上的理发店剪出式样各异的新式发型。

一些孩子特别怕剃头，往往被家长揪着，拧麻花般扭坐到小凳上，还哭闹不停。剃头匠则会从口袋里摸出一粒糖豆，塞到孩子嘴里。不用说，还真管用，孩子边抽泣边吮咂糖豆的同时，头已剃好。剃头匠笑眯眯地拍一下孩子新剃出的齐茬茬的平头，说一声“玩去吧”，然后就有下一位接上。孩子剃头是不用洗的，盆里的清水是给老大爷们光脸用的。

剃头匠在一家坐镇一天，村里有了很多新剃出的头，就像刚刚收过庄稼的田地。

剃头匠的酬金不是一次一收，而是在年底一次性收取。腊月里，剃头匠再来时，会推上一辆小板车，一些农家会用粮食来替代酬金，有的甚至给上一块腊肉。

…… ……

其实，我笔下这些手艺人的主业仍是务农。由于生活的艰辛与不易，他们便利用农闲时间，凭着自己的勤劳与智慧，在获取比别人多一份额外收益的同时，也给平淡的乡村生活增添了一丝亮丽的色彩。到如今，这些技艺有的早已消亡，有的随着时代的发展也早已被其他形式所取代。不过，他们行走的身影并没有消亡，还存留在人们的记忆中，也存留在历史的记忆中。

第二辑　挚爱真情

母亲总是笑吟吟地对我们说："这些钱攒着，留你们上学用。"母亲笑起来，嘴角有一道弯弯的弧线，脸颊有两个浅浅的酒窝，暖暖的，甜甜的，很好看。

——《母亲的笑容》

母亲的笑容

想当年，母亲年华美好，意气风发。她在繁重的农田劳作中看到的是丰收，在我们兄妹五个的吵闹声里听到的是希望。她就像一朵怒放的春花，欢笑在农家小小的院落内；又如同一只美丽的彩蝶，翩飞于乡村广阔的天地间。春风秋雨，酷暑严寒，母亲将勤劳的身影留给了大地，将人生的精彩书写在天空。

我们家最困难的时候是生产队时期。那时，我们兄妹五个相继降临人间。父亲是教师，远在外地，且属于“公家人”，教学之余要完成的也是公派任务，于是家中里里外外全得母亲一人操持。母亲为了照顾我们而无法出工，受尽了别人的冷眼和刁难。母亲小心翼翼地应对着，后来竟无师自通地学会了剪缝衣服，于是生产队给母亲指派了新的任务——为全队社员缝缝补补。母亲终于凭借着灵巧的双手找到了一条“终南捷径”，挣上了工分，让我们家渡过了难关。母亲就是这样用微笑面对生活中的苦难，她常常教育我们说：“再难再苦都别怕，这世上没有迈不过去的坎儿。”

如果说这一难题是巧妙化解的话，那么土地承包到户之后，母亲硬是拼命苦干拼出了一片天地。当时，年事渐高的爷爷奶奶也停止了长期漂泊，从淮北回到了家乡同我们一起生活，我们家分到了八口人的田，却没有一个完整的劳动力，所以农活还主要得靠母亲。母亲插秧快是远近闻名的，她总是领头在前，将其他人远远地甩在后面。母亲边插秧边哼着小曲，优美的音调和清脆的笑声随着水波一荡一漾。虽然我们家的队伍老少不齐，但在母亲的感染下，大家都很愉快，没有一个喊累的。

农闲时，母亲又在一个远房舅舅的帮助下，到一个叫牛集的街镇上摆了个“制衣点”，逢集的上午收回布料，中午赶回来，下午及晚上剪缝成衣，隔天逢集时再由人取走，从中间赚取每件几毛钱的加工费。牛集距我家有十几里路，遇到雨雪道路便泥泞不堪难以行走，因而母亲练就了极快的走路速度，并成了习惯，直到现在我们陪她散步，都难以赶得上她的脚步。母亲是个左撇子，习惯于用左肩背包，因为很多年背包的缘故，她的身子总是习惯性地偏向右边，我们说过她多次，她都无法改变过来。由于母亲待人诚恳，再加上手艺不错，很快便得到了人们的认可，每次逢集母亲都能收回一大包布料，每个晚上母亲都得在油灯下将缝纫机踩响到深夜，一直响到我的梦中。记忆中，我们家有一个盛煤油的大塑料壶，只要有摇着拨浪鼓的货郎挑担子经过时，爷爷奶奶就会把油壶蓄得满满的，以备母亲熬夜做衣服用。每次逢集回来，往往已是午后，母亲顾不上喝水吃饭，总是先将收来的钱币整理好，将那些皱皱巴巴的纸币捋平、折叠，然后认真地收起来。母亲总是笑吟吟地对我们说："这些钱攒着，留你们上学用。"母亲笑起来，嘴角有一道弯弯的弧线，脸颊有两个浅浅的酒窝，暖暖的，甜甜的，很好看。说这些话时，母亲也是踌躇满志，显得自信满满。母亲是有机会成为赤脚医生的，可就是因为认不全药名而未能如愿。母亲曾多次坚定地对父亲说："五个孩子，必须个个读到初中毕业！"母亲没进过校门，吃尽了不识字的苦，所以她宁愿自己多吃点苦，也不想让我们步她的后尘。尽管我们家田那么多，劳动力那么缺，母亲的许诺都从未松动过。

后来，我们兄妹几个升学、工作、安家、生子，喜事接二连三，生活越来越好。母亲自然是乐在心上、喜在眉梢，脸庞常常绽放着难以抑制的美丽笑容。父亲退休后，我们以"陪读"的理由将劳苦大半生的父母接进了城，目的是让他们陪陪孙辈们，享享清福。刚开始的那几年，母亲还像以前一样，满怀激情地投入新"工作"中去，将孙辈们的生活照顾得无微不至、学习时间安排得毫厘不差，前后几年间，孙辈中便走出了好几个名牌学校的大学生。母亲可乐开了花，经常在我们面前夸孙辈们懂事、争气、孝顺，就像当年庄稼喜获丰收或收回一大包布料时一样。

然而，春风易老，岁月无情，有时回头想想，时间真的不知去了哪儿。不知从何时起，母亲已不再是我们可以依靠的山，不再是我们可以乘凉的树。仿佛就是在不经意间，我发现母亲老了，很多事情都需要依靠我们了。母亲由于年轻时劳累过度，年老后身体一直都不太好。心率过速、哮喘、脑血栓、高血压等种种疾病缠绕着她，头晕得走路都要人搀扶。身体不好，母亲的好心情也就一落千丈。我们带她检查后，开的药她吃不下，说胃受不了。据说头晕是颈椎压迫神经所致，我们找医院的同学给她理疗过几次之后，她又说不见一点效果，拼死不去了。母亲一度神情颓废，精神迷蒙，长时间拉着脸木呆呆地坐着不动。当我们成天忙于工作，孩子们都已远走求学时，情况就更糟了，彻底闲下来的母亲仿佛一下子蒙了，有种手脚不知该往何处放的慌乱，脸上也很难再见到舒心的笑容了。母亲先是看不惯我们的生活，总是抱怨我们大手大脚花钱，用水用电不知道节俭，反反复复地诉说当年挣钱的不易。后来她看不惯父亲，不准父亲去老年大学，父亲新交了朋友她就有种受冷落的感觉，显得非常落寞。父亲爱读书，母亲一个人受不了寂寞；父亲爱拉二胡，母亲又说吵得脑子疼；父亲要她一块去参加活动，她又说自己啥都不会，去了难受。总而言之，母亲对现在的这种生活感到百般不适，有时甚至有点儿胡搅蛮缠、不讲道理，将以往的那些陈芝麻烂谷子都翻出来絮叨个没完没了，惹得大家心情都很沉重。一段时间之后，母亲看上去衰老了一大截。我们很为母亲的健康担心，但也只能让父亲多牺牲自己的爱好，多陪陪她，多带她四处走走。我有时陪母亲聊天，给她讲冰心，讲杨绛，旁敲侧击地讲老年人只有保持快乐，拥有好的心态，才能长寿。母亲叹口气，说这她都懂，但就是快乐不起来。有时母亲会随口嘟囔一句，要是有几墒菜园就好了，或是我们再生个二宝给她领就好了。我们知道，母亲一生勤劳，这是闲出来的病，就像一个旅行者，迷失了前进的方向，不知道脚步该迈向何方。

一次，我无意中和父亲说了自己暑假运动有点过量，腿一直有点痛，可能是半月板受了点损伤。母亲在一旁听见了，忙说她腿疼了好多年，最近贴了一种能发热的膏药竟然好了。说着她便去卧室拿了一袋递给我，我一看是一包暖宝宝，就笑着说，这不是膏药，贴了没用，父亲也在一旁打趣。有天晚上睡到半夜，我猛然惊醒，眼前清晰地出现了母亲当时暗淡下去的目光，就像一团旺盛的火苗突然熄灭，那目光一直飘在我的眼前，久久地无法消失。我突然明白，或许就是我们那些所谓的小聪明导致了母亲的自卑，其实在母亲面前，我们是多么的无知和愚笨。

有一次，我笑着和母亲开玩笑说：“在城里，我没法给你搞到菜园，不如我们回老家，那儿有田地，我也有能力在那盖几间房。”母亲当时眼睛突然亮了一下，说：“那谢谢儿子了。”我突然顿悟，母亲其实就是一株长在乡村田野中最朴实的庄稼，是像她亲手栽种的秧禾、麦子、红麻、花生、玉米一样的一株庄稼，广阔的乡村天地是她生长的土壤。在那里，母亲是行家里手，百般农活驾轻就熟；在那里，她能够呼吸自由的空气，沐浴明媚的阳光，因而青春勃发，风光无限。而如今，这冰冷的单元楼、坚硬的水泥路、闪烁的霓虹、流动的车辆不是母亲生活的土壤，不是，绝不是。面对城市呆滞的面孔和凝固的表情，母亲就失去了目标，失去了自信，自然感觉到无所适从，不知道该扎根何处。久而久之，母亲的心灵便失去了温度，笑容也便不见了踪影。母亲呀，其实我这话只能是一个玩笑，因为老家的老屋早已凋敝、坍塌，连老宅也被整成了一马平川的土地，我们又怎能忍心让你再回去呢?

于是，我们兄妹几个商定，有时间多陪陪母亲，经常接母亲到各家走走，让亲情和孝心化作雨露来滋润母亲的心田，从而融化母亲心头的坚冰，让母亲以后的生活快乐开心。这样做了一段时间之后，我们惊喜地发现，母亲的身体康健了不少，心态也平和了许多，久违的笑容又时而出现在了脸庞。这笑容，慈祥而又甜蜜，一直甜到我们的心上。我想，我们做了最该做的事，也只有这样做，我们的生命才能更充实，我们的人生才能最无憾。

父亲的三句话

我人生的行囊中，背负着父亲沉甸甸的三句话。

——“要想着大家。”

记事后，父亲总是这样对我说。

我家兄妹五个，记得那时站在一起就是一长溜。家里穷，我们常常觉得吃不饱肚子。衣服、鞋子更是大的穿过小的穿，缝缝补补还得穿。做起农活来也得个个争先，都在心里默念着自己要多干些。但我们谁也不敢挑剔，谁也不敢埋怨，谁也不敢反抗，因为谁要是偷了懒、起了私心，难免会招来一番“皮肉之苦”。

但毕竟都是孩子，天性难泯，吃饭时争争抢抢、磕磕碰碰的现象还会时常出现。这在平时倒没有什么，爷爷奶奶都会看着我们乐呵呵地笑，妈妈顶多也只会用筷子轻轻地敲敲我们的脑袋壳。而在镇上教书的父亲一回来，我们兄妹便会噤若寒蝉，饭桌上顿时了无生气，形同秋霜下的茄子地。

大姐就是在那时辍了学。虽然大姐成绩优异，回了家常常从书包里掏出花花绿绿的奖状，抹上浆糊端端正正地贴在土墙上，但因为土地已经承包到户，家里急需劳动力。一次吃饭时，父亲就对着大姐说：“你是老大，要想着大家，弟弟妹妹都还要上学，你就回来帮着家里干活吧!”于是大姐不得不离开了自己熟悉的校园，离开了自己心爱的书本，离开了自己亲密的同学。我还清晰地记得，大姐在以后很长的一段时间里经常以泪洗面。

我初中毕业那年，心中早就生出了一个信念：上高中考大学。当我填报了市一中的志愿后，父亲喊住了我。“你大了，应该懂事了，要为大家想想，你上高中，我们家实在负担不起，你要给你的弟弟妹妹提供多一点的机会呀。”父亲表情异常严肃和凝重，最后叹了口气说：“还是改报师范吧。”当时上师范就是捧到了“铁饭碗”，并且师范学校几乎不收费，每个月还给生活补助。就这样，我上大学的理想被父亲的这句话无情地隔在了银河之外。

现在想来，父亲的这句话如同一粒小小的种子，早早地种植并深深地扎根在了我们兄妹五人的心田上。

——“超过我就行。”

师范毕业那年，我被分配到了母校，与父亲成了特殊的同事。“超过我就行。”一节课还没上，父亲就这样对我说。

父亲站在讲台上教了四十二年的化学，踏踏实实，无怨无悔，是全校公认的“老黄牛”。学校领导那时也是把父亲当成了教师的楷模，不时地在大会小会上加以表扬。父亲显然对此感到十分荣耀，觉得自己仿佛就是我面前的一个高度。

其实，年轻气盛的我当时根本就没把父亲当成对手，我觉得他守旧，“年年岁岁花相似”，没有一点儿大的突破。于是我就淡淡地说：“您看看我干的吧。”记得父亲好像摇了摇头说了一句：“不见得吧，干出成绩来才有资格说大话的。”

于是，我努力。

于是，我创造了全镇教育上的很多“纪录”：我用最短的时间捧回了红彤彤的专科和本科毕业证书；任教的第二年，我的作文就获得了《中国教育报》举办的“创新作文题库”征文二等奖；我的课堂充满活力，令听课教师啧啧赞叹；我被公选为全镇的语文教研组组长；我是全镇第一个县“教坛新星”“教学能手”；学校创办高中，我是第一个被选为教高中语文课程的老师；我的教学文章、文学作品频频发表，成了小有名气的“校园作家”；我还是全镇第一个通过选调考试“进城”的教师……

于是，在我离开母校的时候，学校领导感到惋惜不止，父亲也是不得不对我刮目相看。直至现在，父亲对我的工作也从未挑出过任何毛病，我知道，他是从心底承认儿子已经超过了自己。

——“不怕挣得少，就怕走得早。”

我们兄妹相聚谈论时，偶尔也会对现状有所抱怨。父亲就会说：“我工作时，好多年工资就只有二十九块半，要养活一大家子人，现在比起来，你们不知道要好到哪儿去了。”

父亲退休了，退休工资并不高，但父亲很满足，过得轻松愉快、幸福安逸。

“不怕挣得少，就怕走得早。只要我和你妈身体不出问题，不耽误你们的工作就行了。”父亲总是笑着说。

退了休的父亲很注意修身养性，一把二胡成天拉得婉转悠扬。父亲还找了一套小学语文课本，一个一个地指着教母亲认字。被我看到后，母亲自嘲地说：“一辈子没上过学，老了倒当起小学生了。”有时也会揶揄地说：“你爸当了一辈子老师还没当够，退休了还拉我来当小学生。”

父亲更注重锻炼，每天早晚各走一个小时的路，风雨无阻。正走、倒走、侧身走，直走到精神饱满、心情舒畅。即使下雨下雪，他也会在长长的教学楼走廊上从这头走到那头，从那头再走到这头。一次，父亲兴奋地对我说：“锻炼确实管用呀，我去年体检时的高血脂今年没有了！”现在，父母移居城内，父亲每天早晚都会和母亲一道在马路上步行，在小巷中穿梭，在公园里转悠。每当我想到晨曦映照在他们的笑脸上，夕阳斑驳在他们的白发上，我的心里就会潮水般涌起一阵安宁与甜蜜。我也会时常感慨：父母的安康实在是子女们最大的福分啊！

刚刚从朋友的日志中读到这样一句话：“心不乏则身不累，像蚂蚁一样工作，像蝴蝶一样生活，生命一定会像阳光般灿烂。”像父亲这样永远保持一种良好的心态，不正是“淡泊明志，宁静致远”的最真实的写照吗？与父亲的经历比起来，我们在工作中还有什么事会让我们感觉到不顺心不如意呢？

父亲只是一个普通人，他的话不可能成为至理名言，甚至言谈中还免不了有一些局限与狭隘，但父亲的这三句话却深入而且会恒久地影响我的学习、工作和生活。我也将背负父亲的这三句话，轻松自如地走过这个多彩的世界。

我家的才女们

经常有朋友夸赞我性情生得阳光、开朗，日子过得诗意、从容，家庭一派温馨、和谐，我在暗喜的同时，将这一切全归功于我家的才女们——妻子和女儿。

妻子嫁过来不久就表现出了极强的生活能力。那时的工资还没套改，我师范毕业每月只有八十四元钱，妻子当时还待业在家，没有收入。记得那时我们吃的大都是清炒豆角之类的素菜，但就是那样清苦的生活，总能被妻子调理得有滋有味，有时几元钱的肉能被她烧出许多花样。女儿出生后，妻子更是和我进行了明确的分工，我俩各展所长，她负责生活，我负责教育。妻子堪称相夫教子的典范，这么多年，在家庭生活方面，她几乎从未让我操过心。我和女儿所有的衣服都是她亲手购买，甚至我们每天出门的穿搭也都在她的计算之内。有时家里宴请亲友，妻子总能将一桌美味在心中构思妥当，然后一个人系着大围裙在厨房烹制。我要是想过去帮把手，她总会架着臂膀嚷道："出去，出去，别在这碍手碍脚！"中间那些年，妻子被调到外乡镇工作，当时正赶上女儿上学的关键时期，妻子总是单位、家庭两头奔波，风里来雨里去，克服了诸多困难，硬是将我们的生活安顿得妥妥帖帖。并且，妻子在处理人际关系上又远远高于我这个"书呆子"，逢年过节，妻子总会早早地备好礼品，对于老人和长辈，该花的钱花到，该敬的礼敬上，该请的客请来，娘婆二家处得其乐融融，这也使得妻子在我家整个族系里、在邻里之间都有着很好的口碑。

妻子的天赋不仅仅表现在家庭生活上，在工作中她更是一点没含糊过。乡镇工作千头万绪，并且很琐碎，有时忙起来就不分白天黑夜。妻子对此从来没有叫过苦喊过累，而是想尽办法去将工作做到圆满。为此，她付出了许多艰辛的劳动，比如村里修路，她须顶着烈日参与其中；比如防洪救灾，她要风里雨里摸爬滚打。妻子干工作丝毫不肯马虎，她在镇里担任宣传委员、组织委员、副镇长的十余年间，所分管的工作几乎年年都能受到县委县政府的表彰，她自己也多次被评为“先进工作者”。一次，市计生委领导到她驻点的村检查计生工作时，问到哪她就能答到哪，几乎是每一人每一户的情况她都了如指掌，领导误把她当成了村里的计生专干，并在县、镇领导面前将她一阵好夸。去年，妻子被调到县直机关后，协管单位的信息工作，为此，她常翻字典、勤查网络，经常回到家与我讨论遣词造句，结果所写的信息被县、市、省的各类网站大量采用，有时一天都能上几篇。今年年初，妻子在毫不知情的情况下被评为2016年“全市信息工作先进个人”。我在闲暇之时也爱动笔涂鸦，但总感觉自己成天趴在学校，每个日子都像是从复印机里复印出来的千篇一律，因而视野太窄，成了井底之蛙。而妻子，面对的是全县的各行各业，并且有着丰富的基层工作经验，所采写的信息面广量大，这又不得不让我由衷地敬佩。现在的我们家，读书已形成了风气，电视机几乎成了摆设，每至夜深人静，我和妻子都是各自抱着一本书入眠。

“青出于蓝而胜于蓝。”从小到大，女儿都表现得灵性十足，堪称我们家的又一才女。女儿不断地成长，同时也在不断地进步，给我们家带来了一重又一重的惊喜。

女儿在入学之前就认识了几百个汉字，背诵了许多儿歌和古诗。幼儿园时，老师点名，几次下来，她竟然能将几十个孩子的名字从头背到底，一个不差。后来，她敢于向我挑战，和我比赛背诵带“花”带“鸟”的诗句。饭桌上，她还能出一些数字题考我和妻子。她跟着爷爷练习二胡，两年多时间就考完了十级教程，快弓拉得让她爷爷都惊叹不已，小小年纪登台演出也毫不怯场。入学之后，她又养成了较好的学习习惯，学习效率较高，有时不完成作业多次喊她吃饭她也不理不睬。女儿对我说：“爸，您没能上高中考大学，别遗憾，我替您完成！”初中毕业，女儿考到市一中，距家两百多里路。我由于工作太忙，三年中去看望她的次数屈指可数，更无暇顾及她的学习了。但高考揭榜时，女儿却以优异的成绩考取了重点大学，兑现了诺言。

大学期间，女儿将学习习惯很好地延续了下来。我经常下晚自习给她打电话，她还大都在图书馆里看书。每学期，我们都能收到她获奖的佳音，每学年，她也必是学校一等奖学金的获得者。大学期间，女儿入了党，去年毕业，她又以全专业第二名的好成绩被保送到南京大学攻读硕士学位。这不，研究生刚读一年，女儿就有两篇论文通过筛选，被国际会议录用。前不久，她还只身远赴罗马，面对来自世界各地的参会人员，几次登台宣讲论文，解答专家们提出的疑问。当我们为她的远行担忧时，女儿却说：“爸，妈，你们把我养这么大了，我的事你们就别操心了，我已有能力处理好自己的事了。”想想这些，我们就为之激动。当然，我更知道，女儿未来的路还很长，她的才能还将有更广阔的展现空间，或许这空间大得我都无法想象。

看到我自夸了这么些，您可别见笑，因为我为她们而自豪。您也别误认为她们取得这些成绩很简单，其实这里面包含了很多不为人知的努力与拼搏。不过话说回来了，没有努力，没有拼搏，人生的价值又何在呢?

一件春秋衫

回到家推开院门，我就见老母亲正用塑料盆端着衣服到水井边打水。

看到她颤颤巍巍、一步一滑的样子，我心头一紧，本想再说她几句，可一想，还能说什么呢，说又有什么用呢？责怪她不用洗衣机，她保准说就这两件小衣服，负累不着；埋怨她不用自来水，她肯定又会说自来水凉着呢，还是井水暖和。我不想反驳她：这与水凉不凉没关系呢，您就是想省点电费水费……

见我皱着眉，母亲有些不好意思，笑了笑说："你爸的一个衫子，我打点水搓搓就行了。"

我说："妈，您放着吧，我来搓。"

塑料盆里是一件蓝色的旧衫子，我从井里打上水，倒上洗衣液，刚搓上几把，就感觉这衫子特别眼熟，不由得停了下来。愣了一会神，我的思绪一下子回到了很久以前。

三十年前，家里特别贫穷，我好像从来都没有穿过一件像样的衣服。记得考取师范的时候，爸爸把他的一件中山装送给了我。我那时身子单薄，个子矮小，中山装穿在身上晃晃荡荡，就像罩了个大风衣。我爱打乒乓球，可身上穿的旧衣服总是裹来裹去，极不方便。我那时是多么渴望能拥有一件运动衫呀！这样的运动衫穿在其他同学的身上，别提多精神了。好像是在师范二年级的时候，我终于梦想成真，省吃俭用买了一件春秋衫——深蓝色，圆领，套头，下摆和袖口都有半拃宽的收边，左胸处还有个扁圆扁圆的什么牌子的标志。这件春秋衫厚墩墩的，用手摸上去软软的、绒绒的，穿在身上，往球台边一站，我自己都能感觉到自己就是一道风景。后来我当了教师，成了家，这件春秋衫也自然被淘汰，我也就没有再去在意它流落何处了。没想到今天我又见到了这件春秋衫，再看它，早已破旧不堪，颜色是那种老旧的淡蓝，领口和袖口早已松垮，那个扁圆的标志仅剩一点痕迹，左肘处薄如蝉翼，右肘处已经磨破，用蓝布缀了一块补丁，补丁四周是母亲惯用的那种密密的针脚……

望着水盆中的这件衫子，我不由得眼眶发热，泪水几乎要流了出来。这件被我扔掉的春秋衫不知什么时候又被父亲偷偷地收了起来，这么多年来不知道他又穿过多少次，一直穿到现在！父母的节俭又何止体现在这一件春秋衫上呢？父母一生辛劳，我们都希望他们现在能多享享福，而父母的节俭依旧。这段日子，父母来我家小住，家里可没少了他们的唠叨，他们总是反复地絮叨我们不知道节约，絮叨以往生活的种种艰难。吃饭后，他们一点剩菜剩汤都舍不得倒掉；刷碗时用水龙头冲洗，他们就说水浪费得可惜；他们在客厅里只开一盏小灯，我们嫌光线太暗，前面开他们后面关；他们总是从院中的水井里打水冲马桶，甚至不惧雨雪，置我们的担心于不顾；他们每天都要去超市拿广告，时刻关注打折信息，经常为买几斤降价的马铃薯去排几个小时的队……

其实，我和妻子已经够俭省的了，我们从来都没有大手大脚地花过钱，从来都没有和别人家攀比过。我从小就知道父母特别节俭，我们兄妹的衣服向来都是大的穿过小的穿，一件衣服常常能穿个三四茬；那时吃饭，碗里哪怕落了一个米粒，爸爸的筷子就会敲到头上；我们用过的作业本，没写上字的纸页也总会被裁下来重新订好再用……我知道，父母就是靠着节俭，在极度贫穷的家庭条件下供我们兄妹上学，将我们兄妹五人先后送出了农门。节俭是父母的习惯，也早已成了我的习惯，父母早已把这种习惯深深地植入我的血脉之中。

“一粥一饭，当思来之不易；半丝半缕，恒念物力维艰。”我知道，把这种节俭的家风延续下去，是我这个为子者对父母最大的孝顺；把这种节俭的美德传播开来，也是我这个为师者的职责所在。

院里有棵石榴树

前几年修整小院，辟出了一方小小的花坛。妻子说："栽棵什么树吧！"

就在一瞬间，石榴树的身影倏地闪现在我的眼前，如同一道闪电，迅疾而又炽烈！

多年前，老宅的院角就有一棵石榴树。婆娑的枝叶，火红的榴花，咧着嘴的石榴果，无不鲜活在我的记忆中，一点儿也没褪色。

这棵石榴树还于我有恩。

我小时候爱长疮。有天夜里，我因面部三角区的那个紫红的大疮而高烧不退、哭闹不止。乡村中没有医生，爸爸又是心疼又是着急，无奈地在庭院中转个不停。深秋的农家小院破败不堪，只有墙角的一棵石榴树结着累累的果实，焕发着生机。爸爸灵机一动，摘下一颗最大的石榴，塞在我的手中。而我，竟搂着这个大石榴迷迷糊糊、混混沌沌地睡沉了。

我感谢那棵石榴树！而老宅和石榴树早已不在，这在我心中有着不小的遗憾。

听完我的故事，妻子当即拍板：就栽石榴树！

于是，时隔多年，老宅院角的那棵石榴树从我的记忆中"穿越"到了我如今住的小院里。

石榴树给小院带来了绿意，给我们家带来了春色。风雨中，它唱着欢快的歌；骄阳下，它为小院遮出一片绿荫。每到夏季，我们下班回家，总是将自行车、电瓶车推到那片浓荫下，分享一份清凉。在我和妻子的精心料理下，石榴树健康成长，很快便挺拔婆娑，没几年便开花挂果，有一枝还泰然自若地越过院墙，伸到了邻家的院中。

一个秋日的傍晚，邻家的老奶奶敲开了我家的院门，手里拎着一个竹制的小筐，里面放着半筐溜圆的石榴。她说："你家石榴树今年丰收啦！这些是我从自家院子里摘下的，物归原主！"妻子忙阻止，连声说："结到您家院里，就该属于您家的！您平时还得帮着清扫落叶，这是您该得的报酬。”我也忙上前说：“我家的石榴可能没有超市里卖的籽粒大，但绝对是纯天然无污染的绿色食品，你们一定要把这些留着自己品尝呀！”

从此，我们家和隔壁的这对老年夫妻走动多了起来，有时谁家蒸了馍、包了饺子都要送一些过去。得益于他们的照顾，我和妻子又学到了很多生活中的小常识，日子久了，总感觉他们像父母一样亲切。“姐在南园摘石榴，哪一个讨债鬼隔墙砸砖头……”我们安徽有一首著名的民歌《摘石榴》，在歌中石榴引发了爱情，而我家的石榴树却在无意中演绎了邻里亲情，这不能说不是个意外收获。

如今，石榴树扎根在我家小院中，真真实实地长在我的生活里，满是人间烟火味。

院里有棵石榴树，真好！

远行的女儿

“爸，妈，我已顺利到达，放心勿挂!”

接到女儿的信息，已是凌晨两点。我倚在床头，毫无睡意，目光虽游离于翻动的书页间，心却一直飘飞在万里之外。

妻子叹口气说:“女儿长大了!”然后我俩面对面怅然若失。

忽地就忆起一件往事。

那时女儿刚刚才能把话说利索，我牵着她的手慢悠悠地走。女儿一只手拉着我，另一只手拽着一个彩色的氢气球，一上一下地抖动着，嘴里还咿咿呀呀地唱着歌。一不小心，女儿撒了手，气球拖着长长的“尾巴”，随风歪歪斜斜地飘向空中。女儿甩开我，蹒跚着步子向前追了几步，就仰着脸定定地立在那儿了。片刻，女儿咧开嘴，哭声呼之欲出。我忙蹲下身，搂过女儿，安慰她说:“昕儿不哭。嫦娥姐姐就一个人住在月亮上，太孤单，她肯定见你的气球漂亮也想要。你就送给她吧!”女儿想了想，点点头，脸上又有了笑容。晚上，在我已将这件事忘了的时候，女儿突然抱住了我的脖子，将脸贴到我的耳边，轻轻地问:“爸爸，嫦娥姐姐收到气球了吗?”我哑然失笑，忙说:“应该收到了吧!”女儿嗲声嗲气地说:“爸爸，我长大了，要去很远很远的地方，还要去月亮上陪伴嫦娥姐姐。”

如今，女儿真的长大了，她也真的去了远方，飞到了我想象不出是什么情形的意大利。我生长在偏僻的乡村，小时候对世界没有任何概念。父母偶尔赶集，一只响哨子、一个圆皮球、一把小水枪、一双帆布鞋就是我最美的期盼。那时，“集”在我心中就是最远的地方。初中毕业，第一次坐汽车，那是因为眼睛近视，爸爸带我去省城配眼镜。第一次见到了平坦的马路、高耸的楼房、闪烁的霓虹、长长的火车，我才知道世界原来那么大。后来虽然走了一些地方，但对于出国，我是从来没敢想过的。

我总觉得女儿还是个孩子，所以说实在话，女儿去参加学术会议，我和妻子都高兴不起来，心中有的只是对女儿独自外出的担忧与牵挂，并且有好几夜都未能成眠。可以说，女儿买了机票，我们的心和她一同启程；女儿抵达异国他乡，我们的心也伴着她漂洋过海。

人有时总是矛盾的。我们给了女儿尽量好的教育，给她养成了好的习惯，让她考上了名牌大学。但这同时也就意味着女儿有了远飞的翅膀，在家的日子就变得屈指可数了。我们有时一边为她收拾行囊，一边在心中暗自失落。女儿是独生女，虽说我们很爱她，但也并未娇惯她，因而她懂事明理，练就了刚强的性格和超凡的能力。女儿常说："爸，妈，你们把我养这么大了，不需要操心了。"但说心里话，我们还是喜欢女儿在身边的日子，还希望把她当成小孩子那样抚育、照顾，这样我们才安心。我们和很多父母一样，经常在这样的矛盾中痛苦、欢笑。而当我们得知女儿要远去国外时，心中除了牵挂，已是别无他有。

我再次翻看女儿的信息，然后呆呆地凝视着。还是没有一点睡意，可能注定又要一夜无眠，于是我又不得不自己安慰自己，"好儿郎志在四方"，属于女儿的天空广阔无边，她还会有一次又一次的远行，还会走更远更长的路，而我们唯一的姿态就是支持，哪怕是眼含热泪。女儿的足迹或许会远到我们的想象都难以到达，但我们的心会始终陪伴着她一路前行，到天涯，到海角。

清明，我长跪在奶奶的坟前

清明时节雨纷纷。

奶奶，这清明的纷纷暮雨是孙儿思念您的泪水吗?

不，不是的！孙儿的眼里早已没有了泪水，只有奶奶的笑容、奶奶的慈爱；孙儿的心中早已没有了悲痛，只有奶奶的温情、奶奶的甜蜜。

奶奶，是您坐在竹椅上，戴着老花镜，后仰着身子，艰难地为孙儿纳鞋底吗？奶奶，是您蹲在菜畦上，拔出嫩小的萝卜，用衣襟擦净，塞进孙儿的嘴里吗？奶奶，是您站在塘埂上，眯缝着双眼，久久地瞅着远方，希望看到孙儿放学归来的身影吗？奶奶呀，您离开我已有二十七个年头了，但往事一桩桩、一幕幕，为何老是出现在我的眼前？您的爱一丝丝、一缕缕，为何老是凝结在我的梦中？

奶奶，您本来是在淮北的阜南县城与二叔同住的。我知道，是因为我的出生，您来到了淮河南岸的这个偏僻的村庄，说得再直接一点，您是专门过来照顾我的。从此，您就把您全部的爱寄托在了您的大孙子身上，是您的爱伴着我学会了说话、学会了走路，是您的爱一路引领着我健康成长。

刚有记忆的时候，我就是跟在奶奶的身后。您到菜园择菜，我跟在后面揪菜叶子玩；您去草堆抱草，我拉根稻草在嘴里嚼半天；您点火烧饭，我就趴在灶门口抓泥灰。我一会儿见不到奶奶就会吓得大哭，而当您抱起脏兮兮的我时，我会觉得这个世界一下子安稳了下来。奶奶，您是我幼儿时代最温暖、最安宁的心灵的依靠，您给了孙儿幼小心灵一个宁静的港湾。

我小时候一直是奶奶带着睡。记得炎热的夏夜，您总是带着我“占领”家中唯一的凉床，将其搬至小院中，用毛巾醮着热水抹一遍，将我放在上面，一边为我摇着蒲扇扇凉驱虫，一边向我唠叨着生活的艰辛，虽然我似懂非懂，但那时离了您的声音我是难以入眠的。而到了寒冷的冬季，您又就着昏暗的煤油灯，将床上褥了一层厚厚的稻草，一个劲地催促着："大孙子，大孙子，快来给奶奶焐脚头呢。"待我钻进被窝扑到您的怀里时，感觉被窝早已非常热乎了，于是我就"咯咯"笑着给您挠一阵痒痒，然后再恬然入梦。

我入学特别早，那时二姐刚到入学年龄，我便闹着要和二姐一同上学。父母看我虽然小，但有二姐带着我，反比两年后让我自己上学更放心。去过几次学校之后，我感觉上学并不好玩，就坚决不去了。但妈妈已用几方手帕为我缝好了书包，新书也领过了，爸爸便说这万万不可。于是，爸爸一只手拉扯着我，一只手用柳条鞭打着我，将我向学校拖。这时，奶奶，您总会颠着那双小脚，颤巍巍地小跑着在后面赶，而我则会用尽全力哭着喊着向后扑，奶奶到了，我便一把抱住您的腿。奶奶，这时您是我的救星，您会劈手夺下爸爸手中那可恶的柳条，掼在地上，将爸爸数落一顿，然后俯下身，抱紧我，用衣袖擦干我的眼泪和鼻涕，再哄着我去学校。我常常就是这样，在奶奶的注视下，一只手拉着二姐，抽泣着，一步三回头地走向学校。记忆中，这样的场景不下几十回。奶奶，您就是这样注视着我一次次走进校园，目送着我走进了知识的殿堂。

即使到了学校，我还是盼望着早早放学，因为奶奶每次都会在家门口的塘埂上等着我归来，直到看着我完好无损地回来，您才能放心。您会将我拉到您的房中，从您做针线的箩筐中摸出一块糖塞到我的嘴里，之后用双手捧着我的脸，笑着说："乖孙儿，好好上学，长大了考状元当驸马呢。"然后就是一个劲儿地千叮咛、万嘱咐：好好学习、诚实做人、帮助别人、不说谎话，等等，没完没了，直说得我一连串地点头为止，您这时便会将脸上的皱纹笑成了一朵花。奶奶，正是您长年累月的絮叨不止，让我明白了人情世故、懂得了人间冷暖。奶奶，如果说我后来养成了较好的品质，如果说我取得了一点点可喜的成绩，这些又何尝不是您心血的结晶呢？

说句公道话，奶奶，您远没有像疼爱我那样去疼爱我的两个姐姐。您总是说："丫头片子就得学会做活，男孩子金贵点没什么，以后还指望他们爬坟头呢。"因此，您使唤的是她们，宠爱的是我，有什么好吃的总是留着给我，可惜我小时不懂事，有了好东西还必到姐姐们面前炫耀，仿佛这样分配是天经地义的事。现在想来，"老儿子，大孙子，老奶奶的命根子”，这种观念在您的心中是永不动摇的。然而就是这种有些偏私，甚至是略带一点狭隘的爱，塑造了您在我心中完美的形象，并将感恩的情怀融入了我的血脉之中。

奶奶，您的腿摔坏是我到镇上上了初中之后的事。那时，我住校，已经好几天没有见到您了。妈妈用板车将您送到了镇医院，看到您难受的表情，听着您痛苦的呻吟，奶奶，您知道吗，我当时就想痛哭一场，但为了不让您对生活失去信心，我没有哭，我只让泪水在心中默默流淌。好几个晚自习我都没上，我愿意陪着奶奶，给您讲高兴的事儿。我还将脏乱的病房打扫得干干净净，从野外采来一束花摆在奶奶的床头。终于，奶奶，您浑浊的目光中有了生气，您悲伤的叹息被笑声代替。这之前，每到周末，我都是周六晚上回家，周日晚上到校。而自从奶奶的腿不大方便后，我便将周日晚上到校改成了周一早上到校，虽然要起个大早，但能在家多待一个晚上，能在奶奶起来坐下时多搀奶奶几次，能坐在奶奶床沿边拉着奶奶的手多叙一会话儿，我的心里很乐意。

1988 年的暑假，当我和二姐同时拿到师范和中专学校的录取通知书后，我们便急匆匆地往家里赶，想把这个消息尽快告诉家人，告诉奶奶。因为让我跳出“农门”，吃上“皇粮”，是奶奶最大的心愿啊。那天，我们家过节一般，人人都特别兴奋，奶奶更是喜得合不拢嘴。我对奶奶说：“奶奶，等我以后工作了，您过去和我一起住吧！”奶奶高兴地抚着我的头，轻柔得如同春风一般，说：“好孙子，我知道你不是那种娶了媳妇忘了娘的人，奶奶以后就跟着你过好日子去。”我到了县城上学的第一件事，就是用自己平时积攒下来的零花钱为奶奶买一根上好的紫漆枣木拐杖。当我把拐杖送到奶奶手上的时候，奶奶对我又是好一阵子的夸奖。

然而，天违人愿，还未等到我兑现诺言的时候，不幸的事发生了。那天我吃过晚饭走进教室准备第二天考试的时候，舅舅骑着一辆破旧的自行车赶到了我即将毕业的县师范学校，告诉我奶奶病危的消息。这个消息犹如晴天霹雳，当时，我的脑子一片空白，触电一般浑身哆嗦了起来。舅舅是受爸爸的委托专程来找我的，因是下午，没有了班车，舅舅骑了一百多里路，本打算第二天才走，可我执意要连夜赶回去。舅舅见我哭肿了双眼，哭哑了嗓子，只得答应了我。我们摸着黑，在通往镇上的坑洼不平的石子公路上摸索着骑行，舅舅太累，而我的力气又不太大，我们骑一阵，走一阵，跑一阵，发疯似地往家赶。当时天还较寒，但汗水湿透了我的全身，胳臂、腿均摔得鲜血直流，可这些我一概不顾，我只在心里反复念着一句话：我要见到奶奶，一定要见到奶奶！

天快亮的时候，我们终于到了家。当我哭着喊着扑到奶奶的冷铺上时，奶奶正用微弱得几乎听不见的气息念着我的乳名。而当奶奶确认摸着了我的脸颊时，奶奶，您安详地闭上了眼睛，任由我怎样撕心裂肺地呼唤，您再也没有对我说上一句话。一连几天，我一句话也不说，哭一阵停一阵，就连多年没来的二叔一家从阜南赶来时，我也没有和他们打一声招呼。

出殡那天，我已没有了泪水。我趴在棺材沿上默默地注视着奶奶，奶奶一脸平静地躺着，皱纹已完全舒展开来。奶奶，您是因在生命的最后时刻见到了您的大孙子而满意地睡着了吗？我默默地为奶奶拉平衣服，然后拉起奶奶的手臂，将那根紫漆的枣木拐杖平放在奶奶的臂弯里，就像当年我躺在奶奶的臂弯里一样。那一阵子，我常常以泪洗面，还常常唤着“奶奶，奶奶”从睡梦中惊叫而醒。

奶奶，又到了清明节，孙儿又来看您了。孙儿长跪在您的坟前，孙儿的眼前又出现了您的音容笑貌。然而阴阳两隔，孙儿再也无法得到您的爱了，再也无法孝敬您了。孙儿能做的只有在您的坟上多加几抔黄土，在您的坟前多烧几沓纸钱，在您的坟前多磕几个响头。

奶奶，您能听到孙儿对您的诉说吗？

姨妈生病

姨妈今年六十八岁了。

六十八岁的姨妈还是像年轻时的风格一样，说起话来高声大语，做起事来干脆利索，走起路来风风火火。突发性脑出血——姨妈的病也如同她的性格一样，来得太突然了，突然得令我们猝不及防。

深夜的电话铃声急促而又响亮，吓了我一跳，神经也不由得骤然绷得生硬。放下电话，我忙不迭地赶到医院，姨妈已做完了脑 CT，挂上了氧气，输上了药液。姨妈右半边身子已全然失去了知觉，仿佛所有的神经和细胞都睡着了、睡熟了一样，左半边身子虽然还比较正常，却因病痛的折磨而不停地扭曲着，她仿佛要用胡乱挥舞着的手臂去撕破那张笼罩着她的无形的痛苦的网。

守在姨妈的病榻前，看着姨妈痛苦的表情，听着姨妈痛苦的呻吟，悲痛如同涨潮的海水一般，一层一层涌上了我的心头。我是在姨妈的身边长大的，是姨妈疼着爱着长大的，姨妈对我和几个姨兄妹是没有任何区别的。我也特尊敬姨妈，对她像对待自己的母亲，我总能感觉到“姨妈身上娘肉香”，况且姨妈和我母亲长得十分相像。正月初二，我们一家三口去看望姨妈，姨妈特别高兴，心情好得如同那天明媚的阳光。我们一遍一遍地叮嘱姨妈慢一点，姨妈却朗声一笑，说：“没事，我什么病也没有。你们工作忙，别惦记我。”不想，正月尚未过完，病魔——这个讨厌的不速之客便闯进了姨妈的生活，也淋湿了我们的情感。

近两周了，姨妈的病情虽说已基本稳定，但仍只能僵躺在病床上，仍需日夜照看，我也趁着双休日去陪护了她几个通宵。今天，姨妈从小城医院转到了条件更好的省城医院，我无法跟去，但我祈祷、牵挂的心一直伴着姨妈前行。

我常想，父母的健康是子女最大的祝愿，也是子女最大的福分。以前，父母安康，我们还未到立世的年龄，而到了工作顺利、想放开手脚去成就一番小小的事业时，又不得不去面对亲戚朋友们的病痛，一次次被生老病死刺痛着心却又无能为力。唉，奈何，奈何！

我又想，曾在药店的门额上读到过这样的一副对子：“但愿世上人无病，何愁架上药生尘。”这美好的祝愿若能成真，普天之下的人们该是多么的幸福呀！

我还想，既然我们无法躲避病痛与灾难，那为何不珍惜现有的时光呢？“树欲静而风不止，子欲养而亲不待。”一旦我们在父母生前留下了遗憾，那么我们的人生该是何等的黯淡无光啊！

脑子很乱，不知所言。只愿姨妈早日康复！希望下次见面，姨妈又能风风火火地走路了。

嫂　子

每次回老家，我都要去堂哥家坐坐，为的是去看望看望嫂子。

嫂子叫叶素琴，住在霍邱县龙潭镇新城村。她原本也有一个温暖幸福的家庭，有两个活泼可爱的儿子，然而在1997年，厄运降临到了她的头上，堂哥突然患病，初诊为红斑狼疮，后来被确诊为皮肌炎，不久便全身肌肉重度萎缩，整日整夜疼痛难忍，以致卧床不起，完全丧失了劳动和生活自理能力。

以前，堂哥是家庭的主要劳动力，嫂子只是跟在后面做个帮手。堂哥生病后，里里外外全得她一个人，农家活千头万绪，对于嫂子来说如同乱麻一般，她一样样向乡亲们请教。繁重的农活使嫂子一天下来常常腰酸腿疼，可回到家，她还要面对冷锅冷灶，接着生火烧饭，伺候堂哥。有时躲在厨房里，嫂子常一个人偷偷地流泪，却不敢放声大哭，她怕堂哥听见想不开，她要在堂哥面前表现得开心乐观。堂哥虽然卧床不起，但他还是家庭的主心骨，没有他这个家还叫家吗？

午秋二季收割是嫂子一年当中最累的时候，收割不等人呐！而嫂子家中一贫如洗，一天三顿全靠咸菜就饭，饱一顿饥一顿的，想请人干活，可又没有东西招待别人，怎么能张开嘴呢？割、捆、挑、打、扬，田里场上她忙前忙后，没有一个帮手。一次，她担着稻捆子迈步过一个缺口时，由于筋疲力尽，一下子摔倒在缺口里，半天没能爬起来，幸亏被别人发现才把她拉了起来。一季下来，嫂子瘦得不成个人样，乡亲们实在看不过去，就你来帮一把、他来干一天，嫂子感动得直掉泪。她常对堂哥讲："还是好人多呀！乡亲们还没忘了咱，大伙还记着我们家呢！"

新学期到了，孩子没有钱交学杂费，嫂子就到学校找老师和校领导诉苦，说到伤心处，她放声痛哭，校领导和老师们深受感动，决定全部免除她孩子的学杂费。

而堂哥的病就像一个深不见底的黑洞，始终不见一丝曙光，他每天都得在药物的陪伴下度过。但嫂子没有因为债台高筑而放弃过给堂哥治疗。每天夜里，堂哥全身肌肉疼痛难忍，嫂子就不停地给他搓揉，几年来，她没有睡过一个囫囵觉。2002 年冬天的一个深夜，堂哥突然病情加重，全身关节溃烂，痛得昏了过去。嫂子急忙披上衣服就去找医生，由于天黑路滑，她一下子滑倒在水塘里……待她一瘸一拐地找来了医生，手脚都冻麻木了。堂哥苏醒后，拉着嫂子的手泣不成声地说："素琴，我不能再拖累你和孩子了，让我这个没用的人去吧。"而嫂子却面带笑容地说："你真傻！你想，我现在再苦，可有你在我心里就踏实，就有个盼头呀，你的病总有一天会治好的；如果你不在了，我们孤儿寡母会更苦，可那时我受苦还有什么意思呢？"就这样，嫂子几次把想寻短见的堂哥从死亡的边缘线上拉了回来。

堂哥整天躺在床上，常常望着窗户发愣，嫂子知道他心里闷得慌，就想为他买一辆轮椅车，农闲时推着他出去晒晒太阳、散散心。可这个愿望当时也是很难实现的，因为她每一分钱都要用在为堂哥买药上。别人接济的一点鱼肉，嫂子总是让给堂哥和孩子吃，自己从来舍不得尝一口。逢年过节，嫂子就拉上两袋粮食去卖，然后买点好吃的，让堂哥和孩子吃好，自己则只喝点汤水。看到堂哥和孩子开开心心的，嫂子心里就觉得亮堂。在她的意念中，现在医学这么发达，丈夫总有一天会好起来的，这个家也终究会好起来的。

嫂子的十年艰辛没有白费，到了 2006 年，堂哥的病情奇迹般地开始好转，两年后，竟能下地走路，甚至能干一些轻微的农活了。

现在，生活有所好转的嫂子虽然又黑又瘦，但她在我的心中早已矗立成了一座丰碑。

老　舅

每次回老家，我都会去看望老舅。

老舅只比我大十几岁，我们几兄妹小时，他尚未成家。老舅常常带着我们到处玩耍，将广阔的乡村天地变成了欢声笑语的游乐场，所以我们也就和他特别亲近。

后来我们到了上学年龄，便埋头苦读、潜心求学，与老舅很少再有交集。日子就这样过得平平淡淡，了无痕迹。然而不经意间一抬头，我们都已长大，老舅也早已成家生子，过上了幸福的小日子。

老舅特别自信，特别开朗，年轻力壮是他的本钱，一儿一女是他的骄傲。老舅常挂在嘴边的一句话就是："现在的日子好过，只要肯干，能混好！"我们也附和着："如今形势大好，勤劳持家的人，路会越走越宽的。"老舅闲不住，农忙时在家种好庄稼，农闲时便外出务工。见老舅将庭院拾掇得井然有序，将田地打理得绿意葱茏，将日子经营得口舌生香，我们也打心眼里为他高兴。

然而，就是这种"好过"的日子，却给了老舅重重磨难，给老舅的生活涂抹上了一层又一层灰暗的色调。

老舅先是在一家皮革厂上班。据说厂房内声音嘈杂，空气污浊，环境很糟。老舅很快便感觉到肺部不适，胸疼胸闷，咳嗽不止。我忙为老舅送去有关尘肺病的资料，并极言利害，劝他别去那儿打工了。老舅在家休息了一段时间，见身体好转，便又出了门。这次是在一家装修公司干活，干了两年，老舅的腿又患病，疼痛不堪，难以屈伸。老舅只得在家疗养，治了很长时间，药吃了几大箩筐，就是不见好转，后来竟到了难以下床的地步。最后在我们的极力劝说下，老舅才去省城做了彻底检查，原来是脊椎上长了个小瘤压迫神经所致，以前的治疗治错了地方，全是白费。好在老舅的手术顺利，身体很快恢复了健康。

然而这些仅仅是老舅悲剧人生的序幕，后来的丧子之痛给老舅的打击才是致命的。

老舅没进过学堂，自然不太懂得对子女的教育，再加上生活所迫，两地奔波，也就无暇顾及两个孩子的学习。表弟表妹稀里糊涂地上完初中便被卷入打工的浪潮之中。表弟头脑灵活，几年辗转后也成了家，与朋友在苏州合开了一家音像制品店，倒也轻松，且收入颇为丰厚。然而，天有不测风云。一日，三个流里流气的小痞子到店里买录像带，说是买，其实是抢。表弟拉住其中一个理论，那家伙竟从口袋里掏出刀子对着表弟的腹部就是一下。

这个画面想起来就让人揪心，表弟就这样早早地离开了我们，仅留下一个尚在襁褓中的儿子。后来三个歹徒虽然被当地的民工合力擒获，可表弟已不能复生。老舅的天塌了下来，一家人几近崩溃。我们无从探究到老舅家的悲剧根源，因为每个人都有着不同的生存状态，而这其中又有着太多的偶然与意外。我们不知道该怎样去劝说悲痛欲绝的老舅一家，因为就连我们自己也都伤心不已。

我们很担心老舅从此难以振作起来。然而令我们没有想到的是，老舅第一个站了起来。他揩干了腮边的泪水，将哭得奄奄一息的姥姥送进了医院，然后对着几度昏厥倒地的舅妈吼道："别哭了，我们难道都不活了吗！都别哭了！"老舅还对舅妈凶道："别见到人就说，一遍一遍的，丢人！"就这样，老舅如同田间的巴根草一样，在严寒中枯萎了一阵之后，又顽强地抬起了头。我清楚，老舅第一时间明白了"救活不救死"这一道理，将一个即将坍塌的家又撑了起来。就像余华在《活着》中写的一样：活着，这个词语充满了力量，它的力量来自忍受，去忍受生命赋予我们的责任，去忍受现实给予我们的苦难。老舅忍受了根本无法忍受的现实，承受了不能承受的生命之重，做出了最正确的选择。老舅也不知道祥林嫂和她那被狼叼走的儿子阿毛，但他及时地挽救了舅妈，没让她成为一个现代版的"祥林嫂"。这之后，老舅再没外出打过工，就在家里安心侍弄着土地，一如既往地担负着家庭的重担：奉养年迈的母亲，照顾体弱的妻子，抚育幼小的孙儿。

如今，老舅也已年逾花甲，仍然种了不少地，刚上初中的孙子是老舅的精神支柱。"将孙子培养成才是我最大的心愿。"老舅常常说。老舅能够抛开那段不堪回首的往事，驱散那层浓雾重重的阴霾，我们很为他高兴。平日里，我们除了给他一些力所能及的帮助外，也在心里默默地为他祝福：但愿老舅以后的每一个日子都能远离风雨，阳光明媚！

父亲·教鞭

一

"她从来不打骂我们。仅仅有一次，她的教鞭好像要落下来，我用石板一迎，教鞭轻轻地敲在石板边上，大伙笑了，她也笑了。我用儿童的狡猾的眼光察觉，她爱我们，并没有存心要打的意思。孩子们是多么善于观察这一点啊。"

经常会忆起魏巍先生《我的老师》中的这段文字，于是也就经常会忆起父亲，忆起父亲的那根圆润亮泽的枣木教鞭。

二

父亲堪称一位严师厉父。

父亲有一根精致的教鞭，枣木做成的。经父亲长时间的把握，再加上岁月的打磨，它呈现出深褐色，光滑笔直、圆润亮泽。

真正品尝父亲教鞭的滋味是在我上初中以后。我是在偏远的小村度过童年、读完小学的。那时父亲在镇上的中学任教，长住学校，只能周末回来，又得被一些重体力的家务、农活拴住身，自是无暇顾及我。只记得有父亲在的餐桌便失去了往日的欢声笑语，我们兄妹几个都噤若寒蝉。

当我上了初中，投奔到父亲"帐下"，与他朝夕相处时，父亲的教鞭便给我留下了终生不灭的印象。

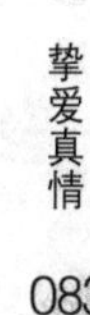

初中时期，在我倘有顽习不改耽误学习或与人相处出现争端时，父亲便会一脸寒霜地将我逼向墙角。正当我不知所措地嗫嚅时，父亲的那根教鞭已蓦地顺在手中，在我的身上轻快地弹跳着。虽然这根教鞭未曾给我造成过皮肉之伤，但父亲这警告性的表示足以令我时时心悸。青春叛逆时期，我曾憎恨父亲的教鞭，萌动过毁坏它的念头，可都是望而却步了。为了减少父亲教鞭的“爱抚”，尽量让它少在我身上“跳舞”，我只得在学习上时时努力，在与同学交往上处处让步。也正因此，三年初中后，我顺利地考取了县师范学校，成为当年全镇“脱农”仅三四名学生中幸运的一员。回想起来，这确实是父亲教鞭的功劳。

就是我在师范学习期间，父亲还常常过问我的生活、学习及为人处世。每有令他不满之处，父亲还会用教鞭在我肩上音符般轻敲两下，可这时，我已能感觉到父亲的教鞭释放着一种神奇的力量。正是在这根教鞭的鞭导下，我不敢苟过一日，不知疲倦地读书、学习。我怕愧对父亲的教鞭，怕愧对父亲那严厉而充满渴求的目光。

可以说，父亲的这根教鞭与我的人生之路结下了不解之缘，它鞭导着我踏踏实实学习，指引着我老老实实做人。我感谢父亲的教鞭。

父亲的不少学生回来看望他时，也都提到了那根教鞭。我知道，父亲的满园桃李中，有很多人和我一样，也都感激着父亲的那根圆润亮泽的枣木教鞭！

三

后来，父亲将教鞭送给了我。

那是在我师范毕业被分配到一所乡村小学任教时，父亲将那根教鞭用毛巾反复擦拭，然后郑重地递给了我。父亲说：“这根教鞭我用了怕有二十年了，现在送给你，你要用好这根教鞭，在工作上超过我。”

我不喜欢像父亲那样将教鞭夹在书里，一头露出一大截。我到镇上的木匠铺，用电钻的小钻头在一端钻了个眼，穿上一截尼龙绳，去上课时拎在手里，荡荡悠悠，悠悠荡荡。下课后，我擦去上面的粉笔灰，将它挂在办公桌旁的墙壁上。

我没有用这根教鞭打过学生，小学生太嫩，打过一下他就不和我亲了，我只用这根教鞭指认黑板上的生字，教读黑板上的诗句。所以孩子们都特别喜欢这根教鞭，教学空闲时，总会有孩子向我讨要教鞭，然后在黑板上指指点点，过一把当小老师的瘾，引得教室里笑声一片。

也有那么一次，我照着一个孩子的屁股敲了一下，那个孩子立刻用手捂住屁股，在大家的哄笑声中跑开了。这个孩子后来考上了大学，读了硕士、博士，事业上现在已小有成就，去年回来看望我时还提到了这件事。他说："其实我裤口袋里有一个小玻璃瓶，里面装着吹泡泡的肥皂水，当时怕被您的教鞭敲碎了，所以赶快跑掉了。"

拥有父亲教鞭的那些年，我也一直铭记着父亲的话。我的教鞭下，很多孩子健康成长，取得了非常好的成绩。我也和孩子们一块儿成长，岗位不断调整。当然，在每一次奔赴新的工作岗位时，我肯定不会忘记带上那根枣木教鞭。

四

令我没有想到的是，父亲收回了那根教鞭。

那时父亲已退休，来到县城，非要到我的办公室坐坐不可。见那根教鞭挂在办公桌旁，他便第一时间拿在了手中。

"城里的孩子金贵，你不能再用教鞭了！"父亲说。

"我从不体罚学生呢！我也是老教师啦，经验多着呢！"我说。

"那就更用不着了。这根教鞭和我一样，该退休喽！"父亲叹了一口气，却是不容辩驳的口吻。

"这根教鞭对我的成长功不可没，我就是想让它伴着我，做个纪念！"我自己都能感觉到自己的语气中含有很大的乞求成分。

父亲面色凝重，从口袋里掏出几页纸，上面有一篇题为"老师，请放下您手中的教鞭"的文章。父亲说："你坐着，我读给你听。"父亲的语速很慢，我静静地听着，又联想到当时媒体上很多关于老师的负面报道，内心五味杂陈，不知不觉中，眼眶湿润了。

父亲虽然退休，可因为我是教师的缘故，他老人家从来都没有远离教育。每次见面，他总要和我谈论很多教学中的事情，详细地了解我班主任工作的一些情况。父亲也总感叹，现在的手机越来越难管了，现在的"留守儿童”越来越难教了……

我不好拗了父亲的意，只得让他拿走了那根教鞭。我知道，这是一位老父亲对儿子的关心，也是一位老教育工作者对晚辈的警示，但我还是觉得自己就像突然丢了魂一般，心里空落落的。

那根圆润亮泽的枣木教鞭始终未曾远离我，我一直将其珍藏在内心深处。

破碎一地的鸡蛋

上海。

动车到站。出口处，人涌如潮。

踏步电梯缓缓而下。一对年过花甲的夫妇手拎装满鸡蛋的纸箱挤在人群中。过久的负重，他们的手几近麻木，女的侧开身，将纸箱的一角搭在电梯上。片刻，电梯接近地面，女的刚弯腰想提起纸箱，不想后面人流一动，人便整个儿失去了重心，一下子趴摔在地。紧跟在她后面的一只脚已无法收住，在她的脊背上重重踏过，紧接着一个女孩也是跪摔在她的身上。老年男子惊呼一声，慌忙甩掉手中的纸箱，用身子护住了地上的两个人。于是，纸箱成了从电梯上蜂拥而下的人们踩踏的对象，鸡蛋破碎了一地，蛋液流了一地……

梦中惊醒，已是汗湿被褥、泪洒枕巾。我翻来覆去，竟再难成眠。

不，这不是梦！这个镜头这几天已在我脑中重复出现了无数次！这就是前些天刚发生的真真切切的事，这对老年夫妇就是我至亲至爱的父母！

本来是喜事儿，弟弟、弟媳即将做父母。妈妈急着赶过去照顾一段时日，但让她单独前行我们不放心，于是让爸爸专程护送。六安到上海的动车四个半小时到达，那边有弟弟开车去接。一切安排都很妥当，不曾想还是出了事。

妈妈在走之前就一直在唠叨："听说这动车不能多带东西，这可咋办？"她之前专程回了一趟老家，托亲戚收了一些笨鸡蛋，还专门吩咐我给她腌晒一只羊准备着。我就和她开玩笑说："您最好还是空手去。这些东西不值钱的，繁华的大上海什么买不到？再说，你小儿子、小儿媳出息着呢，一个博士，一个硕士，不用你操心的。"但是我知道，妈妈准备的东西她还是执意要带着的，这就是母爱的最真实的体现吧！

去的当天打电话，他们只说平安到达。爸爸回来之后也是一字未提。

前些天打电话，妈妈说身体不太好，心口疼，腿也不灵便。怪我粗心，没有深追。直到元旦那天我们聚会，二姐一家、我一家、妹妹一家都在，爸爸才把当时的情况大致说了一下。虽然爸爸说得轻描淡写，但我还是受到了极大的震惊。

我不止一次地看过“踩踏事件”的新闻，却从没有这么近距离地感受过。不用爸爸描述，我完全可以想象出当时的每一个细节，甚至比我亲眼所见还要真切。但每一次的回想，我的心都有一种撕裂般的痛感。

真的不愿回想，甚至不愿带着悲痛的心情来写下这篇文章。不知从何时起，我就感到父母已不再是我可依靠的山、可徜徉的河，不再是我以前的那样的心灵的寄托。仿佛就是在不经意间，我发现父母老了，老在他们头上的白发，老在他们脸上的皱纹，老在他们佝偻的脊背，老在他们蹒跚的步伐。

总不愿把父母比作叶，因为叶儿知秋，终会飘零到泥土中；总不愿把父母比作灯，因为灯油耗尽，最终也会熄灭。虽然我深知“修短随化，终期于尽”的常理，虽然我明白岁月对人的侵蚀无时不在……

唉，悲哉！痛哉！愿妈妈尽快康复！也在这新年的门槛上，祝愿天下所有的父母幸福安康！

小　叔

和前几次一样，小叔还是开着他的“宝马”车从天津回来的。

和前几次一样，我们叔侄俩面对面坐着喝酒。三杯两盏下肚，不免又是一番感叹嘘唏。

小叔是我小爷的儿子。我爷爷排行老大，小爷排行老小，他们兄弟俩年龄的差距大造成了小叔与我年龄的接近。小叔只比我大一岁，我们一起度过了童年，一起走进了教室，一起上完了小学，又一起读完了初中，然后才各奔东西。

小叔虽然只比我大一岁，但他发育比我快，懂事比我早，又因为我们住得特别近，我打记事起好像从来就没与小叔分离过，仿佛总是“跟屁虫”一般跟在他身后。我俩在一起玩，在一起淘气。那时，我们简直玩疯了，农村中广阔的田野、清澈的池塘、诱人的果树、碧绿的菜园，无不留下了我们放肆的足迹。我们一起翻菱角、割鸡头，一起捅蜂巢、掏鸟窝，一起摘梨杏、偷瓜果，也一起赶着几只大白鹅走出家门，或一起骑在水牛背上嗷嗷乱叫。而当我们满身泥污或遍体鳞伤地回来受罚时，小叔总会承担大半的罪责，因此他挨的打总比我多，也比我重。而小叔毫不在乎，当我难过得流下眼泪时，他却总是安慰我，哄我开心。

童年时，小叔往东我往东，小叔往西我往西，小叔打狗我便打狗，小叔撵鸡我就撵鸡。或许正是凡事都由小叔“罩”着，长期以来我便养成了依赖的个性。到了上学年龄，很多事情我都表现得没有主见。而小叔时时都能清醒地知道他是长辈，因此便自然而然地充当起了我小学时代的“保护神”。不知有多少次，我惹了祸总是躲在小叔的背后，而小叔总是将手臂张开如同翅膀一样护着我，甚至有几次他为了帮我，和别的小朋友们打了起来，即使是几次受了伤，他也还是一副无所谓的神态。因为小叔带着我上学，母亲在用几方手帕给我缝书包时，也总有小叔的一个，小叔对此自然是欢天喜地。

记得一次放学回家，小叔看到了那个几近干涸的水塘，便怂恿我与他一起下水捉鱼。于是我们把书包扔在了田墒沟里，在水塘里闹了个泥猴一般，也着实有了不菲的“战利品”，捉到了好几条鱼。这样的事在我们童年生活中算得上是常有的，本不值一提，可当我到家之后才发现语文书丢了，这下爸爸便不饶我了，无情的巴掌重重地落在了我的屁股上，还罚我下跪，一直不让起来。记得小叔急了，摸黑出了门，在田墒沟里居然找到了我的语文书，才使我逃过了一劫。

那时我们虽然是学生了，但从来没有家庭作业。回家之后，我们便一起翻开泥土，寻到蚯蚓，忙着去“请黄鳝”和下黄鳝笼子。这样的事父母从来不干涉我们，因为我们有忙的，他们会特别省心，又用不着在家里点着灯，还节约了煤油，同时，我们的收获还可以改善清苦的生活。所谓“请黄鳝”，就是用一截棉线拴住一段蚯蚓，系成一个肉球，棉线的另一端系在一截麻秸上，以便插在田埂边。贪嘴的黄鳝咬住肉球是绝不肯松开的，而那时黄鳝几乎到处都是，所以我们每晚都有收获，而这收获往往都是大半归我。我俩每人还有十几个黄鳝笼子，将蚯蚓穿在细柳条上，放到笼子里，然后摸黑将笼子埋在池塘边或水田边，第二天一早准能“丰收”。那时我们的经验颇丰富，我们知道池塘里的黄鳝大而肥、水田里的黄鳝细而多。当我们找到好的地方时，小叔总是先征求我的意见，我若不下他才下。尽管是他找到的好地方，如果我要想下，是尽可以下的，小叔从来不会介意，用他的话说，好地方多得是，哪儿都能逮到黄鳝。

只有一次，小叔大声地呵斥了我，是在小学放学的路上。几个小朋友说说笑笑，打打闹闹。小叔突然说：“我说个故事给你们听吧，只有小宝不准听。”我当时就不乐意了，一个劲地说：“我要听，我偏要听。你凭什么不让我听?”小叔突然大声地呵斥着：“没有为什么，不让听就是不让听!”然后小叔自顾自地讲他的故事。我当时感到特别委屈，心想：不让听我也听，非听不可。小叔说：“有个喂驴的人提着篮子去打驴草，结果一个蛐蛐跳进了篮子，回去之后蛐蛐叫，驴支棱着耳朵听，然后故事没有了。”一个同学就问：“驴怎么在听就没有了呢?”小叔哈哈大笑着说：“你看，我讲故事驴不都支棱着耳朵在听吗！只有小宝没有听。”说完撒腿就跑。我这时才知道小叔原来是在捉弄人。其实小叔从来没有把我当成同龄人，在他的心中，从小到大，我完完全全就是他的小辈。

记忆中，只有一件事可以让我在小叔的面前扬眉吐气。那是个残阳如血的夏日傍晚，我和小叔将各自的大水牛放饱之后，松到了水塘里，让它们舒爽地在水中翻着滚、喘着气、喷着水。然后小叔先脱光衣服跳入水中，待我下水后却不见了小叔，我以为小叔在扎猛子，过了一会儿小叔突然在不远处的深水中露出了头，眼直翻白，手急急地乱抓着。我当时吓坏了，不知哪儿来的勇气，两下游过去，抓住小叔的手猛一带，便把小叔甩到了浅水区。幸亏池塘里的水大部分都很浅，幸亏平时野惯了的我们水性都很好，才不致酿下大祸。现在回想起来，我都有点后怕。我和小叔在塘埂上躺了很久，小叔吐出了好几口水，我们那时压根就不知道什么叫抽筋，小叔说他下水后便不能动了，是不是水里有水精。这件事我们回去之后只字未敢提起，只是以后再也没在那个水塘里洗过澡。

回想起这段时光，我总会感到特别亲切、特别迷人。然后是上中学，那时一个年级两个班，我和小叔不同班。虽然我们都住校，课后还在一起玩，周末还是一同回家，周一一早再一同到校，但隐约中我们之间已经有了一点隔膜了。说不清为什么，或许是在不知不觉中我成了老师心目中的好学生，或许是小叔在学校有了几次颇为有名的“战争”，或许是到后来小叔各科考试的总分还不及我一科的分数高，总之，到了初中毕业，便有了我们分离的残酷现实。

小叔在家里种了几年田，但种田没能让小叔过上好日子。我那时已回到镇里中学任教，小叔赶集时到我那儿吃饭，就显得有点木讷。现在小叔有钱了，但小叔的发迹史是一段充满血泪的辛酸史。小叔先买了一辆破客车，却发生了一个小小的事故，而那时的小叔还没有驾照，便全赔了进去。然后小叔外出打工，回来时我问过小叔干的是什么，小叔支支吾吾说是在“粭铁”。我没好多问，后来问了解情况的母亲，母亲告诉我说就是在垃圾堆里找铁片。当时我眼前出现过小叔一手拎着个鱼鳞袋、一手拿着个火钳在垃圾堆里寻寻觅觅的画面，一时心里很不是滋味，难过得几乎落泪。后来几经周折，小叔好像在一家物流公司打工，并凭着他的机警渐渐摸出了门道，逐步发展了起来，自己到天津开起了物流公司，现在在全国已有了近二十家分公司。

对于小叔的这段经历，我俩都不愿多提及。小叔多次让我们一家去天津玩，我去过一次北京，因是集体行动，未能如愿去看望小叔。今年暑假去大连，经过天津，又是擦肩而过。小叔拉着女儿的手说：“好孙女，以后报考南开大学，爷爷的家就在南开大学对面。你只要到天津上学，一切爷爷全包了。”说这些话时，不知怎的，我觉得小叔的语气和神态中竟有了几分老人的慈祥。

对于小叔，女儿自有她幼稚而独到的看法。女儿问过我：“爸爸，你成天强调让学生学习好，而这个小爷当时成绩不好，现在怎么这么有钱?”女儿是无法透彻地理解小叔的辛酸的。当小叔提到儿子去了澳大利亚时，女儿也曾在背地里颇为不屑地对我说：“哼，上个小初中就去国外，明儿上大学还不到星球上去呀！”

写到这儿，夜已深，天正寒，手几乎冻僵在键盘上，于是想起了一首诗：“绿蚁新醅酒，红泥小火炉。晚来天欲雪，能饮一杯无?”小叔，辛酸已离去，生活已美好。下次，我俩不再回忆，不再感叹，只作对酒当歌，一醉方休，如何?

小叔，在外打拼，一定要保重呀！

弟弟的婚礼

国庆佳节。自古繁华的扬州。最负盛名的西园大酒店的百合厅内。

气球朵朵，鲜花簇簇，彩带飘飘，喜乐阵阵。霓虹灯在不停地闪烁，人们在不停地欢叫。弟弟的新婚典礼正在热热闹闹地进行着。

我们兄妹五个，弟弟最小。作为已经成家立业的哥哥、姐姐们，我们均携家人悉数从安徽霍邱赶往了扬州，共同见证了弟弟的婚礼。

或许是年龄相差较大的缘故，我童年的储存卡里并没有太多关于弟弟的记忆。因为弟弟呱呱坠地的时候，我已经是个背上了书包的小小的读书郎。而我那时正沉迷在与同龄孩子们的疯玩中，自然与襁褓里的弟弟没有“共同语言”，顶多是在放学后去看看弟弟，用手指弹弹他那粉嘟嘟的脸蛋，然后便甩掉书包又野了出去，玩他个昏天黑地。用父母的话说，那时他们从来都摸不着我的“辫梢子”。

我到镇上上了初中之后，弟弟的形象便开始在我的心中鲜活了起来。那时我住校，每周六傍晚才能回到家。记忆中，弟弟总是到处乱跑，嘴里不停地喊着：“哥哥回来喽，哥哥回来喽！哥哥带我杀妖怪喽！”边喊边用力地挥舞着手里被他称作“宝剑”的麻秸。那时在农村，我和弟弟均没有任何玩具，于是我只得投其所好，带着弟弟在暮色中乱“杀”一气，然后哄着弟弟在安稳中入睡，我再坐到他的身边就着煤油灯看一会儿书。

上初中后的我虽不太顽劣，但哄得弟弟团团转的事倒是常有。比如夏天，我和弟弟互相扇扇子，弟弟给我扇的一百下是一点儿不会有差错的，而我给弟弟扇时，数字常常会大打折扣。比如我的一个小故事便能让弟弟任我差遣，但使力的活儿我是绝对不会让弟弟做的。记得那时杂交水稻还未在农村普及，我们家种的就是暑假里便成熟的“先锋一号”，虽然我身小力单，父亲还是用两根细柳桩一头死结一头活结地制成了“稻夹子”，让弟弟帮着我挑稻。而我总舍不得让弟弟在烈日下抱稻铺子，总是将柳桩插在地上，自己一个人抱稻。那时我会吩咐弟弟在稻场上接应我，因为稻场的一边有树荫，这样弟弟便可以少受些热晒之苦。

应该感谢我勤劳朴实的父亲，应该感谢我聪慧善良的母亲，他们用生活的点点滴滴，用自身的一言一行教会了我们兄妹五人该怎样做人，使得我们姊妹五个向来都互相帮助、互相尊敬，直至今日，我们都没红过一次脸。而对弟弟，因为他最小，我们给他的爱又是最多的。我和弟弟是家中的男孩子，因此只要是到了一块，向来都是我带着弟弟行动。我会在春天的丽日下为弟弟摘来成把成把的野花，会在夏日的夜晚给弟弟捉到很多很多的流萤，会在秋天的成熟中让弟弟尝遍我能找到的所有瓜果，会在冬季的白雪中堆起一个和弟弟一样高的雪人。记得有一次，我和弟弟将一群鹅赶到了一个蒲草塘里，教会了他几首古诗后，便为他采来了蒲草棒玩。弟弟见蒲草棒上的蒲绒非常柔软，就一再追问我蒲绒有什么用，我随口敷衍说能做枕头。见弟弟闹着想要，我便决定用蒲绒做个枕头送给弟弟。这可不是一件容易的事，我牺牲了几个星期天才采够了蒲棒，又用指甲将蒲绒细细地抠下，再将其晒干。当枕头终于做成的时候，弟弟高兴得乱跳，我自己也同样乐开了花。

后来，我为求学而离开了家，弟弟也到了上学的年龄。平日，我们兄弟俩便如同走在两条平行线上，只有寒暑假，我们才能在家中会聚。那时，我们不再有开阔的野外玩耍，不再调皮地相互嬉戏，有的只是虽单调却充实的室内读书生活。弟弟的求学之路顺风顺水，小学、初中、高中、大学、硕士、博士，一路走来畅通无阻。我们前面的兄妹四个均因当时家庭特别困难而没能读高中，初中毕业后便选择了中专或师范。于是在弟弟初中毕业的那个节骨眼上，我们均已走出农村参加工作的兄妹四人合力说服了父母，让弟弟上了我们省的重点中学——六安一中。弟弟将聪明与实干巧妙地结合了起来，不负众望，向我们交出了一份最完美的答卷，成了我们家族中有史以来学历最高的人。

弟弟在南京大学环境工程学院取得了博士学位，弟媳也在南京大学读完了硕士。两个志同道合的人携手于上海创业，只有一年多的时间便站稳了脚跟，成了有房有车的沪城“白领”。于是，事业初成的他们便选择在弟媳的家乡——扬州，走上了婚姻的红地毯，让洒满南京大学的爱情驶向了一个名叫“家庭”的更加幸福的港湾。

二 姐

刚进家门，妻子就急呼呼地说：“快打电话给二姐，让她下班后直接来，我做好了晚饭，还熬了粥。”

二姐工作调动，我们又可以朝夕相见，这可把我高兴坏了。妻子自然也高兴，我向她说过自己小时候的生活，她能感觉到二姐和我之间的姐弟情深。

提起二姐，自然要说一说她背着我爬树摘杏子那件事，那大概是我记忆的源头。

我家有一棵高产的老杏树，每年都会早早地开出一树白花，远远望去犹如一团硕大的雪球。不久，杏子渐大渐黄，所有枝条又都被压得弯弯，如同二爷爷弓着的腰。这棵杏树扎根围沟畔，偎在院墙边，位置长得很是尴尬，再加上它粗壮、高大，就给采摘杏子增加了难度。家里有长长的竹竿，可我们却不想用，那样敲打下来的杏子落在地上的，都会裂出大口子，酸水直流，让人可惜得直跺脚；落到围沟里的，更是溅起一个个转瞬即逝的水泡泡后便无影无踪了。那天午后，满树泛黄的杏子又把我和二姐诱了去。从凳子爬上院墙，再踩住杏树主干那个轱辘弯子，二姐便可以抓住横枝爬上去，而我却不能。可那天我非要上不可，一则严厉的爸爸不在家，我自然成了脱缰的野马；二则爷爷奶奶还有妈妈都在午睡，我们有较长的一段时间可以待在树上避暑纳凉，可以拣最大最黄的杏子吃个痛快，还可以像鸟儿一样在树上歌唱。二姐拗不过我，只得答应背我上树，我更是被杏子诱惑得忘记了恐惧，生平第一次爬上了那个土坯院墙，然后爬到了二姐的背上。二姐真勇敢，真的背着我爬过了那个轱辘弯子，可再也没有力气上去了，卡了相当长一段时间。二姐实在支撑不住了，只得大喊大叫，而我也吓得哇哇大哭，好在妈妈及时赶到，救下了我们。妈妈没有骂我们，而是给我们每人摘了两颗杏子，还告诉我们杏子摘下后要焐几天才能除去酸性，不然会酸倒牙的。当然，妈妈又对二姐叮嘱了很久。

二姐比我大两岁，但我们是一起上的学。二姐背过我许多次，上学走累了，我便拉住二姐，仰着脸不出声，一副眼巴巴的样子，二姐就会背上我走一段。据说家里原本不准备让二姐上学的，可因为不放心我一个人走路，二姐才沾着我的光背上了书包。也正由于这个原因，二姐照顾我特别尽心，对我的一些不合理要求也总是一再宽容。下雨路滑我也不想走，就脱掉鞋子拎在手中，伏在二姐的背上，两只脚还不安分地乱蹬乱翘。二姐就会说:“小弟，小弟，别乱动，摔脏了衣服要挨骂的!”伴随着这句话的往往是一个大大的趔趄，我也就不敢动了。可过不了多久，这个场景又会重现。那时的我太弱小，二姐是我的依靠，她让刚入学的我时时有一种安全感。那时，我总感觉二姐的肩背是那么宽厚，我可以伏在上面看秧苗在田野里欢快地歌唱，看鸭子在粼粼的水面上尽情地嬉戏，看炊烟在空中袅袅地飘散，但有时我犟脾气上来了就特别不听话，揪着二姐的褂襟子不出声也不松手，哪怕快要上课了，急得二姐直掉泪珠子。

大约上到三年级，土地承包到了户，我家和二爷爷家合分到一头老水牛。看到我已能独立上学，家里打算让二姐回家放牛。二姐痛哭不止，我也又哭又闹。后来爸爸就采用了一个折中的办法，让二姐上午去上学，下午在家放牛。那头老水牛很温顺，你可以踩着它的犄角骑到它的背上，感觉自己像个威武的将军，可就有一点不好，天热时见不得水塘，那时谁都拉不住它，二姐就有好几次险些被它带入水中。那几年，我似乎特别懂事，每天傍晚散学，片刻也不耽搁，撒开脚丫子跑向二姐放牛的野外，然后把半天所学的东西告诉二姐。有时候我会接过缰绳，甚至是爬到牛背上。但更多的时候，二姐会把牛牵到宽敞的地方，在牛缰绳上再接一截长绳，绳头栓个木桩，用石块钉在地上，任水牛自个儿转着圈吃草，二姐就趴在旁边的草地上做作业。而我也躺在草地上，有时和二姐说说校园里的新鲜事，有时自个儿看天上的白云、鲜红的夕阳、疾飞的鸟儿，有时吃着二姐抽的嫩茅薏，甜甜的，香极了。好几次，我都迷迷糊糊睡着了，醒来时，暮色已浓，老水牛也吃饱了，卧在一旁反刍，而二姐还在不停地写着算着。

尽管这样，二姐的成绩还是非常好，每次考试，我和二姐总是前两名。小学毕业升初中时，我俩又都考了高分。也许是这个原因，二姐又和我一同上了初中。那时，我已比二姐高大，可二姐还处处护着我、让着我，始终“小弟，小弟”地叫着。从小学到初中，二姐始终和我一个班，还同桌。我们姐弟俩从来没有生分过，那么多年几乎没有说岔过话、闹过别扭，更多的是两颗脑袋凑在一个煤油灯下共同学习。直到初中毕业，二姐上了中专，我读师范，形影不离的姐弟俩才被迫分开。

后来我们再各自求学、工作、成家，有时忙起来一学期也见不上一面。但只要是节假日，我们便会找机会小聚一下，往来可记述者也甚多。但我更爱回溯到记忆的源头，更爱忆起二姐肩背上的温暖，更爱听二姐“小弟，小弟”的柔声呼唤。这些记忆更清澈，更明净，更富情趣，更为动人。

经常见到或听说兄弟反目、父子成仇的事。现如今，金钱味似乎冲淡了血缘情，而于我，“血浓于水”的亲情早已融入血脉之中，早已镌刻在灵魂深处。我会时时寻觅儿时的那些记忆，更会珍惜现在拥有的这些难得的时日，创造出更为生动的记忆篇章。

犹忆女儿童稚时

一

女儿刚满周岁。

女儿最怕待在屋里，成天拉着大人的手到处乱走，最喜欢坐绑在自行车横杠上的小椅子和我一起在路上兜风。我说，女儿热爱大自然。

家住学校，女儿看惯了学生做课间操，不知从什么时候起，也学着做了起来。每当高音喇叭奏响雄浑的《运动员进行曲》时，女儿便条件反射似的摇摇晃晃地走到操场上，和学生面对面舞开了小手臂，偶尔稍稍蹲一下身子又猛然直起，引来一阵阵笑声。

女儿常到办公室找我。快到办公桌时，她总是“哈哈”笑着快跑几步，我忙伸出一只手招呼她不要栽倒。待她止住步，我又自顾忙起来。她就仰着脸，用手抓我的胳膊，我若故意不理，她便发出不太清晰的语音“ba、ba”。我把她抱在腿上，她就极快地伸出小手抓住我的笔，不管办公桌上放的是我的备课笔记，是学生的作业本，还是我写文章的稿纸，她都会尖着嘴发出一个长长的音“yi”，纸上也同时出现了一条长长的带着尾巴的竖线。

女儿时而大哭，那是她走路累了或大人没有迁就她极强的个性时。但她一看到电视上令人眼花缭乱的广告，不管哭得多凶，都会停下来专注地看，待广告完了接着哭。每当此时，妻子便忙不迭地拿起遥控器调台找广告。我们便戏称广告是女儿的“止哭灵”。

女儿有时夜间尿床。第二天起来，我指着湿了的被褥绷起脸问她：“你怎么又在床上印地图了？”她会将头抵在我的膝上，慢慢地向下滑，以撅起小屁股，嘴里发出“da、da”的声音，我就在她屁股上轻轻地拍两下，她也就直起身，好像彻底交代清楚了一样笑着扭过身摇晃着走了。

家有小女，增添了诸多情趣，营造了乐融融的家庭氛围。

二

女儿初通人性，出语常常妙趣横生，让听者忍俊不禁。

一天，女儿无意间对墙壁上的电源插座产生了兴趣，伸出胖乎乎的小手触弄了起来。我忙上前制止，并警告她说："昕儿，以后再也不能玩插座了，当心电打着人。”女儿眨巴着亮亮的眼睛歪着头看着插座一会儿，然后跑到我身边拉我蹲下，凑到我的耳边小声地问："爸爸，电的手在哪里？他没有手怎么能打人呢?”

有一年夏天，我们一家人坐在电风扇下吃西瓜。突然，女儿大哭起来，我和妻子忙上前问其故。原来女儿吃西瓜时不小心将一粒西瓜籽咽到肚子里去了。我们笑着安慰她说没事，女儿却边哭边说："怎能没事！我的肚脐眼肯定会长出小苗苗的。”一句话，逗得我和妻子捧腹大笑。

一天晚上，电视上出现了儿童舞蹈的画面，可爱的姿态引得女儿拍手叫好。一会儿，女儿忽然跑到电视机旁，把头伸向电视机后面看个不停。我问女儿干什么，女儿一本正经地说；“我来看看人是从哪儿到电视里去的，我也想进去跳舞。”

一次，女儿生病住院，我和妻子忙前忙后地照顾料理。待一切安顿妥当，妻子坐在女儿的病床边有一句无一句地逗女儿玩。妻子调侃地问女儿："昕儿，妈妈这样疼你，以后等妈妈老了，你买什么东西来孝敬妈妈呢?”女儿想了一会儿，没有正面回答，却反问妻子："妈妈，我也很爱您，以后等我老了，您买什么东西来孝敬我呢?”只这一句，惹得整个病房一片哗笑。

家有如此女儿，家庭氛围便其乐融融，生活也因之而温馨无比。

三

闲暇时间钟情于书本，是我颇感欣慰的事，于是就精心设计自己的小

小书房，稍有空闲，就钻进小书房，融入书中，任思绪随着那隽永而神奇的文字流淌。房中的我，或坐或躺，常常忘却时光，忘却自我。妻子偶尔也“光临”片刻，在房中喷洒一阵桂花香水，并小鸟依人般温存几句。就是这个书香永驻、芬芳四溢的小屋，丰富了我的生活，扩大了我的视野，增长了我的知识，同时也潜移默化地影响了女儿。

宝贝女儿三周岁时，有一次突然向我的书橱发动了“侵略战争”。那天，我回到家，见小书房门开着，里面有一些响动，便急切地走了进去，只见我那些心爱的书被扔得满地都是，乱七八糟的，一股怒气立时冲上了脑门。我正想雷霆万钧地爆发一通，却见女儿奔来跑去，扔出我的书，捧着她的画册往书橱里塞，忙得汗水涟涟，不亦乐乎。我一步跨过去，见书橱的最下面一层已赫然摆放上了女儿的画册、儿童歌磁带等。见我过来，女儿抱住了我的腿，仰起累得发红的小脸，嗲声嗲气地说：“爸爸，我也要书橱装书。”我的怒气顷刻间烟消云散，心头倏忽升腾起一种强烈的自豪感，当即与女儿订立了“君子协定”：书橱最下面一层的主人是女儿。女儿便乐得用头直顶我的腿，又颠儿颠儿地忙活去了。

在此之后，我在小书房里多了一个“学友”。女儿总是和我一同进小书房，并学着我的样子，一声不吭地认真翻一会儿她的书，然后再跑出去玩。每当此时，我的心湖都会荡漾起一种暖乎乎、甜润润的感觉。

四

有一天晚上，我正在灯下伏案备课。“砰”，外屋传来清脆的花瓶破碎声，我被吓了一大跳，连忙走了过去。只见女儿站在冰箱前的凳子上，望着满地板的碎片发愣，眼里蓄满了泪水，两只手攥着平日放在冰箱上花瓶里的那束花，无力地垂在胸前。

看到女儿极度惊吓的样子，我没忍心责备她，只是轻轻地走过去把她抱到里屋的床上，又拧开录音机，让《采蘑菇的小姑娘》的优美旋律在室内飘荡。想到女儿平时特懂事，在幼儿园大班被老师定为班长，今晚去拿冰箱上的花，其中一定有什么缘故，于是，我打扫干净地上的碎片后，又来到了女儿的身边。

待女儿的情绪稳定下来后，我耐心地询问她为什么要这样做，女儿终于说出了她拿花的原因。原来女儿的一个同学病了一个星期，明天要回到园里上课，女儿是想拿一朵花送给他。

听了女儿的话，我的精神又为之一振，女儿做得对，我应该全力支持她，为她的行为鼓掌叫好。于是，我毫不犹豫地拿出剪刀，将那束花上最大最美的一朵剪下来放到女儿的手上。女儿高兴坏了，两个眸子扑闪着，突然抱住了我，在我的脸上亲了一口。

当妻子从外面回来知道这件事后，嗔怪地说："你就知道娇惯她。"我却郑重其事地说："我这不是娇惯她。虽然冰箱上的花瓶碎了，但我在女儿的心头放置了一个最精美的，并且是插满友谊之花的花瓶！"

师恩难忘

小学阶段，我是在懵懂无知中稀里糊涂地游荡过来的。那时，我随口吟出的一首诗在同学中广为传诵："我是小学生，学习不认真。上课不吭声，课后惹纷争。作业不去做，考试尽出错。调皮又淘气，老师干着急。"透过这篇当时情况真实写照的"大作"，再加上我走路猴蹿样的架势和一走三甩的长发，大家不难想象我是一个怎样令老师们头疼的孩子了。

然而，自从升入初中遇到张烈鹏老师后，我身上的野性便在他的驯化下一点点褪去，人仿佛脱胎换骨似的整个儿变了。张老师从初一开始带我们班的语文课兼任班主任，一个循环，便到初三。初见张烈鹏老师时，他身材高挑，非常年轻，说话和和气气，像大哥哥一样待我们，因此，从不怕人的我当初压根儿就没把他放在眼里。张老师教学在全校最有特色，比如晨读课，他就不像其他老师那样把学生圈在教室里，他允许我们到户外呼吸着新鲜空气读书。于是，房前屋后，林荫道上，甚至校园外的乡村阡陌，到处都是我们班学生晨读的身影。

一次，我捧着书在操场上边走边读，到篮球架下时，灵性突发，于是，一个漂亮的勾手上篮，语文书便像翩飞的蝴蝶一样展翅升空，而这"精彩"的一幕恰巧被巡视而来的张老师目击。他什么也没说，扭身便走，不大一会儿工夫，抱来一个篮球扔给了我，笑着说："投吧！"本来毫不在乎地等待挨训的我此时傻眼了，极不自然地站在原地没动。试想：琅琅读书声中，我一个人在球场上翻腾跳跃，这该有多么不协调啊！当时我感觉这比挨训难堪多了，并在心里说：张老师的招儿真"毒"。见张老师转身离去，我冲向篮球狠狠一脚，球擦着他的腿滚向前方，而他一点儿也不恼，追上去抱起球，乐呵呵地走了。

我是从张老师的作文课开始爱上学习的。我的头两篇作文居然就出乎意料地被他在班上当范文读了，但他没有全文读，只读了写得较好的几个片段。他还让我把读过的片段誊写工整，贴在教室后墙上的“学习园地”里。虽然张老师讲评时除了肯定语句写得生动活泼、很有情趣外，还批评说整篇结构不完整，没有经过精心布局，字也写得潦草等，可我心里还是充满着激动与荣耀。就是在这种激动与荣耀的鼓动下，我于不知不觉中羽化成老师们心目中肯上进的好学生。由于思想上的转变，每次考试，我的各科分数也都莫名其妙的高。

那时，张烈鹏老师还是单身汉，这给我提供了与他深入接触的机会。我有事没事总爱钻到他的小屋中与他闲聊，拿出课余时间写的习作请他指教。张老师每次都能把我领入知识的海洋中，他像一个出色的游泳教练，一步步指导我如何遨游、如何前进……张老师还拿出他的“习作剪贴本”给我看，嗬，厚厚的两大本！里面贴的全是他发表在各地报刊上的教学、生活等方面的文章。这下，我真的被张老师的才学征服了。就是这样，初中三年，张老师以其巨大的感召力时刻影响着我，以至于初中毕业和同学憧憬未来时，我下定决心要成为一名像他一样有才学的好老师。

后来，我实现了理想，并被分配回母校任教，幸运地与张烈鹏老师成了特殊的同事。这时，我又由崇拜张老师、偏爱他的文章过渡成一名文学爱好者，动手写起了一篇篇文字，向着文学这条瑰丽但满是荆棘的道路起步。虽然我已为人师，可张老师仍把我当成学生，为我拨开乌云、铲平荆棘，让我窥见披着神秘面纱的缪斯女神的一丝微笑，因此，我充满了信心和勇气。在我发表了一些文章后一味地追求数量，文章写得粗糙、缺乏深度时，张老师又切中要害、一针见血地指出我文章中的不足之处，督促我及时改正。

有一年春节期间，我和几个年轻教师迷上了“麻坛竞技”，昏昏然消磨着时光。那天早上，窗外的雪还没有化尽，北风吹在脸上刺骨的冷，我被张烈鹏老师叫到了宿舍。一进屋，我便坐了下来，随手翻阅起桌上的一本教学杂志。站在我身边的张老师此时一改往日的温和，严厉地问我：“你觉得你这几天过得有意义吗？你有资格浪费时间吗？”话语冷得像屋檐下的冰凌。我一抬头，张老师正满脸寒霜地盯着我，目光中满是责备，使我不寒而栗。从张老师家出来，迎着初升的朝阳，踏着冰冻的地面，我的心逐渐坚实起来。也正是张老师的这次批评，使我至今以至于永远与一些不应参与的活动绝缘。

遗憾的是，两年后，张烈鹏老师因工作需要调离了学校，但张老师对我的教育如一帧帧风景画时常在我的脑海中闪现。我为在学习和生活中有这样一位良师益友而高兴、而自豪。如今，我仍站在讲台上教书育人，我也正伸出双手，穿过时间的隧道，将张老师教学艺术之甘露捧到唇边，不停地吮吸、吮吸……

邻家小妹

一次毫无心理准备的偶然相遇，邻家小妹的形象便瞬间在我的大脑中鲜活起来。

记得那是初二升初三的暑假，我因为在发愤学习，没有离开学校。父亲是教师，在学校有一间宿舍，而一放假父亲便和其他老师一样回了家，这间宿舍自然成了极安静的学习场所。她是隔壁何老师的亲戚，那个假期也是借宿到了何老师的单身宿舍内。于是，我们便同住在了一个屋檐下。

我和她是从初一开始认识的同学，自然非常熟识。那时，她很活泼，干什么事都相当麻利，一举一动无不透射着朝气和活力。她让人一见就难忘的是那双扑闪着的眸子，清澈得如同山间流淌着的两泓清泉；再有就是那个短短的小辫子，经常在她的头顶上欢快地跳跃着。

那个夏天，我们一同用自己的勤奋与刻苦渲染着我们的青春。门前几排高大的老榆树洒下浓浓的绿荫，我们会隐身其中，让读书声在空旷的校园中飘荡；傍晚时分，凉爽的风吹拂着面庞，温柔得如同母亲的手，我们会在屋后的石板路上边踱步边背诵；静静的夜，我们的身影映在灯光下，聚精会神地做着题目……我们还交流学习计划，讨论学习方法，并经常将两颗脑袋凑在一块儿，共同解决一道难题，有时甚至为一道题的解法争得面红耳赤。

学习之余，我们也谈谈各自的生活和理想。我那时家里的田很多，摆在我面前的只有两条路，一是通过考学走出农村，捧起“铁饭碗”；二是回家种田，像我的祖辈们一样，过面朝黄土背朝天的日子。而当时，考学的念头已在我的心中生根发芽。她家的境况也不好，她在家是老小，几个哥哥和父母的关系不睦，家里经常吵得鸡犬不宁。她说她烦透了那个家，她也要通过自己的努力“逃”出那个家。于是，我们用击掌的方式互相鼓励。

她是属“百灵鸟”的，习惯于早起。每天天刚亮，她就在屋前的走廊上开始了晨读，读英语，背语文，也背政治和历史，我往往都是在她的读书声中醒来的。而我是属“猫头鹰”的，早上起得迟，却很能挑灯夜战。她每次在临睡前都会走到我的窗户前轻轻地敲两下，然后用俏皮的语调说：“早点睡，书呆子，不然明天又起不来了。”我常常是站起身，伸伸懒腰，揉揉眼睛，又坐下继续做题，偶尔也会拿把扇子，走出房门，和她闲聊几句。

她是一只爱唱歌的“百灵鸟”，一有空便唱。她唱的最多的就是当时流行的“夏天夏天悄悄过去留下小秘密，压心底压心底不能告诉你”。她的歌声伴随了我一个暑假，那个暑假也因为她的歌声而显得不那么炎热了。有一次我问她怎么老唱这一支歌，她回答说：“我瞎唱呗，只会唱这一首歌呀！”那语态，那神情，洒脱调皮得如同一只可爱的山雀。有一次我竟莫名其妙地想，莫非她真有了“小秘密”了？就是那一闪念，就足以让当年的我耳热心跳，不敢再多想了。

时间过得很快，一转眼又开学了，我们又开始了在一个教室内的学习生活。我们在学习上的交流与探讨更多了，默契也更多了。很明显，我俩之间的同学情谊因一个暑假的朝夕相处而更加深了一层。不过，初中最后一年的学习紧张而又忙碌，学习与考试成了我俩之间仅有的话题。

中考结果公布出来，我顺利地考入了县师范学校，她却以几分之差名落孙山。她哭得很伤心，我心里也很难过，但我当时根本不知道该如何劝她。只记得当时我送给好几位伤心的好友每人一张卡片，每个卡片上分别写上几句安慰劝勉的话，给她的卡片上写的是：“我喜欢听你的歌声，更希望听到你成功后的歌声。”她好像读懂了我的眼神，于是坚定了复读的信心。就在那一年的寒假，在父亲的宿舍中，她和几位复读的同学一起去看我，我得知，她的成绩在全年级都是数一数二的。到了第二年，我又从父亲的口中得知她考取中专的好消息。但遗憾的是，由于交通和通信的不便，与其他同学一样，我们再也没有联系过。

这次毫无心理准备的偶然相遇，自然会勾起我二十多年前的诸多回忆。看着我傻怔怔的，她倒落落大方，告诉我那个比她高了近一个头的大小伙子就是她的儿子。看着她的儿子，看着她大不似我心中珍藏着的那个邻家小妹的容颜，虽然我的感慨有许多，但是那种在心灵深处流淌着的同学情谊还是让我欣喜不已。

是呀，时间就如同一位魔术师，它能使人容颜苍老、记忆磨灭，但它同样也能将真情酝酿成陈年老酒，使记忆中的往事散发无比的芬芳与清香。

感　动

感动是指人的思想感情受到外界事物的影响而激动，引起同情或向慕。每个人的一生中都会无数次被感动，可以说，感动就如同一缕缕的春风与人生结伴而行。有时，我们会因生活中的一些重要事情而感动，而有时，一些微小的细节，比如一句体贴的话语、一个温情的动作，也会使我们品尝到感动的甘醇。

那个晚自习，我已解答完了周宏远同学提出的所有问题，抬起了头，可他还凝望着我。见他欲言又止，我就问："你还有事吗?"周宏远垂了一下头，又马上抬起，鼓足了勇气说："刘老师，您头上有两根白发，让我把它们拔下来吧!"我俯下身，任他的双手在我的发间抚弄。好一会儿，两根白发躺在了周宏远的书页上。"刘老师，让我把这两根白发保存起来吧!"他再次要求，我含笑点头。

如果说我对这件小事没有太多的感触，那是因为我把它看成是学生一时的灵性与顽皮了。然而，几周后的又一个晚自习，我却改变了这种看法，并真正体验到了一种被深深感动的滋味。

那晚，室外银装素裹，雪花飘飞，我踏过冰冻的土地，携着袭人的寒气推开了教室的门，顿觉室内暖意融融。无意间，我翻开了周宏远的日记本，我的两根银发赫然出现在了眼前，它们被透明胶布固定在笔记本洁白的扉页上，在晶亮的荧光灯的照射下，闪着熠熠的光华。右侧，是飘逸的钢笔字书写的一首《银发诗》：

老师的头上/出现了白发/是粉笔灰染白的吗/不/是无数个深夜中的灯光/染白了老师的黑发

银发/是老师不再年轻的标志吗/不/它映射出老师闪亮的心

说实话，诗写得不算太好，但那一刻，我受到了巨大的震动，一时间心中温暖如春，一种为师的崇高感油然涌上心头。我清楚，我被深深地感动了。

从教已二十年有余，我常常被类似的事情感动。这些感动就像我生命中不可或缺的阳光雨露一般，使我的生活充实无比、绚丽多姿。

分手的时候

分手的时候应该忧伤，如热恋中的情人："执手相看泪眼，竟无语凝噎。"

分手的时候应该欣喜，如离异后的两人："好聚好散，再去追逐属于各自的那片天。"

本以为我不会忧伤，亦无欣喜。已近不惑的年龄早已将我历练抑或麻木得清风不起、波澜不惊。从一所学校到另一所学校，无关职位升迁，更无虞前程命运，我就像棋局上的一个小卒，从仕角拱到了象眼。从教近二十年，我已辗转了四所学校，如同一个沿街乞讨的孩子，再次叩响一家门环之际，不会感到丝毫的局促与不安。

但，我还是流泪了。昨天一早到校，离上课还有一段时间，学生们已自觉地开始了晨读。当我巡视到付航的面前时，这个前不久在学校的月考中获得年级第五名、活泼得像春天的小燕子般的女孩仰起脸笑着对我说："老师，我问您个问题行吗?"我也笑了，回应道："当然可以了。""您是不是下学期不教我们了?"也就是在说话的瞬间，她的脸色突变，硕大的泪珠竟顺着脸颊滑落，于是她忙趴到了桌子上。我一愣，本想说些什么，但鼻子也是一酸，只得快步走出了教室。约莫过了有十分钟，我从办公室再次走进教室，付航还是趴在课桌上，双肩轻轻地颤动着。我走过去，用手轻抚着她的肩头，说："好了，起来读书吧。"她抬起头，泪水依旧，书页已被打湿。"老师，我舍不得您走!"她带着哭腔说完又趴了下去。我只能无奈地走开，我清楚，这段时间或许是我今生留在初中讲台上的最后的时间，可我始终不愿提及。孩子，你是从哪儿得到的消息?你不是最懂事的吗，为何要招惹得老师心中的泪水纷繁如雨?

但，我还是动情了。昨天晚上，办公室里的同事们不顾我的阻拦，硬是要提前为我送行。那一张张如花的笑脸，那一句句暖心的话语，那一杯杯甘甜的美酒，将我心中的情愫激荡得如同鼓胀的风帆。其实，我的离开还有一段时间，暑假的到来才是我走开的跫音。你们是不是提前鸣响警笛，提醒我在这段日子里将兄弟姐妹般的深情倍加珍惜？你们难道不知道，我最最留恋的就是你们这些情同手足的真心朋友呀！

“回首向来萧瑟处，归去，也无风雨也无晴。”说实话，东坡的境界我达不到，我无法潇洒地挥手。那么，就让我背负一个真情的行囊，用一生的时间去——品读；就让我畅饮下这真爱的甘霖，用一生的时间去——反刍！

除夕的缺憾

撤下丰盛的年夜饭，室外已是一片灿烂。爆竹鸣放的“噼叭”声此起彼伏，腾空而起的烟花绚丽缤纷。除夕之夜，处处透露着欢快富足的信息，处处洋溢着幸福美满的激情，处处绽放着盛世祥和的色彩。

是啊，在这一年一度的最隆重的传统佳节中，万家团圆，万人同庆，每个人心中都荡漾着甜蜜，每个人脸上都写满了快乐。然而，一丝缺憾感、一缕失落感却隐隐地笼罩着我，如蝉翼，如薄纱，挥之不去。

因为这是我们一家三口第一次单独过年。虽然我们将美味的菜肴堆满了饭桌，虽然我们将酒杯碰得叮当作响，虽然我们有说有笑其乐融融，可是，看到偌大的圆桌三口人坐得稀稀松松，那份热闹、那份年味于无形中便减了许多。

自小至大，我都是和父母在一起过年的。

我生在一个大家庭中，兄妹五个，还有爷爷奶奶与我们同住。小时候家里很穷，生活的内容远没有现今的丰富，连过年也没有什么好东西吃，但就是一个鸡蛋也能让我们兄妹五个美上一整天，一顿饺子足够让我们惦记半年。那时候过年，不需别的，仅仅是我们兄妹的喧闹声就足以营造出浓浓的年味，我们对于过年的期盼与兴奋让这个大家庭生气蓬勃。

后来爷爷奶奶相继过世，姐姐们也先后出嫁，我也参加了工作，直至结婚生子。但每逢过年，我都会带着妻子女儿回到父母身边。吃年夜饭时，我会拿出我带来的好酒，将父母的酒杯斟满，也将对父母深情的祝福斟满。虽然弟弟从上高中就去了外地，然后是大学、硕士、博士，总共十余年，但他也是每个寒假必回到家中的。这样，我们家的年照样过得热热闹闹，有声有色。

2006 年 6 月，弟弟从南京大学环境工程系取得博士学位后落户上海，他的事业如同他的求学之路一样顺利，很快买了房，买了车，成了沪城白领。2008 年国庆节，弟弟又喜踏婚姻的红地毯，成立了自己的小家庭。本来说好的，弟弟和弟媳今年都回来过年，可弟弟临时单位有事脱不了身，硬要父母到上海陪他过年。他一开始打电话和我商议时，我并没有同意，但看到父母左右为难，我还是将他们送上了去上海的动车。临行时，我把我买来的一瓶茅台酒悄悄地塞进了父亲的背包中，也让自己的祝福伴随着父母一路远行。

因为心中有这么一点缺憾，我仅在室外逗留了片刻，便将除夕的盛景交给了夜空，走进书房，急急地打开电脑，一个短信发给弟弟，便开始了与父母的视频聊天。父母这几天在上海过得很好，感受了上海的繁华，领略了上海的美景。他们由衷地赞美外滩，赞美东方明珠，赞美上海的夜景。除夕之夜，能在视频中看到父母，我觉得这一刻他们的容颜是最美丽的，他们的声音是最动听的，他们的情感是最真纯的。看到父母眉飞色舞地描述着，我们一家三口也不禁兴高采烈了。

其实，月圆是一种美，月缺不也是另一种美吗？健壮的大卫是美的，断臂的维纳斯不也同样美得让人倾倒吗？想着想着，我的心便彻底释然了。

父母对子女的爱是永恒的，犹如我们生活的这个星球，而子女对父母的依恋又何尝不是如此呢，不也是伴随着人类始终吗？这样看来，今年除夕的这点缺憾未必不是一件好事，它至少可以让我更加珍惜与父母共处的时光，更加珍惜人世间那份牵动心弦的亲情。

同　桌

“哈，哈！同桌，好事，好事！你们学校教师分流，到我们学校来，我们在一块斗哈……”

赵军的电话。

我能想到打电话时，赵军一定是斜倚着沙发，双脚架在茶几上，还一颤一颤的，眉宇间全是笑，嘴咧得能看见大半的牙齿。

读师范时，赵军与我同桌三载。当初入班分座位，班主任只是看我俩个头相当，但不久我们就发现，我俩的性格虽不同，却具有互补性。我比较闷，属于内敛型的，不事张扬，赵军性格大大咧咧，成天嘻嘻哈哈，凡事不计较，所以没几日，我们便相处得十分融洽。

那时上师范，我们的年龄都还小，并且我在偏远的乡村长大，从来没有出过门，第一次离开家离开父母就特别孤独，前几夜都是躲在被窝里流眼泪。赵军的见识比我广，适应能力比我强，每次见到我坐在那发愣，就拽着我的胳膊说：“走，走，出去转转，转转就好了。”于是我当时对他产生了很强的依赖性，上课下课、吃饭洗漱、周末上街都与他形影不离。就这样，在他的带动下，我很快度过了“心理断乳期”，很快学会了自立。

我们那时特别迷惘，对自己的前途一无所知，因而大多数刚读师范的学生都显得手足无措，找不到努力的方向。赵军是我们班最早明确方向的人。他的字写得比较好，几次书法课下来，他就显露了出来。在书法老师的夸赞声中，他将所有的时间和精力都用在了书法练习上。书法老师给他配了书法室的钥匙，将他作为重点培养对象。周末，我多次陪他到街上的旧书摊将几毛钱一斤的旧报纸成大摞买回来，搬进书法室练字。他也是经常在我们下晚自习睡定后才一身墨汁味地回到宿舍。

赵军的性格使他很快受到了全班同学乃至外班同学的欢迎。他在宿舍总能绘声绘色地描述一些“段子”。他说：“对面宿舍一个床头上有一瓶‘脑力静’（那时学生熬夜，很多人喝‘脑力静’补营养），我也没问谁的，拿过来喝了一口，乖乖，竟然是洗发精，瓶子一样一样的，我好几天一张嘴就从肚子里向外冒泡。”他说：“我上次去女同学家，紧张得要命。和女同学的父亲面对面坐着叙话时，一只母鸡蹦跶着到了女同学父亲面前，他伸手捉住。我一见，急忙起身拉住女同学父亲的手，连声说：‘叔叔，叔叔，不用杀鸡，千万别客气。’女同学的父亲一脸尴尬，说：‘这鸡的腿上缠了麻线，我给解下。’不过，中午他家还是到饭店端了一盆鸡。”赵军边说边伴以夸张的动作，能笑到我们肚子疼。

有一次，赵军神神秘秘地对我说：“我的书法作品获大奖了，奖品很贵重呢！不过先别说出去。”我是没说，不过在他心里，喜事是藏不住的，没多久，我们宿舍的人都知道了，全班的人也都知道了。然后，大家都在等着他的奖品。终于，奖品来了，是一个硕大的墨锭。那时，连赵军都没用过墨锭，我们很多人更是不知道墨锭长啥样，于是大家都觉得这奖品无用，并因此多了许多调侃。过了很长时间，还有人问他：“你每晚抱着你的墨锭睡得安稳吗？”

赵军的字越写越好，“艺术家”的气质也越来越明显。他说话必“哈哈”露齿大笑，说到激动处必双手一拍，起身走起碎步。赵军生活不讲究，床上衣物胡乱堆成一团，头发老长，衣服上常有墨迹，大脚喇叭裤由于过长，后面被自己的鞋子踩烂。女同学都嘲笑他邋遢，有个女同学还在他的毕业纪念册上写下了一句轰动一时的“名言”——真疑心你的牛仔裤是理发店里的荡刀布。

师范毕业，我们全班同学都被“一刀切”分配到了乡村小学。那时，我们总觉得天特别大、路特别远，我们很多同学在分别之后便音信全无，我与赵军也完全失去了联系。待我们再次不期而遇，已是四年之后，记得我俩当时的惊喜不亚于久别重逢的恋人，几乎同时瞪圆了眼睛脱口而出“同桌”！当晚，我俩在一家小饭馆举杯相庆，又并肩漫步，聊至深夜。那是我们同年到市里参加成人高考，就是在考场外毫无心理准备地突然撞面。那时，我们这些师范毕业生有时心里就感到有些憋屈，初中时成绩拔尖但只能待在闭塞的乡村，而那些成绩远远不如我们的同学因没能考上中专、师范而上了高中，结果很多都考上了大学。所以我和赵军都参加了成人高考，都想通过各自的努力去改变自己的命运。

之后，当我们班很多同学都住进小城的时候，我们接触的次数就多了起来。我们经常通电话，赵军挂电话很急，有事讲事，事儿讲完，立马撂下电话，待你要引申一个话题叙叙旧，那边已是忙音。我们也经常聚会，每次喝酒，赵军都会轻拍一下脑袋说："真不能喝的，但老同学见面，还是少喝点吧！"几杯之后，他又说："老同学在一起必须得喝，我抽血化验，六个箭头呀，不过不管了，三个朝上三个朝下，正负得零。喝！"有女同学开玩笑说："赵军这话怕在每个酒桌上都说过吧！"接着又是赵军娶了个漂亮贤惠的老婆，头发理顺当了，衣服穿周正了，等等，然后又会拉扯出很多很多上学时的陈年旧事。赵军很会调节餐桌气氛，他出语还是那样的嘻嘻哈哈，幽默通俗，反正有他在就有笑声一片。赵军很重感情，很敢讲话。有一次吃饭，座中有一个小老板，圆肚平头，明显地看不起教师，出语轻狂。当他以喝酒来欺负我们的一位同学时，赵军把酒杯往桌上一蹾，霍地站了起来，几句话说得那小老板哑口无言。我和赵军还经常相约夜走水门塘，反正与他走上一段，聊上几句，工作上的压力、生活中的烦恼都会烟消云散，感觉对人生的认识又豁达了许多。

这么多年过去了，赵军变了很多，但唯一不变的是他对书法的痴迷。每天练字仍是他必不可少的日课，他加入了省书法家协会，并多次在各种书法比赛中获奖，他的书法作品在县内外多次展出过，我还去看过几次。有名气了，索字的人就多了。他们学校每次外出游学，必用他的书法作品作为礼物，一些单位也在显著的位置挂上了他的字。一次我们在一家小餐馆聚会，不经意间一抬头，墙壁上竟也是他的字，我们就大叫着说："赵军把自己当乾隆了，到处题字！"当然，赵军也给我们这些老同学写字，必是装裱整齐后喊几个同学一块儿送去谋他一餐。我家的书房里就挂着赵军题写的辛弃疾的词《南乡子·登京口北固亭有怀》，字体遒劲，笔法飘逸，落款是"题赠同桌"。

赵军到省教院脱产进修之后，直接进了县二中。我当年报考的是在职函授，毕业后仍然留在了原校，后来在人事制度改革的春风吹来的时候，我又参加了几次招聘考试，由小学到初中再到高中，换过四所学校，一直到现在的这个年龄还没能固定下来。因为在目前这所学校的服务期已满，所以我又面临着分流。与赵军比起来，我绕了一个大大的圈，不过还好，下学期我真的有机会去二中，真的有可能像赵军所说的那样——“我们在一块斗哈”。

我对着电话喊：“同桌，别忙着挂电话，听我把话说完。我如果真去了二中，我们办公桌并在一起，继续同桌，可以吗?”

“好哇，好哇！哈哈哈哈……”电话那头传来一阵狂笑。

孤灯下的白头人

已是入夜时分。我轻轻地叩了两下校长办公室的门，听到“请进”，便推开门走了进去。他坐在办公桌前写着什么，头埋得很深，嘴里说着“坐，坐”却并没有抬头。办公室内灯光明亮，他的鬓发斑白得有点灼目。面对此景，我的心中突然泛起了一丝酸楚。

他就是章明校长。

章校长家居合肥，曾多年担任合肥润安公学的校长，一度将润安公学管理得风生水起、名噪一时，他也获得过安徽省教坛新星、合肥市劳动模范、安徽省优秀校长等多项荣誉。然而章校长的梦想不是止步于管理好一所学校，创办好一所学校也一直扎根在他的人生规划中。于是在 2009 年，霍邱中学破土新生，他也就从繁华的省城来到了霍邱，一转眼已近十年。章校长的爱人是一家单位的负责人，女儿研究生毕业后成了公司白领，而他，却远离了家庭的温馨，抛开了生活的安逸，只身来到这个二百多公里之外的偏远县城，独处异乡，孤灯相伴，怎能不让人为之动容呢?

霍邱中学的创办，给全县的“留守学生”带来了福音，为很多打工家庭解决了后顾之忧。学校在章明校长的领导下，立足于全封闭、寄宿制，很快兴盛了起来。我是在学校创办的第二年通过选调考试进入霍邱中学的，一直担任高中语文课教学和班主任工作，所以对章校长那一整套成熟的、系统的、科学的管理体系有着较深入的了解。章校长并不只是紧盯着升学率，而是把学生的成长教育放在与升学同等重要的位置上。他非常注重学生家国情怀和担当意识的培养，将“做豪迈的中国人”定位为学校的育人目标，并将这七个鎏金大字镌刻在大门的内侧。他还注重对“留守学生”的心理进行研究，并以此申报了省级课题，总结出了不少行之有效的好方法。短短几年时间，霍邱中学便声名鹊起，鲜明的办学特色赢得了社会各界的认可，这也为我们学校的老师增添了不少自豪感。

学校新建，方方面面的工作千头万绪，很多事情都得校长亲自过问。章明校长就是在整日整月不停歇的忙碌和操劳中渐渐地两鬓霜白，但他始终保持着饱满的工作热情，好像从来都没有感觉过疲倦。每次和教师在一块，他都是谈笑风生，用积极乐观的心态影响着我们、感染着我们。

我在近三十年的教学生涯中，经历过不少届校长，章校长是最能深入课堂抓教学的领导，这一点也是最令我敬佩的。记得我刚到霍邱中学上班没几天，也就是2010 年的教师节刚过，我在组内开了一节公开课，上的是《烛之武退秦师》，没想到章校长第一个坐到了听课席上。课刚上完，章校长就因事匆匆地离去了，没有参加组内的评课活动。当天晚上，我专门找到了他的办公室，想听一听他对这节课的看法。那是我第一次去他的办公室，章校长很热情，起身和我握手、让座，然后给出了非常高的评价。他说，这节课能扣住“为何退、如何退、退的结果怎样”来设置问题，特吸引人，让人很容易就听懂了。在我临走时，他又送到门口，拍着我的肩膀笑着说：“你的课很有艺术性，就和你的乒乓球技一样。”他说这句话是有缘由的。就在前几天的一个课外活动，我经过门厅的乒乓球桌时，竟然发现章校长在和几个老师打乒乓球，且球技很好，老师们都不是他的对手。看了一会儿，我就对章校长说：“我来领教您几局，行吗?”章校长当时特没把我放在眼里，不过，他的确小瞧了我，我可是我们县乒协的骨干成员，单打在全县都获得过名次。我去办公室换了运动鞋，找了球拍，回来之后，三下五除二，给章校长打了个三比零。看着他不服输又特无奈的表情，我在心里直乐。过后我还想，没给校长留面子，会不会不太好。不承想，章校长把这事与我的课联系到了一块，他的这句话，我这一辈子怕都忘不掉了。

不仅是我，我们学校所有老师的课章校长都听过多次。他经常公开听课，更多的是“推门听课”。他对我们学校每一位老师的教学情况都了如指掌，因此对教师教学任务的安排就恰如其分。那一年，我带高三，章校长不定时地“推门听课”，比较集中地听完了我们高三语文组所有老师的课，然后召开了一个专题会，针对每位老师的情况进行了分析，给出了很多合理的建议。我那节课上的是古代诗歌鉴赏，我以注释上的一个提示为突破口，切入整首诗的理解分析。章校长比较欣赏，将我的这一做法在全组进行了推广。章校长随时的“推门听课”，促进了大家在备课上下功夫，提高了课堂效率，自然也就促进了学校升学率的连年提升。同时，学校教师也都因此快速成长，不少青年教师在很短的时间内便在上级举办的教学业务竞赛中崭露了头角。

世事变迁，造化弄人。去年，在我即将离开霍邱中学之际，章校长两次将我找到他的办公室，对我掏心掏肺，一再地挽留。然而很遗憾，我最后还是不得不离开这个我整整工作七年、洒下很多欢笑和汗水的地方。

回头想想，我与章明校长除了工作上的接触，并没有其他过多的交往，但总感觉他让人尊敬，又让人亲近，总感觉对他有着一种真感情，与他的心贴得很近。时至今日，开学典礼上，他那“做豪迈的中国人”的铿锵语调，依然回响在我的耳畔；他那孤灯下的白发，也依然闪耀在我的眼前。

搀着母亲回家

一

母亲病情一天天好转的时候，大家都长舒了一口气，长时间揪紧的心放松了许多，感觉整个世界全都春光灿烂。

“妈妈，您的病好了，我们终于熬过来啦！”

在病房里，我将脸贴到母亲的脸上说；搀着母亲到走廊练习走路时，我用双臂紧抱着她的双肩说；用轮椅推母亲下电梯时，我弓着腰和她说……

“妈妈，您的病好了，我们马上就可以回家了！”

我和妹妹不停地说着，反反复复。我们本来笑容满面，可说着说着语调就有点儿哽咽，以至于说得大家泪眼朦胧。

从母亲的反应来看，我觉得她或许能够明白一点我们的意思，但更有可能压根儿就不知道我们说的是什么。尽管如此，我们还是这样絮絮叨叨、不厌其烦地说。

的确，这次开颅手术，母亲在死亡线上挣扎了四十余天，我们全家人也都跟着煎熬了四十余天，现在终于从浓重的阴霾中透出了一丝希望的曙光，我们怎么能不欣喜万分、激动不已呢？

二

母亲的脑瘤长了应该不是一年两年。

早在几年前，母亲就有了头晕的症状，去医院做过几次体检，最后被认定为颈椎增生压迫神经所致，于是就在医院理疗了几个疗程，也未见好转。后来母亲头晕的症状逐渐加重，我们又特意带她去做脑部检查，两年中做过两次 CT 都没查出任何问题。母亲能担病，再加上她的饭量一直不错，于是就再也不愿去医院了。

母亲年轻时身体并不算太好，有偏头痛和严重的胃病。那时候家里的田地多，父亲又在外上班，农活主要靠母亲担着。一天的重体力活干下来，母亲就蹲在门口“呕呕”地吐着酸水，然后一口饭没吃就躺到了床上。每到这时候，我们兄妹几个就特别可怜，大气儿都不敢出一声，有时蹑手蹑脚地走到母亲床前，轻声地喊着“妈妈”，母亲就用虚弱的声音说：“我不能吃，你们去吃点儿吧！”我们最怕这样的夜晚，奶奶烧好的饭，我们全都吃得索然无味。就这样，母亲第二天还会照样起来带着我们干农活。后来我就记得家里基本上没断过“奥美拉唑”“西咪替丁”之类的药。好在后来我们家搬离了农村，母亲不再那么劳累，偏头痛和胃病都慢慢地好了，多年都没再犯过。

去年春天，我们已经不敢让母亲单独外出了，出去散步必须得父亲陪着。我在网上预约好了专家，可和母亲说时，母亲脸一阴就发了火：“我不去！我好好的没有病，能吃能喝的瞎折腾啥！”其实母亲的脾气一直很好，也最知道心疼我们兄妹五个。今年春天，母亲的身体状况更差了，脾气也更坏了。父亲说：“你妈头晕问题倒不大，过马路时我都注意拉着她。关键是她现在脑子糊涂得很，经常无中生有地乱生气。我在网上查了，她这样子很像是阿尔茨海默症。”听着父亲的话，我的心一阵紧一阵痛，阿尔茨海默症就是老年痴呆，并没有太好的药物缓解。的确，母亲记忆力已出现了很大的问题，做过的事说过的话一会儿就忘了，还得再说再做，并且，她还出现了较为严重的癔想症。母亲的病情已到了不容耽搁的地步，于是我就决定抽时间再带母亲去做一番彻底的检查。

听妹妹说，那天早上她去劝母亲时，母亲就一直在发脾气，一个劲儿地说：“我死也不去医院。”但当我把车子开到楼下时，母亲还是下了楼。出电梯时，父亲走在前面，妹妹拉着母亲走在后面，母亲的脸上看不到一丝喜色。市人民医院离我们住的县城一百公里多一点，走到半路，母亲又在车上发了火：“我好好的，能走能行，能吃能喝，你们到底给我往哪儿拉？”我在家中是长子，母亲还是比较听从我的话，平时有什么难解的事，母亲总是第一个想到我，催着父亲打电话征询我的意见。“如果不是你坚持，妈妈肯定不会去!”妹妹对我说。

在市人民医院做过第一次核磁共振后，医生就看出来像是长了一个瘤子。因为医院人太多，我们排不上队再做检查，只得返回。第二天在我们县一院做了个增强核磁共振，母亲的脑瘤就看得更清楚了。2.8×3×2.8，我这个语文教师对数字不是太敏感，估算不出具体的大小，但听医生说，应该比鸡蛋黄要大，算比较大的脑瘤了。当时父亲和母亲都很紧张，有点手足无措的样子。幸好医生说：“这瘤子长了这么久，肯定是良性的。脑膜瘤还是比较容易手术的，我们县医院从省城请专家就能做。”在医院的走廊上，父亲犹豫不决，又想再去问医生能请来什么样的专家，又想上四楼去看看手术室。见我沉着脸不吱声，他又试探着问：“你说怎么办?”我的心头突然就涌上了一股哀伤，可亲可敬的父亲母亲，他们曾经是我们可以依靠的山，曾经是我们可以乘凉的树，而现在，就在不知不觉中，他们真的老了。

我非常坚决地对父亲说：“去上海!”

三

手术日期定在了5月16日。

正是高考倒计时20天，我带着两个高三毕业班的课，紧张又忙碌，前些天只得让妹妹请假先带着父母去住院。

妹妹在电话里说：“哥，医生说妈妈的瘤子长在脑干的斜坡位置，长得很深，血管和神经密集，手术的难度很大。”

受先前医生所说的话误导，再加上在医学上的无知，我当时就没把这个手术当成什么大不了的事。我说：“脑子里什么地方的血管和神经都多，现在的医学这么发达，技术上不会有任何问题的。况且我们找的是最好的医院、最好的医生，你放心好了。”

的确，给母亲主刀的医生是医院神经外科的张主任，博士生导师，有名的“张一刀”。

说好母亲手术时我赶过去的，可那些天我实在太忙。正在我为能否调好课而焦心时，妹妹说：“哥，妈妈害怕得很，这几天就睡不着觉了，昨晚坐在床上自言自语地念叨：‘我动手术，我大儿子能不来吗?’她是想让你过来。”

我的心头又是一痛，以前我们家条件那么差、生活那么苦，母亲咬紧牙关让我们上学，拼着命培养我们，之后又为我们的孩子陪读。而到了该颐养天年的时候，她却又对现在的生活有着诸多的不适应。特别是最近几年，母亲的生活几乎全得靠父亲照顾，每天的药片都得父亲送到嘴边。而我们，为她做的太少，顶多只是在闲下来时才能去陪她叙一会儿话。

我对妹妹说："你告诉妈妈，我一定去。"

手术的前一天，我和二姐一块赶到了上海。母亲可高兴了，见到我们不停地笑。当时，手术谈话已结束，手术协议已签好，母亲也剃光了头，戴着一个遮阳帽。据手术谈话的医生说，母亲的这个手术，在全上海都没有几个医生能做，但手术必须得做，如果再过上半年时间，估计连动手术的机会都没有了。

当晚，我住到了弟弟家。弟弟虽然定居上海，可这时家里也是一摊子事，他的岳父也正重病急需联系医院进行手术，两个孩子一个上小学一个上幼儿园，弟媳又是独生子女，家里没人帮着照料。那天晚上，我久久不能入眠，倚在弟弟家阳台的栏杆上，看着天空飘落的蒙蒙细雨，看着远近次第暗淡的灯光，突然紧张了起来，感觉到压力的巨大。是呀，毕竟是开颅手术，毕竟母亲已年过七旬，手术结果如何，真的让人难以预测。

我对手术的风险还是预估不足。虽然手术前夜，母亲早早地入睡，并且一夜到亮睡得相当安稳，医生给的安眠药都没用上；虽然整个上午，母亲都特别精神，有说有笑，中间还休息了一个多小时，因为从头天晚上开始就不吃不喝，其间母亲还一个劲地嚷着饿，我们就和她开玩笑，逗她开心，转移她的注意力；虽然母亲一生与人为善，亲戚邻里的关系她都能处理得无比融洽，我们坚信母亲是吉人自有天佑，但当我将母亲架上手术车与她分别时，母亲眼中闪电般掠过的一丝恐惧，还是让我的悲伤在一瞬间泛滥成河。

整台手术长达十三个多小时。母亲是下午不到三点进的手术室，第二天清晨四点多才出来。一开始，我、二姐、妹妹都陪父亲在手术等待区候着，到了夜深时，我们劝父亲去弟弟家休息，父亲也是七十多岁的老人了，我们还得为他的身体担心。后来，医院其他所有的手术都结束了，偌大的等待大厅内只有二姐、妹妹和我三个人。可以说，这段时间让我们无比煎熬，每一分、每一秒我们都觉得漫长得如同几个世纪。反正我们站也不是、坐也不是，不停地到走廊上张望，不停地到手术室的玻璃门前探视。这期间，我们收不到任何消息，我们都觉得我们的忍耐到了极限，同时我们又都提心吊胆，生怕手术室传出消息，因为在手术过程中医生呼唤家属绝非好事。终于，焦灼不安的我们看到手术室的门开了，主刀医生张主任一身疲惫地走了出来，额头上有一道被手术帽勒出的深深的凹痕。张主任用轻淡的语调对我们说："手术过程还算顺利，因为难度大，所以用的时间长。"然后，他就在我们的目送下进了电梯。又过了大半个小时，手术室有医生召唤我们，那个医生说："瘤子很硬，得一点点剥离、剪除。"他又将装在小胶袋内切除的部分放在窗台上给我们看，我用手捏了捏，妹妹忙用手机拍了张照片。然后，我们就看到母亲头裹纱带被好几个人从隔壁走廊推进了手术专用电梯，推向了重症监护室。

母亲手术的艰难，也是我们之前从未想过的。

四

医院规定，病人家属绝对不允许进入重症监护室探视，只允许在每天下午的三点到四点之间，通过一个巴掌大的屏幕进行三分钟的视频。

当天下午，我们在屏幕上看到了母亲。母亲已苏醒过来，手脚虽被绳带紧紧地缚着，却在极力地挣扎，不停地扭动着身子，嘴里也是大声"呜呜"地嘶叫着。我们大声地喊着她，她却没有任何回复的意识。我们看得泪流满面，心里空落落的，丢了魂一般。我们又追着问医生，医生说脑部手术的病人都会有一个烦躁期，慢慢就会好的。我们的心情才稍稍安定了一点。

我是不能久待的。第二天一早，我便带着难以言说的牵挂坐上了动车，走上了返程之路。车到苏州时，我给父亲打电话，父亲说："我一大早到医院，就有医生通知我，让儿子过来，然后说你妈妈已经危险了，让我们做好准备。你当时刚走，我没敢打你电话，就让你弟弟过来了。不过，医生刚才又通知了，你妈妈的生命体征又平稳了下来。你也别太担心，你的学生快高考了，你先忙好你手头上的工作。"

我怎么能不担心呢？我让妹妹把每天下午的视频录下来发到群里，然后一遍遍细细地看。但我看到的都是母亲在极力地挣扎，从来就没安宁过，有时看到她嘴里面全是血水。重症监护室的反馈是，母亲特别烦躁，一天二十四小时不停歇，一点儿也不配合护士，所以只得强行吸痰。另外，母亲偏胖，又一直不安静，心肺功能就跟不上，所以还是挺危险的。

那些天，我白天忙着教学，带学生做最后的复习冲刺，到了晚上就如芒刺在背，坐卧不宁，夜夜都难以入眠。我反反复复地重看视频，又在网上搜索开颅手术的相关知识，知道病人开颅手术之后必过出血、水肿和感染这三关，烦躁也会在一两周之内慢慢消失，于是就把收集到的这些东西发到群里，鼓励父亲，鼓励二姐和妹妹，让他们不要害怕。

但母亲的状况一直不容乐观。直到第九天，给母亲主刀的张主任亲自通知了父亲他们，说母亲脑部没有出现任何状况，比想象中恢复得还要好，但母亲一直过于烦躁，心肺功能也就一直处在衰竭的状态，他已联系好了，让母亲转到内科的重症监护室，说那里对心肺功能的救治更专业，并且还特许一名亲属进入重症监护室进行二十四小时的陪护与安抚。

我是非常高兴的，最近好几年母亲都从没离开过亲人的陪伴，而这八天多时间，母亲单独待在神经外科的重症监护室，我们对她的情况也是知之甚少，现在有了亲人的陪护，或许情况会大有改观。然而事实并非如此，每天深夜，我从学校回到家，不管是二姐还是妹妹在陪护母亲，我打电话她们都不接，发信息也不回，总是说在安抚母亲，顾不上看手机。没两天，她俩就吃不消了，大姐也只得放下家里的生意去了上海。我也没有什么办法，只能安慰她们，说高三老师是不允许参加高考监考的，所以在学生高考之前，我就能赶过去，我让她们一定要咬紧牙关再坚持几天。

这样又过了五天，第六天的上午，二姐打来电话，说母亲的烦躁好了一些，重症监护室里的环境不适合病人的休养，下午母亲就要转到普通病房了。我接电话时是边说边走出办公室的，听到这样的消息当然高兴，清楚地记得回办公室时那好几级台阶我是一下子跳上去的，我能感觉到我的脚步无比轻松。

下午视频时，母亲还是在病床上挣扎，二姐说她是一阵子一阵子的，有时能安静下来。后来视频时，我也看到母亲安静过几回，但她的嗓子已发不出声，也认不出我们任何人，更没有一点清醒的意识。

6 月 3 日，高三学生已停课，进入自习状态。我推掉了高考阅卷任务，下午起程去上海，二姐和妹妹同时返回，她们请假的时间不短了，得回来上班。我觉得以我和大姐为主，间或有父亲和弟弟的协助，就能很好地照顾母亲。下了动车，出了地铁，上海已是华灯初上。我疾步走向医院，我多么希望当我走到病房门口时，母亲就能认出我，对着我笑；当我坐到母亲身旁时，她就能拉过我的手，唤出我的乳名。然而全不是这样，当我走进病房时，母亲正在病床上不停地扭动着身子，两只手被紧紧地绑在两边的床栏上，脖子上的针孔连着一长排输液管，鼻子上插着食管和氧气管，面部肌肉极度扭曲，张着嘴尽力地发着声音。大姐满脸是泪，弓着腰，用双手按着母亲的身体。父亲耷拉着脑袋，无助地坐在旁边。我再也忍不住了，甩下背包，用双手捧住母亲的脸，放声痛哭。我喊："妈妈，妈妈，您怎么啦？您的大儿子来了！"得到的回应却是母亲一阵紧似一阵的狂躁和抓扯。

母亲床头柜子上的监测仪器灯光在不停地闪烁，报警的鸣音也是不断地响起。大姐说："昨天，这些监测仪器都已取走了，可今天你二姐和妹妹走后，妈妈又不好了。"医生和护士都挺紧张，不间断地来来去去，一会儿抽静脉血，一会儿抽动脉血，一会儿又来推利尿剂。张主任也在自己的办公室里候到接近零点，他对我说："相信你母亲能挺住，我明天一早再来联系内科的重症监护室，不行的话，还得再转过去。"那一夜，我的眼泪几乎没有干过，我就弓着腰站在母亲的病床前，不停地喊她，不停地抱她。

第二天上午，护士给母亲做雾化时，母亲的心跳瞬间就接近了两百。而就在这时，内科重症监护室的推车到了，母亲就在我们的不舍与担忧中被推了出去，推进了手术专用电梯。我等不及电梯，就从步行楼梯一路狂奔而下，但当我赶到时，重症监护室的门早已紧闭。

中午的时候，医生通知我们进重症监护室探视。母亲已安静了很多，只是身体还在一阵阵地抽搐，各种镇定剂都用上了，氧气机也用上了。下午，大姐留下来陪护，我就将从医院租来的小床搬到楼梯口眯瞪了一会儿。楼梯口的门不停地"绑绑"响着，经常有人走过来吸烟，我就始终处在半醒半睡的状态下。

晚上夜渐深的时候，母亲的狂躁又开始了，是那种暴风骤雨似的，任我累得腰酸背痛，使出浑身解数，也没见任何收效。第二天白天，稍稍好了一点，而一到晚上，又开始了，像山崩，像海啸，一浪高过一浪，无止无休。说得迷信一点，母亲就像是中了邪，或是鬼魂缠身一般。我觉得母亲是手术时哪根神经受到了刺激，使她能长时间地狂暴不安而不知疲倦。

实在没有办法，我只得不停地去求护士。护士都是些年轻的女孩子，我待在里面，她们本来就不自在，就像我们上课时，教室后面总是坐着不相干的外人一样。中午我就听到有个护士在嘟囔："不是自己要求转出去的吗，怎么又回来了?"重症监护室的副主任和值班医生都来了，该用的药都用上了，也都无奈地坐在旁边，任凭母亲脚蹬手刨。见母亲实在危险，我也害怕了，就想让大姐过来。提出要求后，医生和护士都点了头，说："让亲属能过来的都过来吧!"有个医生还说："你也不要过于伤心，她毕竟这么大年龄了，你也得做好思想准备。"

在这种情况下，二姐和妹妹刚回去三天，又匆匆地赶了过来。我们兄妹五个，再加上父亲，有一个庞大的陪护团队，然而眼睁睁地看着病床上的母亲生不如死，我们却只能站在旁边束手无策，这该是何等的哀痛啊!那时候我们也只能祈求上天，如果上天有神力的话，我真的心甘情愿地将母亲的痛苦全部承担过来。

但几天之后，母亲的病情又平稳了一些。医生查房时问及情况，我说母亲烦躁的强度在降低、频率在减少。医生还和我开玩笑，问我是做什么工作的，说用词相当准确。正当我们欣喜万分将消息告知亲戚和好友时，母亲的狂躁又卷土重来。在我看来，母亲的狂躁没降低一丝一毫，母亲的痛苦没减少一点一滴。我们简直都要崩溃，这么多天的辛苦，这么多天的劳累，都是白费，一切又都回到了原点。

真得感谢医生和护士，他们对母亲的病情进行了准确的定位，说母亲还是脑部手术之后的谵妄和烦躁，但烦躁最终还是会过去的。他们鼓励我们，让我们要有耐心，说只要过了烦躁期，母亲的心肺功能定会很快地恢复。他们从医学专业的角度分析，说母亲这些天其实还是有进步的，并且说她既然这么多天都挺过来了，以后也一定能挺得住。这也让我们增加了信心，在重症监护室，母亲的生命还是有安全保障的。我坚信，再迅疾的弩箭也会有落地之时，再强劲的琴弦也会有停歇之日，所以母亲的烦躁期定会过去。见我们对母亲照顾得如此周到，所有的护士都受到了感动，对我们也尊敬了起来，她们总是叮嘱我们穿好防护服，戴好头罩和鞋罩，还不时地走过来"阿婆阿婆"地甜甜呼唤，帮着我们安抚母亲。

接下来，母亲的确又在逐渐好转。但烦躁依旧，她有时安静了片刻，突然昂起头，瞪圆眼睛，指着墙壁，嘴里发出"呜呜"的声音。在那样的深夜里，我有时都被吓得头发直竖。有时我将母亲的一只手松开，让她侧着身子睡，我用双手攥住她松开的那只手，防止她拉拽身上的管子。母亲爱把手搭在床栏上，我就用我的胳膊垫在下面。母亲的胳膊上是挣扎时留下的大片淤血，手上的皮肤松弛，就像一张揉皱了的白纸，里面暗黑色的血管清晰可见。母亲有时将腿支起来，而一入睡时，腿就会歪下去，又将自己吓醒了，我就一直用手扶着她的腿，尽量让她多安宁一会儿。很多个漫漫长夜，我想了很多很多，最为自责的还是去年春天没能坚持自己的意见带母亲去做检查，我觉得母亲那时的身体比现在好很多，如果那时手术，风险自然也会小很多。

五

重症监护室的确不适合病人休养。那里的护士一夜到亮来来去去从不停歇，各种报警的鸣音也是聒噪在耳。另外，还经常会有一些危重病人需要急救，引发一阵阵骚乱。我还经历过一次病人离世时的场景，听到那种哭丧的哭声，撕心裂肺般的，还是连续好几拨。

母亲离开重症监护室时，我和父亲的意见有了点分歧。我对张主任的安排毫不知情，认为是父亲联系的张主任。那时母亲的烦躁的确好了许多，但并没有完全消失。我担心这样做不够稳妥，担心母亲的病情会再次反复，担心再重蹈上一次的覆辙。

果不出所料，一连三天三夜，母亲一刻不歇，虽然烦躁的强度不算太大，但也折腾得没完没了，吓得大姐、二姐和妹妹都哭丧着脸。我们都身心疲惫，感觉身体快吃不消了。我一向自诩是铁人，没想到身体却最先出了问题。那天给母亲翻身，我伸手去拿旁边的那个三角枕时，就感觉腰部遭到电击一般，不由得“啊”地惨叫了一声，跌坐了下去，之后身体就僵在地上，不能再动了。父亲赶忙去给我买来药水和贴膏，然后又是捶又是捏又是踩，待稍好点时，弟弟架着我去挂了急诊，拍了片子，幸好腰椎没有任何问题，只是腰肌劳累之后的扭伤。我平时就能熬夜，所以承担了大部分夜间陪护的任务，那两天，我只能躺在宾馆的床上，用手机在群里发信息，推测母亲是环境改变了不适应，很快就会好的。值得一提的是，在那些暗无天日的日子里，大家的压力巨大，心情也都很糟，但我们兄妹五个表现得空前团结，从没有出现过任何争执和报怨。

第四天的时候，母亲慢慢地开始安静了，一阵烦躁之后，往往能睡着十分钟到半个小时。第五天，母亲就开始了成天成夜的昏睡。母亲太疲惫了，四十多天几乎没休息过，时刻都在病床上剧烈地挣扎。后来我们给母亲称体重，她比手术前轻了二十多斤，这样一算，她每天都要消耗掉至少半斤的体重。看到母亲安恬的面庞，听着她均匀的鼻息，我们高兴得不得了。

接下来的日子风和日丽，母亲不断地给我们带来惊喜。手术没给母亲的肢体带来任何障碍，但母亲的咀嚼、吞咽，还有说话的功能都明显受到了影响，有位医生就曾说过，母亲以后好多年可能都得靠鼻管进食，但当母亲稍稍能吃两口粥的时候，我们就给她拔掉了鼻管、断掉了营养液。不过给母亲喂饭的难度太大了，小半杯流食往往就得耗上小半天时间。母亲刚开始自主进食，肠胃不适应，护理的难度就更大了。真得感激妹妹，那时大姐、二姐都已回家，主要是我和妹妹在医院护理，有时一夜我都得把妹妹喊起来四五次，给母亲清洗身子。妹妹平时在家也是挺娇的，但我从来都没见她皱过一次眉。后来，妻子心疼我的腰伤，也请假赶往上海，照顾了母亲不少日夜。母亲下地练习走路的过程也让我们非常惊喜，她脚挨过几次地后，我们就能架着她稍站片刻，之后她就能挪动步子了。弟弟过来时，我们就尝试着搀着她走路。后来，我们还借来医院的轮椅，想把母亲推到楼下的小公园里锻炼，但好几次都没有成功。母亲虽然意识不清醒，但她坚决抗拒。我们知道，母亲一辈子要强惯了，一时肯定接受不了坐在轮椅上。拔去导尿管之后，母亲上卫生间就成了最大的难事，给妹妹难为哭了好几场。我就对妹妹说："妈妈够坚强的了，她现在没了痛苦，不管多难，我们都得高兴，妈妈定会给我们带来更大惊喜的。"的确，以前母亲就没少给过我们惊喜。2003 年，那时我和父母都还住在乡镇，有天深夜，母亲肚子疼得在床上打滚，脸上的汗珠豆粒一样大。镇上的医生怀疑是肾结石，却无法处理。我赶紧找车子把她往县医院送，途中有一段路没有修好，颠簸难行，但过了这段路后，母亲竟安静了、睡着了。到了医院一检查，结石被颠掉了，可以回家了。2006 年，母亲腿又疼得下不了床，补钙没用，几次检查也没结果。有一天，我找医院的同学带着她检查，临结束时，那个主任随口说了一下："还是像缺钙，我给她开一种钙片试一试。"结果母亲一吃就见效，坚持吃下去，这些年腿再也没疼过。就是在手术前，她和父亲一同散步，每天也都能走上近十公里。

“妈妈，您的病好了，我们马上就可以回家了！”

母亲认不出我们，我们讲的话，她肯定听不懂，她要表达的，我们也不明白。我们只能这样一遍遍地对着她说。

医生催我们出院了。医生说本以为母亲得回到地方医院再住上一年半载，没想到她却恢复得出人意料，现在早点回家休养，以前熟悉的场景有助于唤醒记忆。张主任也是兴奋地连声说：“终于熬过来了！终于熬过来了！”

回家的行程，我们也是经过精心规划的。从医院到火车站得坐一个多小时的地铁，上海到六安的动车得四个多小时，从六安到家还得坐近两个小时的汽车，再加上提前出发，还有路上的耽搁，时间不会少。当时，妹妹正好在上海提了一部新车，于是我们就定下来开车回去，中途看情况，可以在路上住一夜。我们是下午一点多出发的，车开得不快，几次到服务区休息又用去不少时间。看到母亲精神特好，父亲就不同意下高速过夜，结果到家时，已是夜里十一点钟了。姐姐、姐夫们都下楼来接。因是月中，将母亲搀扶下车时，我抬头看了看天，一轮明月正静静地绽放在天宇中，将清亮的光辉无私地洒向千家万户，给人世间笼罩着一层安宁与祥和。

突然想起妹妹说过的话：“哥，不管手术结果如何，我们都不后悔。如果妈妈连动手术的机会都没有，你说她养育我们兄妹五个有啥用?”是啊，母亲安好，便是晴天。如果不能尽心尽力地奉养双亲，那么这普天之下的儿女们，又有何颜面去面对世人、立足天地呢？我知道，母亲接下来还有一段相当长的康复之路要走，但我深信，有我们全家人的齐心协力，前行之路一定会温情相伴、月明风清！

第三辑　人生感悟

然而惭愧的是，我虽身为语文教师，过着日日与文字打交道的生活，心里也曾揣着个“作家梦”，却被纷繁的社会扰乱了心神，被五彩的世界迷离了双眼，很少能静下心来潜心写作。

——《淮河岸边的歌手——张烈鹏其文其人》

生病二题

病中三味

“人什么都能有，就是不能有病。”此话虽非名言，却颇富哲理。前段时间，本人就遭受到了一次病魔的“骚扰”，真真切切地体验到了生病的个中滋味。

一味惊。我本来身体未觉任何不适，一日早起，忽觉颈间似有赘物，用手一摸，不禁吓了一跳：原本绿豆般大小、用手摸时若有若无的淋巴竟于不知不觉中大如鸟卵。对镜而视，已突兀而起，垂然可见。于是，心中之惊又增添了几分：这个不速之客不痛不痒，定为不祥之物！

二味惧。对于这个横卧于颈间的肉球，我没有小视，不敢有半刻耽怠，遍访小镇名医。然而，服消炎药，不见效果；输液，尤济于事。再加上一好友见状，告诫我一定要当心，说淋巴是身体出现病变的信号站，某某就是因为淋巴出现肿块，久治不愈，最后一动手术，却发现身体中的癌细胞已扩散。这下，惧怕真如轻纱般悄无声息地蒙上了我的心头。虽然在一些朋友偶以我颈间之物玩笑时，我都会笑答：“修短随化，何所惧也?”但心头仍时时觉得沉沉的，并常暗自思忖：莫非此物真乃肿瘤不成?

三味喜。欣喜来自病愈。在久治未果的情况下，我便慕名至省城一老中医处求医。当我说出心中的困惑后，老中医笑着说：“你这是淋巴发炎而已，肿瘤之说纯属无稽之谈，我给你外敷膏药，你内服消炎药，两周即好。”令我叫绝的是，两周后，那个数日来缠得我心神不宁的肉球不见了。于是，人整个儿有种如沐春风的感觉，走路都感觉轻快无比了。

说起这些感觉，其实是缘于自己医学知识的贫乏。但由此观之，生病不仅是对人身体的摧残，同时也更是对人心灵的摧残。记得药店有副对联写得好："但愿世间人无病，何愁架上药生尘。"这美好的祝愿若能成真那该多好，我天真地想着。

病

忽然就得了"网球肘"。

对于一个乒乓球"运动员"来说，这等同于吹笛子的生了口疮、弹钢琴的伤了手指，等同于奔跑的小鹿崴了脚、飞翔的鸟儿折了翅。虽然我只是一个业余球员，但每日的训练被迫取消，便有了诸多难受。且患病的时间又正值隆冬，还包含着一个肥肥的寒假。一天天猫冬于室内，就像拥有一筐鲜桃，因了某种缘由，不能拿出来品尝，只能眼睁睁地看着它们一个一个烂掉。

这病说重不重，就是不能水平发力，一个水杯拎起来就痛得咧嘴龇牙，更别说挥拍击球了。我首先打电话给医院骨科的一个学生，他让我过去查看一下，捏捏揉揉之后，说骨头没有任何问题，不必检查，只需静养。但转眼一个多月过去了，手就是使不上劲。我便又到街上找人推拿，几次下来，关节疼痛依旧，肌肉也被捏伤，又不敢再去了。我没有其他的体育爱好，就这样闲了一个年关，一称体重，吓了一跳，长了六斤。

又在网上搜索，看能不能找到好方法。法子没找到，倒引来了不少电话，都是从外地医院打来的，问我什么病征，让我去做检查。我就奇怪了，问他们怎么知道我电话的，他们大多都比较坦诚，说我用手机浏览过他们医院的网页，手机号码会自动留在后台。我不免又感叹科技的进步，感叹有些医院"揽客"招数的奇特。

本来就不做什么家务，胳膊伤了之后，就连每天两次洗碗的事也由妻子代劳了。倒是父母常问我胳膊怎样了，我说没啥事，就是不敢打球。同样的回答竟重复了几个月。父母前两年就不断地担心我身体，一而再再而三地让我注意这注意那，于是我就发烦。有一次，我对父母说："我能吃能喝，爱蹦爱跳，你们怎么老想着我会生病?"父母当时都默然了，之后便不再多问。我知道，父亲就是在中年时患了好几样病，并且因治病历尽了艰难，他们实际上是最关心我的人。

一些球友久不见我去俱乐部，有的打来电话；有的在群里留言；有的建议我用什么膏药；有的现身说法，述说自己“网球肘”的康复经历。曾经读过贾平凹先生的一篇题为“人病”的散文，讲的应该是20世纪80年代，他患的是肝病，受尽了众人的歧视。对比之下，又有了一番感动。

2016年初冬，天刚刚冷下来，第一次上冻，我的恩师、作家张烈鹏先生加班至深夜，骑自行车从单位往家赶，过马路时不慎滑倒，竟然摔伤了腿骨，卧床达半年之久。那种时日难耐可想而知。我偶尔去陪他说说话，打发一点寂寥的时光。张老师虽然偶有情绪低落之时，却能在病榻上用手机写下篇篇美文，并频频在报刊上发表，实在令我敬佩。

写到此时，听得妻子一声抱怨：腰椎压迫神经，整条腿都是木的。想到母亲的高血压，头晕得走路都要人扶；岳母脑梗，定期要去医院输液；同办公室的好友，竟然神情恍惚，抑郁得不能上班……再想到日下禽流感造成的恐慌，市场上已不见了活鸡活鸭，就不由得一声长叹。病，一个最不受欢迎的主儿，却经常不合时宜地来到人们的生活中，导演着一幕幕人间悲剧。“故人笑比中庭树，一日秋风一日疏。”这大概是这个星球上最伤感的事了。

一个小病，许多难受，不少感慨，于是又想起那副贴在药铺里的对联：“但愿世间人无病，何愁架上药生尘。”

取名风波

近些日子，喜事不断。先是妻子的大姐喜得孙女，接着是我家大姐再添孙子。对于这样添丁进口的喜事，我们自然是非常高兴，并极好地利用了假期登门庆贺，结果都被嘱以为孩子取名的“重任”。

虽然我学了多年汉字，又教了多年汉字，可仍对如此“重任”犯了难。首先是现在的孩子娇贵，“猫儿”“狗儿”的贱名再也不能一通混叫；其次是上辈人青睐的“梅、兰、菊、丽、敏、婷、静、玲、燕、萍、红、美、娟”等字早已过时；再次考虑从诗句处起名，可一时又想不起来，能想到的又多被人用滥。一想，也难怪，中国地大物博，人口众多，第六次人口普查公布的数字是1339724852，大得惊人，其中还不包括刚出生的这两个小人儿，每个人占用一个名字，都想独特，都想不重复，取名能不难吗？于是忆起了赵本山和宋丹丹的小品《火炬手》。

小品中主持人说一位姓齐的网友刚刚喜得贵子，想让大妈和大叔在现场给他的孩子起个非常好听的名字。赵本山：“齐德龙。”主持人：“文雅但不响亮。”宋丹丹：“齐东强。”主持人：“响亮但不文雅。”赵本山：“齐德龙东强，洋气。”

那天从妻子的大姐家回来，妻子便兴冲冲地翻字典、查网络，一通忙碌后，给那女孩儿选好了名字用手机短信发了过去。结果没候到褒奖感谢的佳音，却听到妻子和她大姐在电话里头咋咋呼呼地叫吵起来。

“你取的那个‘珏’字在字典里咋查不出‘玉’音，字典里都查不到的字能做名字吗？”大姐反复地说。

“我在网上查的，‘珏’是两块美玉的意思，字典怎会查不到这个字呢？”妻子的解释显然不起作用。

我本来正在看斯诺克世锦赛，以为她们吵架了，连忙跑了过去，好不容易听出个头绪，忙轻声地告诉妻子：“那个字不读 yù 音，读 jué 音，巴金的《家》中觉新的妻子就叫瑞珏!”气得妻子“啪”地挂了电话，冲我吼道:“叫你取名，你一点动静没有，把我害了!”

于是我想起了这样一段文字。“这个正好，就叫他是巧哥儿。这叫作‘以毒攻毒，以火攻火’的法子。姑奶奶定要依我这名字，他必长命百岁。日后大了，各人成家立业，或一时有不遂心的事，必然是遇难成祥，逢凶化吉，却从这‘巧’字上来。”

啧，啧，啧!“金陵十二钗”之一的贾巧姐，名字就这样出口成章地诞生了。不免有了感叹，在取名上，我们的才能远不及刘姥姥。

送　　礼

那段日子，是我人生的最低谷。消沉、苦闷、压抑与我相伴而行，我做什么事都提不起精神，人也显得病恹恹的。

也难怪，初中学习成绩特好的我，理想就是上高中考大学，然而由于家庭贫困，万般无奈读了师范。师范毕业那一年，县里竟然出台了一项决定：当年的师范毕业生“一刀切”分配到乡村小学。这对我来说又是一次重击，因为前两年的师范毕业生还都分配到了镇上的中学。硬着头皮去报到的那一天，教导主任对着我笑吟吟地说：“我们学校全都是民办教师，你来了，我们学校终于有了第一个师范生。大家都不太会教语文，你就带语文课吧！”天呀，我最喜欢的是数理化呀，上学时数理化的成绩次次都是高分，我也一直梦想着自己能成为理工科的才子，怎么又偏偏成了语文老师了呢！真是造化弄人，事事不顺呀！

那所学校处处透溢着乡村的气息。教室是低矮的平房，室内坑洼不平的泥巴地被学生们的鞋掌打磨得泛着白光。学校连个院墙都没有，经常会有附近村民的牲畜窜到学校，有时正在讲课，就有一只公鸡“嘚嘚”地叫着，大摇大摆地走进来。教室后面是教师宿舍，中间是老师们侍弄出来的一畦畦菜地。在教室里上课，我们能闻到菜地里芫荽散发的馨香，能听到教师宿舍电水壶烧开时的鸣音。没有电视，没有电话，也没有丰赡的图书，仅有《中国教育报》和《人民教育》这一报一刊，摆放在学校唯一的一间大办公室里。

难道这就是命，难道我就要永远埋没在这里？夜深人静时，我常躺在床上辗转反侧。可又能有什么办法呢？去找找孙主任，突然一个念头在我的大脑中产生了。孙主任是我们镇教育组的领导，几次到学校检查工作都表扬了我，对我的印象不错。去找找他，他或许就能把我调到镇上的中学去。

说干就干。第二天一早，我就带上工作以来所有的积蓄，乘车到县城去买回了两瓶飞天茅台。那时在我的意识中，要调动，送点礼品是必不可少的。

那个黑暗的夜晚，我游走在孙主任家对面的巷口，踟蹰、徘徊，多次伸长脖子望向那扇关闭着的门，就是没有勇气走过去叩响它。几次有人走过，我就装出若无其事的样子慢慢地往回走，之后，再提心吊胆地回转身。巷子里好像还有一条大狗窜出，把我吓了一大跳。我就这样像特务盯梢似的熬了许久，终于见到孙主任家的大门打开，有人走出，我便趁机走了过去。

孙主任给我让座、递茶，问了我一些工作上的事。当我嗫嚅着断断续续地说明来意后，孙主任没出声，过了片刻，他竟然把我带去的两瓶茅台酒拎到了茶几上，扯去外面的包装袋，用手捧起来反复地观看，就像在鉴定一件古瓷器。就在我紧张得连大气都不敢出的时候，孙主任开口了，他说："工作的事，你别指望我，得靠你自己。你们师范毕业生当初都是最好的学生，基础那么好，可不能放弃学习。别看现在没有机会，说不准哪天机会就来了。你要记住，是金子终究会发光的。"他放下酒，又说："真是好酒呀！可惜我没福气享用。你父母培养出一个国家教师也不容易呀，你还是带回去孝敬他们吧！"那一刻，我羞愧得无地自容，真的希望能有个地缝好让我钻。

那之后，我静下了心来，教学之余开始读书写作，不久，我的文章就发表在了《中国教育报》和《人民教育》上。几年时间内，我通过自学考试捧回了红彤彤的中文专科和本科毕业证书。我换过好几所学校，后来还进了城，成了高中语文教师。不过，这些都与送礼无关，全都是通过考试完成的。

那两瓶茅台酒，父母也没舍得喝。后来弟弟大学毕业在上海成家，那时的家庭条件已好转了许多，父亲将那两瓶酒带给了亲家做订婚礼。不过，这两瓶茅台酒一直珍藏在我的心中，当然，同时珍藏的还有孙主任那番朴实无华的话。因为，那番话让我明白了人生的真谛。

回眸 2017

一向不太愿意去回眸。

总觉得盘点一年的日月，就如同细究一个月工资的去处，实为难受；有时又觉得大都是老年人才爱细数时光、咀嚼岁月，自己的年龄还不太适合。于是我的生活鲜有计划，少去总结，倒也过得随性随意、悠然自得。

但此时，站在新年的门槛上，我还是回转身，对我的 2017 年做了一次深情的凝视。

暑假期间，经过一段时间的煎熬，我的工作单位再一次发生了变化。这是我工作以来第五次换学校了，早已不再新鲜，所以能比较坦然地面对。又想，不管是到哪所学校，都是靠自己的能力教书上课，因而又有点清风不起、波澜不惊的味道。不过，这么多年来，我觉得自己在工作上始终未曾松懈，一直都保持着奔跑的姿势，以求无愧于学生、无愧于自己。到了一中，从高二接课，教学上自然不会含糊。很快，我的努力就有了体现，两次考试均有三个小奖入账。

不离不弃的依然是相伴了三十余年的乒乓球。人生若只如初见，我待乒乓似初恋。可以说，不管工作再忙，不管时间再紧，我每周都会到俱乐部“泡”上几次。但在年初获得县总工会、县乒协举办的乒乓球比赛团体第六名和男子单打第六名之后，我的肘关节便出了点问题，大半年时间一直都受这点小伤的困扰，状态一直低迷。国庆期间，县乒协举办的乒乓球比赛我没能参加，直到前不久全县第二届全民健身运动会开赛，我才代表单位参赛，获了个全县男女混合团体第三名。不管怎么说，我都得感谢这项运动，它给了我匀称而又康健的身体，给了我生活的激情和工作的动力。前不久单位组织体检，我的各项指标一切正常，就连血检也是一个箭头都没有，令同事们羡慕不已。我想，仅此一点，怕是给我个知府也不换。

与我对乒乓球的痴迷相比，我的读书与写作则显得吊儿郎当。我读书慢，一本名著往往要读一个多月甚至更久，再加上手机上的一些碎片化的浅阅读占用了大量时间，所以一年读不了几本书。我感觉自己仅有的读书时间也只有夜深人静倚床捧读的那一刻。甩脱了烦琐冗杂的班主任工作，本想多写一点东西，却又觉得自己写不出什么大名堂，多发表一篇少发表一篇都无关痛痒，热情又减了大半，因而又常常疏于动笔，很多时间大脑板结得像一块花岗岩，只有到了非动笔不可时才去写上一点文字。一年来，教学文章仅在《教师博览》（原创版）和《班主任之友》（中学版）上各发表一篇；文学类的相对多一点，分别发表在《散文选刊》（原创版）、《作家文学》、《新安晚报》、《皖西日报》、《大别山晨刊》、《映山红》、《淠河》、《未名文艺》等报刊上，同时还有一些文字发表在"诗意的红烛""同步悦读""分水岭""金银花开""三尺讲台"等微信平台上。可喜的是，我在这个年度中被中国散文家协会和安徽省作家协会吸收为会员，这多少让我有了一些不敢偷懒的压力。

总而言之，不知不觉中，随性随意又过了一年。不过也挺好，于我而言，名不追，利不求，只渴望老人依然安康、孩子依然优秀、家庭依然温馨、工作依然顺利，把生活过得优雅自在，把日子过得淡然宁静，足矣！

快乐乒乓一支歌

在我的微信群中，最热闹、最有活力的当属“快乐乒乓”了。

“快乐乒乓”群的成员大都来自“华军乒乓球俱乐部”，几乎囊括了小城所有的乒乓球爱好者。

“华军乒乓球俱乐部”是小城唯一的一家乒乓球俱乐部，它地处小城的腹部，有着宽广的场地和齐全的设施，因而吸引了众多乒乓球爱好者的目光，备受大家的青睐。

俱乐部里可谓“群贤毕至，少长咸集”。这里有代表全县征战省运、市运的乒乓精英，也有初学乒乓、刚刚执拍的入门新兵；有年过七十的古稀老人，也有七、八岁的活泼儿童；有身居高位的各级领导，也有默默无闻的普通市民；有身形矫健的八尺男儿，也有体态优雅的灵动美女。在这里，有人苦练基本功，有人热衷于实战对抗，有人探究着乒乓理论。不同年龄、不同身份、不同性格、不同性别的人组成了这样一个集体，自然千姿百态、精彩纷呈。

到俱乐部看看吧，银球飞舞，划出条条优美的弧线，乒乓跳动，唱响阵阵清脆的乐章，处处是龙腾虎跃的身影，时时有震响耳膜的欢笑。这里的人们忘记了身份，忘记了地位，抛开了烦恼，抛开了名利，心中只记得一件事——打乒乓球。看，顶尖高手“一哥”李君为一名初学者堵球、喂球很长时间而不厌其烦；“大师”金君挑战高手王君胜了一局而喜形于色；“教授”周君躲在一隅，对着发球机，“噼里啪啦”苦练内功；两对混双选手在练习双打，辗转腾挪，步伐轻盈……在这里，没有杂念滋生的土壤，只有激情荡漾的空间，大家要的是健康，找的是快乐，俱乐部自然成了和谐的家园。

俱乐部里，经常会有精彩的赛事。平日里安排的各种周赛、月赛、分组赛、挑战赛，以赛代练，赛练结合。县总工会、体育总会每年组织的

“迎新春”全县乒乓球比赛，规模宏大，牵动人心。每到比赛时，俱乐部成了欢乐的海洋，欢呼声、呐喊声、加油助威声响成一片，一个好球能让大家失声尖叫，一次失误又能让众人唏嘘不已。赛后，某某特别神勇、某某发挥失常、某某是一匹黑马、某某抽签走运，等等，都是大家长时间津津乐道的话题。一次次比赛，演练了阵容，检验了球技，磨炼了意志，强化了拼搏，大家乐在其中，乐此不疲。

俱乐部里热闹非凡，“快乐乒乓”群里也是春光无限。

网传，一个温馨的群，构成要有十八种不同类型的人。“快乐乒乓”群也不例外。群主认真负责，发布最新的国际国内赛事，推荐精彩的教学训练视频，偶尔也发送一些搞笑图片、诙谐段子，落得个“与民同乐”。群员更是各展身手、各显神通，有发布每日正能量的，有经常对掐的，有睡得比狗晚的，有讲醉话的，有吹牛的，有围着美女转的，有作诗的，有写字的，有养生的，有发红包的，有潜水只抢红包的……总而言之，应有尽有，无奇不有，但不管大家怎么说、怎么闹，均无伤大雅，其乐融融，让人感觉到舒心、暖心。

在小城，“华军乒乓球俱乐部”的微信群“快乐乒乓”早已深入人心，早已成了众多乒乓球爱好者难以割舍的情感“奥运村”，早已成为小城精神文明建设中的一道靓丽风景线。正所谓：乒乓跳动，跳出美妙的音符；银球飞舞，舞出诗意的生活。

淮河岸边的歌手

——张烈鹏其文其人

阅尽了千里长淮的点点白帆，听惯了淮水奔流的声声涛浪，谙熟了淮河儿女的种种风情，安徽省作家协会会员、青年作家张烈鹏如排云而上的晴空一鹤向人们展现了其亮丽的身姿。

一口气读完张烈鹏先生的百余篇散文新作，如同享受了一次文化的盛宴，为其生动鲜活的文字感染了无数回、振奋了无数回、激励了无数回。

张烈鹏是生长在淮河岸边的一位出色的“歌手”，绵延的淮堤拉长了他的文思，甜美的淮水滋润了他的歌喉，澎湃的淮潮放飞了他的激情。他歌唱，为浓浓的亲情和友情而放歌。在他的散文中，我们分明听到了父亲、母亲、祖母、外祖父、舅爷、二爷爷、梁哥哥、莽汉的声音，这声音或血泪斑斑，或深情款款，或夹杂着无奈，或饱含着沧桑。这声音，是人世间最动听的声音、最甜美的乐章。他歌唱，为家乡的风情和美景而放歌。清明、端午、除夕、元宵、劳动、农具，等等，一事一物难相忘；老屋、老街、山水、树、桥、庄台、围沟，一枝一叶总关情。他歌唱，为生长在淮河岸边这方热土上的民众而放歌。在他的笔下，记者、教师、文人、女子成了他歌颂赞美的对象，成了他倾注深情的载体。他甚至还将敏感的触须延伸到社会的最底层，去关注如卖煤女人等劳苦民众的一举一动，去倾听他们生活的挣扎和生命的呼喊。他歌唱，为祖国的命运和改革开放的巨大成就而放歌。当奥运火炬点燃之时，当“嫦娥”“神舟”升空之际，他唱出了美到极致的赞歌。当暴风雪无休止地飘落之时，当汶川的大地无情地摇动之际，悲伤与痛苦成了他歌声的主旋律。他更善于用诸如钢板铁笔、家书通信、蒲扇火盆、照片相机等平常事物来见证改革开放几十年的巨大成就，对祖国的发展与腾飞进行了热情的讴歌。他歌唱，为自己的文学创作和丰收而放歌。他逍遥于便捷的网络中，得心应手，他沉浸在埋头创作的耕耘体验中，他幸福于文章发表的甜蜜喜悦中。他用手中的笔记载了自己的生活轨迹和艰辛历程，他让汗水与微笑伴随着自己一路前行。他歌唱，尽情地歌唱，才思如一江春水汪洋恣肆，激情如滚滚江河一泻千里，气势如潮涨海面波涛汹涌。闻一多先生说过：“诗人主要的天赋是爱，爱他的祖国，爱他的人民。”张烈鹏正是植根于淮河岸边这方肥沃的土壤，用自己最真挚的爱唱出了对土地、对人民、对祖国的一腔深情，唱出了生活的最强音。

读张烈鹏的散文新作，一股浓郁的乡土气息扑鼻而来。不管是夏夜擒鳝的点点灯火，还是除夕守岁的暖暖火盆；不管是自己喂养的小花猪的哼哼唧唧，还是土坯锅灶的烟熏火燎；不管是童年生活的穷困窘迫，还是置身现代的悠闲从容；不管是在大街上来回奔波的骑电动车的女人，还是来往于田间地头的乡村记者；不管是汪洋中傲然挺立的庄台，还是求学时的细细长长的石桥，无不是皖西风景与风情的真实写照，是我们“原生态”生活的生动描画，是一幅幅原汁原味的家乡照片。特别是他将目光投向家乡的角角落落，用思维触摸家乡的每时每刻，写下的“家乡系列”“淮河系列”“时间系列”的散文，更是描画了淮河岸边所独有的景致，可以说他的散文被深深地打上了淮河的胎记。可以说，他的一篇篇散文如同一个个跳动的音符，让家乡的读者倍感亲切，使外地的读者同样能感受到这片土地的神奇。

细细品味张烈鹏散文的语言，就如同咀嚼一枚枚清香四溢的橄榄，满口生香，妙不可言。马有彬老师曾对他的散文语言有过一段精彩的评论，我觉得再恰当不过了。现抄录如下：

“张烈鹏的语言是极其丰富的，就像魔术师口中的花纸条，吐不完，变不尽。在他的散文中，诗歌、唱词、乡村俚语、格言警句，随处可见，俯拾皆是，犹如春天田野的小花、夏夜苍穹的星星，时时在向你挤眼微笑。

“张烈鹏是驾驭语言的高手。他常用排比、比喻、拟人等修辞手法，让笔下的事物富有生命，充满情感。在他的笔下，‘桥是河流永远的恋人’，‘清明是山水田园间的绝色女子’，家乡的山是大别山‘一长溜痴情的追随者’，有时，他又把几种方法揉在一起，同时使用，给人以变幻无穷、目不暇接的美感。《春雷》的开头就是最好的例证：‘原本是风和日丽、白云悠悠的江淮三月天，陡然间变成了情窦初开、多愁善感的青春美少女，隔三差五地撒娇哭鼻子，将淅淅沥沥的春雨挥洒在霓虹闪烁的街市，挥洒在一望无际的原野，挥洒在红墙绿瓦的村庄。’句中排比、比喻、拟人环环相扣，精彩迭出，让人眼花缭乱，暗自叫绝。”

认识张烈鹏的人往往会这样评价他：修长的身材中蕴藏着才情和儒雅，目光中透射着睿智和机警，谈吐时妙语连珠警句迭出。张烈鹏是勤奋的，平日里公务缠身，案牍劳形，却始终坚持笔耕不辍，写下了大量的教学论文、散文、小说、诗歌、评论，以读者、作者、评论者三种姿态活跃在文坛上。从他的文章中我们就可以了解到他曾一次次因读书写作熬亮了一个个黑夜（《失眠的时候》），精神困顿或略感疲倦时，他会点燃一支香烟，让思绪在烟雾中飘升，让灵感在火星中闪现（《抽烟的时候》）。长期的脑力劳动，他也有过早生华发的感叹和头发脱落的尴尬（《头发》），但他一提起笔来，照样会抚古追今，思接千载，上下五千年，纵横八万里，让思维任意驰骋，达到物我两忘的境界。

我是张烈鹏老师早年从教时的学生，近三十年的交往使我们结下了深厚的友谊，张老师也曾在《短而有“信”》《特殊的文友》《特殊的教材》等几篇文章中提到过我们的交往。特别是在我参加工作之后，我们常在一起谈诗论文，这更加深了我对他的了解。然而惭愧的是，我虽身为语文教师，过着日日与文字打交道的生活，心里也曾揣着个“作家梦”，却被纷繁的社会扰乱了心神，被五彩的世界迷离了双眼，很少能静下心来潜心写作。而张老师将自己全部的闲暇时间交给了读书、弹琴、写作，用勤奋将自己的青春天空装点得五彩缤纷，将自己的精神家园侍弄得生意葱茏，想来不觉汗颜。前几天，又收到张老师的短信，再想到他平日里对我的鼓励和教诲，我不能不对自己的惰怠与懒散自责不已了。

张烈鹏老师，我永远的恩师！

一球一诗一春天

——李先锋先生的退休生活

每个人的人生都是一本书，书中记载着少年的欢笑、青年的拼搏、中年的练达、老年的沉稳。正是每个人的倾心书写，我们生活的这个世界才多姿多彩、绚丽缤纷。

毫无疑问，“退休”是人生这本书中的一个重要篇章。然而，不少人只顾着浓墨重彩地书写工作，或官场驰骋，或商界纵横，或杏坛耕耘，或艺海泛舟，却没能很好地构思和规划退休生活，在退休之时显得怅然若失，在退休之后活得郁郁寡欢，从而退却了生命的色彩，降低了生命的质量。这不能说不是一种悲哀。

能坦然地面对退休，在退休之后生活得健康快乐、生活得从容优雅，是一种智慧，是一种境界。李先锋先生就是这样的一个智者，他在即将结束长达四十三年的军、地工作之际，突出了乒乓球和诗歌两大元素，从而为自己的退休生活迎来了一个美妙的春天。

我与李先锋先生就是在“华军乒乓球俱乐部”里熟识起来的。之前，他勤政的身影频频出现在县电视台的新闻节目里，我也屡屡听闻他一心为民的好口碑，但我们的生活没有交集。最近几年，工作之余，我们便常常在乒乓球俱乐部里碰面，常常在一块训练，在一块谈笑。此时，李先锋先生仍在县人大常委会副主任的职位上，在我眼里，他是领导，是长辈。然而，他心态之平和、为人之谦逊、品行之高雅令人景仰。他总是以一个初学者的姿态向大家请教，邀大家指导，而事实上，他有着相当扎实的基本功，虽然多年未练，但重新拿起球拍后便进步神速。于是，我们常常忘记了年龄，忘记了身份，于银球飞舞的优美弧线中释放激情，在乒乓跳动的悦耳旋律中感受快乐。“生命在于运动”，运动让他拥有了健康的身体和健康的心态，拥有了欢声笑语的快乐时光和活力四射的激情岁月。

运动之余，李先锋先生又能静下心来，潜心于诗歌创作。他有着丰富的人生阅历和深厚的生活积淀，家国情怀、世事变迁、湖光山色、至爱亲情、万物生灵、社情民意、闲情逸致、生活回顾、日常见闻，等等，都成了他写作的题材。李先锋先生勤勉好学，在短短的几年时间内背诵了大量的古诗文，创作了近千篇诗词，将近体诗的格律运用得得心应手，诗作体裁也涉及古风、绝句、律诗、词、现代诗歌等。他的诗作抒写真感情、真性情，透溢着真知灼见，且语言鲜活，感情浓郁，深得方家的赞颂并频频发表和获奖。2016 年 10 月，李先锋先生在刚跨进退休门槛之际，将他创作的近六百首诗作结集成书，出版了自己的第一部诗歌集《淮西竹韵集》。之后，他把自己的第二部诗歌集定名为“乒乓神韵”，且已完成了大部分内容。这是一个大胆的尝试，他将自己的两大爱好——乒乓球和诗歌完美地结合在了一起。可以想见，李先锋先生常常凝神静思，沉醉于诗的境界，春花秋月、夏雨冬雪、往事如同远去的帆影、当今好比展开的画卷……这纷纷杂杂、点点滴滴都在他的脑海中融会、过滤、发酵，然后浓缩成绝美的诗句。诗歌，让李先锋先生的情感之湖春水荡漾，让他的生活热情沛然流淌。

其实，早在 2013 年 7 月 27 日，李先锋先生就写作了一首题为“退休计划”的近体诗：“夕阳山水笑容红，平仄低吟推敲中。乒乓领吾康乐舞，素心依旧醉春风。”可见，面对退休，他早已做好了充分的准备，早早地对自己的退休生活进行了合理的规划和精准的定位。于是，他以一个精彩的过渡句让自己的退休生活充实了、生动了、丰盈了。

央视著名的节目主持人敬一丹谈退休时是这么说的：“六十岁，我的第二个青春才刚刚开始。”的确，退休是一个新起点，李先锋先生从这一起点才刚刚出发，并写好了一个让人眼前一亮的开篇。乒乓球和诗歌，一动一静、一张一弛，还将与他一路相随、结伴前行，并将使他以后的每一个日子都充满激情，充满诗意。

结缘乒乓

闲来无事，细细一想，我与乒乓球结缘竟有三十余年。可以说，这么多年中，乒乓球给我繁重单一的学习生活和教学工作开了一扇窗，使我一直生活在光亮之中。

初次接触乒乓球是在刚上初中不久。学校操场旁边有一个水泥球台，平日里簇满了人。球台中间没有球网，只用砖块隔开。下课铃声一响，众多学生就狂奔而出蜂拥而至。一人一球，轮番执拍，输了下去，从后面排队再上。我那时刚从僻远的乡村到了镇上，觉得一切都那么新奇，见别人玩得热闹，便也加入了进去。刚开始球挨拍便飞，所以往往上去只能触一下球就要将球拍递给下一位。或许是从小野惯了的缘故，我的身体灵活性很好，不多久便能稳站好几个轮回。下雨时，球台四周泥泞不堪，我们就垫上几块砖头，用扫帚将球台上的积水扫去，照样“开战”。我们那时用的球拍都是光板，接球时“当当”地响，就这班上也只有几个家境比较好的同学有，我是买不起的。找不到球拍时，我们就把书卷起一半当球拍，也能打上半天。

我那时是多么渴望能拥有一只球拍呀！有了球拍，就不需要跟在同学的后面百般讨好了。一次，家里请来木匠做个柜子，我看中了一块木板，就想用刀和斧头削成球拍的模样。不想一斧子下去，给手背豁了个大口子，鲜血直流，便吓白了脸，急忙抓起一把锯末捂上。倒没什么大碍，只是在左手的手背上留下了一条永远的伤疤。

师范毕业分配工作时，我到了镇上的中心小学。学校有几位领导也爱打球，就将会议室兼做了乒乓球室，会议桌兼做乒乓球台，平日老师们在上面打球，开会时撤下球网，将四周的凳子聚拢即可。球台虽然不是正规的球桌，是用木板拼接自制的，中间有好几条裂缝，但尺寸相当，又在室内，条件已经好了许多。我那时已用上了有海绵和胶皮的球拍，球技也有了不小的长进，在学校当属“孤独求败”。我当时还不到二十岁，年轻气盛，球风凶猛，进攻犀利，所以没事时，不论领导还是老师，都爱约我打球。

后来考进了城，刚安顿好，我更四处打听，找到了小城唯一的一家乒乓球俱乐部。初次涉足，我就大吃一惊，才知道自己以前简直就是井底之蛙。我是野路子，从未有人指导过，也从没有去注意过动作，打球时膀子架得老高，活像个横行的大螃蟹。再看别人，动作规范，训练系统。我当时还不信邪，认为只要能把球打上台就好，向几位球友挑战，结果都落了个怏怏大败。向教练请教后，我痛定思痛，下定决心改动作。改动作谈何容易，往往几拍下来，就原形毕露了。我去书店买回了一本《乒乓球技法入门》，一页一页地研究，一个动作一个动作地琢磨，每次去俱乐部也不急着和别人打比赛，总是先练多球固定动作，跟着发球机练节奏，让教练给我喂球练步法。那个暑假，我对乒乓球达到了痴迷的程度。就这样，不知不觉中，我的球“入流”了，自己都能感觉到进步。几年下来，我的横拍正反手都已相当了得，正手的拉、打、搓，反手的拧、拉、撕也都像模像样，动作逐渐专业，技术在俱乐部也上升到中上游。这当然能鼓舞人心，自然也令我欣喜不已，劲头就更大了。我没有其他爱好，业余时间几乎全泡在俱乐部，见到银球飞舞的优美弧线，听到乒乓跳动的声声脆响，我的心中就充满了快乐。

这期间，我又注重了对装备的更新换代，就像现在年轻人挑对象一样，不停地尝试各种底板、胶皮和胶水，材质越用越贵，档次越来越高。当然，我又成了单位当之无愧的“一哥”，在学校举行的教职工乒乓球比赛中连年稳居第一，地位从未有人撼动过。并且，在县总工会、县乒协、县教育局等单位不定期举行的全县性比赛中，我也是屡获佳绩。于是我家客厅最显眼的位置上，就有了几座亮闪闪的奖杯和几本红彤彤的证书。每有客人到来，我其他方面一概低调，这些奖杯和证书成了我重点推介的话题。可以说，这些奖杯和证书里面包含了一个又一个的故事，每次回想起来，我都会热血沸腾、心潮澎湃，感觉自己仿佛永远年轻着，永远那样生龙活虎。

物以类聚，人以群分。打球时间久了，全县各个单位、各个乡镇几乎都有了我的球友，并且我们这群人追求的是健康和快乐，所以不管是县级领导还是普通市民，大家往往都会忘记身份，忘记年龄。我偶尔戏说“球友遍天下”时，就会想起20世纪周恩来总理创造的那段带有政治色彩的乒坛佳话——“乒乓外交”，感慨“小球推动大球”的神奇功效。不管工作再忙，我每周都会抽出两个课外活动的时间去俱乐部，有时忘记时间，打到兴尽而归，有时在比赛之后，三五球友小聚一处，浅酌几杯，酒至半酣，惬意而回，其乐无穷。

单位里的球台大多由学生占着，每至课外活动时间，打得热火朝天。我偶尔也去打上几局，给学生指点一二，不知不觉中有了很高的威信。有一次，有个班主任做学生工作做不通，便跑来找我，说：“刘老师，您帮帮我吧，这孩子我没法了，听班上的同学说，他爱打乒乓球，对您佩服得五体投地，您去劝劝他，他准听！”

不知从何时起，我又养成了看比赛的习惯。世界杯、奥运会、世乒赛、亚乒赛、亚运会等，反正只要是乒乓球比赛，只要是有时间，能看的必看。后来有了网络电视，错过的比赛就在晚上回看。有一次考试，我批完试卷已至深夜，又回看了当天的精彩比赛，结果搞得眼圈发黑、眼泡发肿，第二天上课，第一时间就被学生发现了，我就连忙引开话题：“大家的试卷，我是熬夜批完的。”话一出口，就有细心的女同学惊呼：“老师太辛苦了！”我又赶紧接着引导：“大家不认真学能对得起老师吗?”教室里就有了掌声。当时我就在心里偷着乐。我还订阅了好几个乒乓球视频的公众号，闲下来的时候，见缝插针地看上一段，琢磨琢磨国家队运动员的技术，这对自己的提高起到了很好的作用。

对于爱好乒乓球的人来说，球技有差异，而健身的追求是没有差异的。像我这样的中年男人，有不少往往都是圆肚肥肠，身体成了负担，而我一直保持着匀称的身材，体重也多年没有变化过。每次体检，同事大都惊呼又多了箭头，而我的各项指标始终完美。我的一个球友，一米六五的个子，却有一百七十多斤的体重，类似于一个圆球，半年球打下来，现在的体重是一百三十斤，血液检查的各项指标也好了许多。有一次我患感冒，嗓子干哑，鼻涕不断，头昏无力，偏偏那几天又特别忙，所以痛苦不堪。待到周末，到俱乐部一场球打下来，淋淋漓漓一身汗，然后冲了个热水澡，感冒不治而愈。

细细算来，我与乒乓球的故事还真不少。在这几十年的生活中，乒乓球跳响了一支动听的歌，让我一直生活在亮处，让我始终保持着生活的精彩和工作的动力。

心语低诉

夜静谧，人悠然。静静地打开日记本，将心中的话儿向您轻轻地诉说……

——开篇的话

一

朋友离婚了。

朋友是自由恋爱后牵着恋人的手深情款款地步入婚姻殿堂的。他们曾拥有梁山伯与祝英台般的恩爱，曾经历董永与七仙女式的浪漫，曾发出过罗密欧与朱丽叶样的誓言。他们也曾一同为焦仲卿和刘兰芝“君当作磐石，妾当作蒲苇，蒲苇纫如丝，磐石无转移”的爱情悲剧而嘘唏落泪，为李隆基与杨玉环“在天愿作比翼鸟，在地愿为连理枝”的悲情故事而感叹不已。可是现在，他们在经历了千般痛苦万般折磨之后，还是分道扬镳了。

他们两个人都没有错，错在我们生活的这个空间太精彩、太纷繁、太迷人了。这高度的物质文明很容易扰乱人的心智，这五彩缤纷的世界很容易迷离人的双眼，当然，也无时无刻不在考验着人间的爱情。不是吗？有时我们会发现，身边有很多人是值得你去爱的，而只因你的理智尚存、意念尚清，明白这种爱是不会有结果的，只怕徒增身心的疲惫。而你一旦被这种爱冲昏了头脑，那后果就可想而知了，我离婚的朋友就是你的影子了。

朋友的爱情消逝其实也只是一个个例，不能代表主流。真正的爱情不是浮萍，不会轻而易举地付诸流水；不是草籽，不会轻而易举地付诸东风；不是鸟鸣，不会轻而易举地付诸空气。真正的爱情必然是太阳与月亮，在相互的对望中共同生辉；必然是白云永远徜徉在蓝天的怀抱；必然是巍峨的青山与绿水的和谐映衬。正如苏霍姆林斯基所说的那样：只有善待爱情，才能让人提高到人类美这一高度。

真心相爱的两个人也未必就有幸福的婚姻。家庭是一个小社会，夫妻相处是一门大学问，平时的生活中，少不了互相尊重互相谅解。每个人的心中都有那么一小块狭小的私人领地，这就需要为双方互留空间。空间留得越大，爱情便会飞扬得越高，相反，空间留得越小，就像弹簧压得越紧，总有一天会将你高高地甩起。如果说宽容与理解是男人最重要的品质，那么温柔与体贴便是女人的最可爱之处了。试着想一想，哪个女人会忍耐老公平日里斤斤计较、心窄气短，同样，又有哪个男人会喜欢自己的老婆颐指气使、动不动就河东狮吼呢？如果婚姻中的两个人都由着性子的话，爱情的倾覆便也是迟早的事了。

说实话，我还真的不是很清楚朋友的离异到底是因为移情别恋还是家庭生活的矛盾，但我判断非 A 即 B。不管说什么也没用了，朋友离婚已成现实，我也只能无奈地祝福朋友：离婚后的生活更精彩。

二

国庆八天假，妻子吊了五天的水，她的支气管炎又犯了。听着她不住地咳嗽，看着她难受的表情，脑中那幅永远也无法抹去的“妻子上班图”再次清晰地展现在我的眼前……

深秋的冷雾像揭不开的帷幕，浓得如牛奶一般。妻子发动了摩托车，打开了车灯。看着妻子的身影缓缓地融入乳白色的大雾中，我的双眼一片模糊。

妻子是乡镇公务员，单位离家近百里路。一个女同志，风里来，雨里去，不知吃了多少苦、受了多少罪，这也就使得她本来就虚弱的身体更显单薄，使得她本来就消瘦的面庞愈加憔悴。

妻子并不十分喜欢她的工作，她向往的是那种看看孩子、做做家务的相夫教子式的日子，或是工作规律性强、时间安排固定的生活。可乡镇工作恰恰相反，说没事，上班时间闲得无聊；一有事，不分白天黑夜。最让妻子割舍不下的是，女儿正值上中学的关键时期，而我的工作又十分繁忙，我们父女俩的吃饭问题无法解决。因此，妻子每天总是多次打电话回来嘘寒问暖，恨不得把心留在家中。

妻子的工作非常难，这当然不仅仅是来回的奔波劳累。行政上的多项工作不光要动脑力，还有很多是体力劳动，这便是女同志的弱项。比如村里修路，她须顶着烈日参与其中；比如防洪救灾，她要风里雨里摸爬滚打。一次女儿生病，妻子刚进家门，手机便响了，话筒里传出镇领导的埋怨声。妻子气得伏在我的肩上痛哭不止，甚至发狠说：“我不干了！”可是一份工作对于一个从田墒沟走出的农村人来说，无疑是生命的重中之重，妻子又怎能轻易地放弃呢？虽然如此，妻子干工作却丝毫不肯马虎。她在镇里负责组织工作期间，镇里几乎年年都能被县委组织部授予“组织工作先进单位”的称号。驻点村的各项情况，她也都了如指掌。

妻子为了生活、为了这个家付出了很多很多。我也很能理解她工作中的难处，只要她在家的时候，每天晚饭后，我都会尽量抽出时间陪着她到街上散散步，以使她能较好地休整和调养，以使她的体质能有所增强。在以后的日子里，我还是会一如既往地默默地体贴她、理解她、支持她……

三

走出学校大门的时候，天几近全黑。路灯已亮了起来，昏黄，不知疲倦地将我的影子拉长又压短。行人稀少，只有三两个迟归的学生互相推搡着，说着闹着缓慢前行。风儿依旧，没完没了，仿佛是冬的先锋军，在笔直的街巷中肆无忌惮地横冲直撞，耀武扬威地显摆着几许凛冽，偶尔还打个旋儿，让路边的落叶惊惶失措地四处跳蹿。

学校离家不远，步行十分钟。打开楼上楼下的全部电灯，却依然感觉不到家的暖意，偌大的房间清清静静，锅凉灶冷。窗外，消逝了虫吟蛙鸣，灯下，也没有了蚊飞蛾舞。家，本是温馨的港湾，却没了任何生机。我草草地热了剩饭敷衍过肠肚之后，便只能呆坐在书房里的电脑前了。

本人自觉得还算豁达，很少有过伤感的情调。比如，我从来都没把风声想象成怨妇的哀号，从来都没把雨水想象成落魄文人的眼泪。但今天今晚，此时此刻，我却有点儿一反常态。

翻看女儿发来的短信：“老爸，节日愉快！”戏谑的口吻。再看看日历，11 月 11 日，不知从何时起，也不知是谁定义的，这一天就成了学生们津津乐道的“光棍节”。女儿鬼机灵，总是和我开着一些不大不小的玩笑。想想也不无道理，妻子上班在外，多年来一直带在身边的女儿这学期又被我送到外地上学，虽早有家室，但此刻的我不正是不折不扣的“单身汉”吗?

我理解女儿的孤单。女儿是温室里的花朵，向来被宠着爱着。从小到大，我和她妈从来都没有厉声呵斥过她一句，从来没有向她举起过一次巴掌。我有过离开父母外出求学的经历，知道那孤单是从内心深处滋长出来的，就像雏鸟初次离开妈妈羽翼时的哀鸣。女儿每次打我电话都是抱着话筒舍不得挂下。好在女儿性情温顺，极易与同学相处，第一次月考就考到班级第五名，也颇得老师的器重。把女儿送出去上学，是我思前想后才下了狠心决定下来的。“父母之爱子，则为之计深远。”我无法为女儿考虑得更远，但竭尽所能为孩子创造更好一点的学习条件，怕是我们普通民众最普通的想法了。幼鹰总是在被老鹰狠心地推下悬崖的过程中学会飞翔的，女儿面对“悬崖”，迟跳当然不如早跳。

电话响了，是妻子打来的，又是一番嘘寒问暖：加棉衣了吗? 被子够不够厚? 中午、晚上是怎么吃的? 工作太忙怎么有时间做饭? 换下的衣服什么时间洗的? 能不能早点睡别熬夜……妻子的这种“恋家情结”注定了她在行政上难有大的发展，但妻子对她的这份工作仍是珍爱有加，毕竟是这份工作让她走离了田墒沟的劳累、告别了农家院的破败。妻子最放心不下的还是我的吃饭问题，每个双休日回来，总是烧出丰盛的饭菜让我改善改善，我也总是打趣地说：“我要是属骆驼的就好了，双休日吃饱，然后一周不吃饭，那该多省事。”

还是有点冷，手在键盘上跳动得还是不够舒展。打开窗向外探探头，风冷飕飕的，不禁打了个寒战。还是早点睡吧，明天一定会有一轮温暖如春的太阳，明天我的心情也一定会好得如同三月的春光。还有两天又是双休日，我和妻子再去看望女儿吧，那时，我们一家三口的朗朗笑声又会引来多少羡慕的目光呢?

四

最近几日，欲雨未雨，欲雪不雪。树叶几近全部凋零，偶有几片未落，也全是满脸沧桑地在干冷的风中瑟瑟地发着抖，只留下光秃秃的枝杈如嶙峋的肋骨模样僵立在那儿。天空昏暗灰黄，大地也裸露出其褐色的肌肤，上下浑浊一片，颇让人难受。

今年天冷得格外早，其实还是深秋，并未到入冬的时候，前几日还暖意融融。秋寒不像冬寒那样让人有足够的心理准备，它在人们还没来得及翻晒冬装的时候，像一个不速之客，突然闯入了人们的生活。人们当然无法很快适应，于是便慌了神，冷手冷脚地伸不开了架势。

因为是周日，我便尽显“猫头鹰”的本色，早上睡了个成色十足的懒觉，躲开了半日的阴寒。起来时，妻了已将丰盛的午餐端上了桌。下午，还是有点压抑，于是我便决定去俱乐部打乒乓球。

因一年多时间未去，球友们见了我格外热情，田经理更是一把抱住我，兄弟长兄弟短地叫个不停。上学年，我的课程在全校最重，因而疏远了乒乓球。这学期我的课少了一个班，于是擦去拍柄上的霉斑，换上了新的胶皮，每天都抽出个把小时时间苦练基本功，手感自然是明显地增强。果不出所料，我一出手便引来了众多高手的纷纷挑战。虽然是有输有赢，但球友们对我球技的进步大加褒奖，对我正反手拉出的弧圈球啧啧赞赏，并一再追问我这一年多时间跑哪偷着练球去了。

走出俱乐部时，天已黑。赢球的兴奋感久久地在胸中激荡。走在路上，我觉得眼镜片上有点点水花，仔细一看，竟是飘雪了。朵朵粉样的雪片还未成形，似有若无，从空中飘飘悠悠地降下，竟也晶莹透彻，令人欣喜。哦，今年的第一场雪，就这样不期而至!

吃饱晚饭，泡了个热水澡，十分惬意。坐在电脑前，心情也是说不出的好。窗外，雪花已经纷纷扬扬，屋顶已迫不及待地现出白色的身影。明天，这段时日的灰暗该会一扫而光吧，取而代之的该是一个银装素裹的世界吧。如果再有一轮当空红日，那该是上天赐予我的最美的景色了!

五

夜真的很静谧。

窗外，小雨还是飘飘洒洒地下个不停，淅淅沥沥，像一个多情的女子诉说着自己绵绵不尽的心事。

白天满眼都是校园内的喧闹与欢腾，夜晚则常常是独坐书房内，品味着安宁与清静。自己仿佛就是行走在时光的两端，一端是昼的白，一端是夜的黑。

手捧一杯香茶，面对一台电脑。先是在网上读读当天的党报和几份教育类报刊，之后用 QQ 与几位老朋友打个招呼，偶尔聊上几句，再浏览几家常去的文学网站，寻找出几篇精美的文章。有时也玩玩游戏，以驱赶无聊；或是涂抹文字，以终结情思。生活过得就是这样，规律而又悠闲。于是，一个个孤独的夜晚便被我静静地打发了过去。

天不是太冷，我故意没将窗关严，一则可以让小雨的沙沙声与我相伴，二则想让从院中飘来的梅的幽香将我环绕。静夜美好，心情舒畅，我顿时心生感谢，就像感谢大地赐予我绿色、上天赐予我甘霖一样。

有时真的不想去看那些爆炸、矿难等方面的报道，不想让那些哭泣声在耳边回荡。对于苦难的人们来说，宁静是多么的遥远难及和缥缈不定呀！

独享静夜，独享这一个个美好的、难得的静夜。

疼痛在心底的诗句

——回首向来萧瑟处，也无风雨也无晴。

发完学生的成绩通知单，一个人倚在办公室里的圈椅上，如同退潮之后的沙滩，静静的，默默的。整整一学期，仿佛被囚禁着，我似乎未曾抬头看见过大雁南飞的身影，未曾呼吸过氤氲在空气中金桂的芳香，未曾聆听过雪花簌簌飘落的籁音，就在不知不觉中任凭时光“逝者如斯”般流去。一学期的时间太短太短，短得让我来不及将以前的情感收入匣囊；一学期的时间又太长太长，长得使我无法再将疯长出来的心情梳理成章。可以直言不讳，我的心情很沉重。心情是一面镜子，心情不快活，人便不精神。而我信奉的是快乐共同分享，忧伤独自品尝，因此我不愿意将自己的闷郁向朋友们诉说，一遍遍，祥林嫂般。尽管公开课后校长拍着我的肩膀予以赞赏，尽管学校举行的四次考试我班的成绩都较为理想，尽管我久拖未果的中高职称得以解决，尽管……尽管我的努力给我的新单位留下了个好印象，但说心里话，这不是我在乎的东西，这没能给我带来多少快乐和欢欣，这些在我情感的湖面上清风不起、波澜不惊。回首向来萧瑟处，也无风雨也无晴。这不是苏轼式的豁达，只是麻木。

——羁鸟恋旧林，池鱼思故渊。

啊，我是多么迷恋以前的那个小团体呀！运动、文学、喝酒、唱歌，大家聚在一起，兄弟姐妹样。也只有在那时，我的快乐、我的激情、我的挚爱才能舒展得淋漓尽致，而一到分散之时，忧伤的云则会笼罩得我心灵的天空阴霾暗淡。富贵非吾愿，帝乡不可期，本来坦坦荡荡地走着，为何会迷失在前行的路途中呢？想到自己如今爱好丢失，朋友疏远，我又怎能不黯然神伤？“朋友一生一起走，那些日子不再有”，不会的，一定不会的，这个小团体是我们几个用真情维系的，是我魂牵梦萦着的，是永远不会被岁月的风雨打落的，是永远不会被时间的流水冲散的。有人说，人的心灵空间就像一个剧场，走进一拨人，必须走出一拨人，这样才能容纳下。但我的这些朋友是我心中永恒的上宾，他们的位置是无人可以替代的，从年少到年壮，从年壮到年老，永远永远，永永远远……

——田园将芜，胡不归。

打开自己的博客，一种羞愧之情油然而生。它竟像个废弃的作业本被我弃置了有半年之久，直到今天仍是陈年的版式。这学期开学之初，文友刘学升远道而来，匆匆一见，竟没有时间招待，有悖于自己“朋友来了有好酒”的友情观。学升友送给我三本书，两本是他自己的作品集，《因为心中有个梦》和《新羽集》，另一本是许俊文老师的《留在生命里的细节》。我细读了这几本书，并将书珍藏在书橱里，将收获珍藏在大脑中。还有，感觉有好多文字淤积在心中，没有时间也静不下心去写；好多文友的博文存在电脑里，没有时间也静不下心去读。以至于到后来，我虽闲了下来，也懒得去开电脑，懒得在博友的空间留下脚印，还直为自己每月的网络使用费叫屈。悟已往之不谏，田园将芜胡不归？然而，好马不吃回头草，我又能归于何处呢？既然当初选择了，就是跪着也要走下去，哪怕只有疼痛。

遭遇停电

漫漫长长桑拿天，小城的电力就出现了危机。

那天傍晚，城东片就出了一点状况，首先是有线电视台的信号没了。当我收拾完行李准备上网时，电脑已被妻子占去，她在网上看正在热播的电视剧《江姐》。电脑室内的空调咝咝地吹着凉风，舒爽无比，于是我便坐下来陪看。可是好景不长，刚到九点，"啪"的一声，音光全无——停电了。

室外，一丝风都没有，像白天一样的热浪灼人。卧室的空调没开，像个蒸笼。电脑室里的那点凉，就像沙漠上空的一片薄云，很快便感觉不到了。焦躁不宁地熬了一会儿之后，我、妻子、女儿便决定到宾馆去睡。刚走出门不远，眼前突然一亮——来电了！于是我们一声欢呼，赶紧回来，关门闭窗，风扇、空调一起开。电压忽高忽低，女儿说只能开一台空调，硬是和我们挤在了一块。电视，仍没信号。我和女儿各自翻了几页书，便准备熄灯睡觉。可还没按开关，灯自动灭了。电，又停了。家里找不到一把扇子，于是我就用一本书用力地扇着，希望她们母女也能沾点光。不过一会儿就来电了，但是一会儿又停了。接下来是来电停电，反反复复，不停地折腾着我们。后来倦意就像潮水一样地往上涌，可有好几次，就在要睡去的那一瞬间，手中的书"啪"地一下滑落，又把我给砸醒了。凌晨一点多的时候，电压终于稳住了。于是我也便很快睡着了，不，是睡死了，连闹钟都没闹醒。眼一睁，四点四十五，同事的电话。学校组织去张家界，五点钟出发，同事问到了没。我一骨碌翻坐起来，在几分钟之内洗漱完毕，拎起包就跑。家离学校虽然只有十分钟路程，但我感觉这十分钟比半个世纪还要漫长。中间又有同事打来电话，我只得连声地说"到了到了，就到了"。结果当我上车时，大家都用看大熊猫那样的眼神看着我。

走得匆忙，就有闪失。晚上入住长沙的宾馆，待到十点多我去给相机充电时，发现只带来了充电器上的一根电源线。好在毕竟是大城市，找了几条大街，终于在一个书报亭里以高价买到了一个万能充。

小时候不是停电，是没电。经常夜里醒来一身汗，然后一个猛子扎到塘里。但那时绝不像现在，期盼来电比期盼老婆回家心情还要急切一千倍一万倍。

谣言（外一篇）

昨晚参加同学为儿子举办的升学喜宴，在座的好几位均是事业有成的老板。刚开席，一位迟到者推门进来，落座后便问："孩子考到了哪所大学?"一位接话说："是航空大学。"我忙纠正道："是北航，北京航空航天大学。"之后，又来了一位，落座后也问："孩子考到了哪所大学?"这时，又有一位接话道："是中国民航大学。"我不禁哑然失笑，真是"十里无真信"，片刻工夫，尺寸之间，传言已谬之千里了。

《吕氏春秋》中有个"挖井得人"的故事。主人本来是说挖井省去了挑水的麻烦，多出一个人的劳力可供使用，几经讹传后便成了他家挖井挖出了一个人。消息传到了宋国国君那儿，国君居然还派人到他家去查问。真是贻笑天下。

其实，谣言不仅仅起于恶意，有时往往也起于无知。

镜　子

《红楼梦》中那段有关镜子的文字让人过目不忘。

刘姥姥醉酒，误入怡红院，正晕头转向不知该往何处走的时候，看见亲家母迎面进来，于是一番打趣，却并不见回应。幸好刘姥姥阅历颇深，上前一摸便知那是一面镜子，那个"好没见过世面，见这园子里的花好，就没死活地带了一头"的人不是亲家母，而是自己。

镜子真的挺好，让醉眼迷蒙的刘姥姥及时看清了自己。然而这种镜子是有形的，只能让人看清自己的表象，在每个人的心中，还都有着一面无形的镜子，能让人照清自己内心的一切。

"以铜为镜，可以正衣冠；以古为镜，可以知兴替；以人为镜，可以明得失。”唐太宗李世民的眼界和胸怀是无人能及的，所以他成了一代明君，创造了著名的“贞观之治”。的确，谁能常照心中的镜子，谁便会端正自身形象，从而受到人们的尊敬和爱戴；谁能常照心中的镜子，谁便会吸取历史的经验和教训，从而避免重蹈覆辙。

曾子曰：“吾日三省吾身。为人谋而不忠乎？与朋友交而不信乎？传不习乎？”荀子曰：“君子博学而日参省乎己，则知明而行无过矣。”正是在每天对自己的反思、反省中，他们才能不断地进步提高，从而成为圣人贤者。“人欲自照，必须明镜”，其实明镜就在自己的心中，关键是你有没有“自照”的勇气。

常照照镜子吧！用有形的镜子照一照自己的衣冠、容貌；用无形的镜子照一照自己的品行、灵魂。

爬山虎（外二篇）

我是在冬天发现那墙爬山虎的。

它就在学校围墙外一个别墅的西山墙上。叶子早已不在，枝节虽干枯折损，但并没有完全脱落。我的眼睛近视，所以远远望去，就觉得是一大幅墨写的山水画。

第二年春天，爬山虎又重新生长，枝条由纤细到茁壮，浆液丰富，蓬勃向上，慢慢地几乎爬满了整面墙。风起，墙面上便有了一道道碧绿的波痕。从春到夏到秋，这墙爬山虎就在我的关注下从嫩绿到深绿到枯黄，然后来年再一次重复。

直到现在，这墙爬山虎还在，还是一年一次地荣枯着。主人当然不愿意去打扰它，主人巴不得它们为墙体遮蔽风雨，并且挡住西晒的毒日头，为室内营造丝丝清凉。

爬山虎之所以这样能爬，功劳全在于它的脚，它的脚细且密，能紧紧地巴在墙体上，不至于枝条离开墙面而打蔫、枯萎。它还绝不将头探到墙顶之上，以至于被风吹落。

多么聪明的一种植物啊，比有些人聪明多了！

有些人一生都在努力地向上、向上，爬山虎一般，但他们忘了将脚踏踏实实地巴在“墙”上，他们没想过如何为“墙”解忧造福，而是仅仅将“墙”当成自己向上的阶梯，或者凌驾于“墙”之上，因而，他们的坠落便是必然。

换一种解释，爬山虎常绿在于它脚踏实地。它能够仰望星空，更能够脚踏实地。

蜡　梅

偶然一抬头，发现院中蜡梅枝上竟隆起了一个个小花苞，边缘已吐出了淡淡的黄色，不规则地排列在青绿的枝干上，如石榴粒般惹人喜爱。枯叶未尽，稀稀落落，满脸沧桑，又为你增添了不少青春的气息。噢，怕是我这段时间忙昏了头，竟忽略了你的出现。

当然不会忘记，天寒地冻，朔风冽冽，你却精神抖擞地怒放在光秃秃的枝头上。不求一缕阳光的照射，无须一片叶子的荫庇，你轰轰烈烈，热热闹闹，如分娩的孕妇，绽放着生命的辉煌。你不像春花，早已枯萎凋零，还遮遮掩掩地说是在等春；你不像夏虫，早已销声匿迹，还美其名曰在冬眠。你的勇气足以让冰雪羞愧，让寒冷低头。

蜡梅呀蜡梅，春到你是一身绿，冬来你是浑身香；风起你是一首歌，雪飘你是一树诗。你将自己的风采展现得淋漓尽致，而我只能一次又一次地为你感叹折服。

蜡梅，是什么力量赋予你如此顽强的抗争精神呢？我无数次寻觅答案却不得其解，这或许是我独独将你栽种在院中的最好理由了。

峡　谷

春游天堂寨，深深地震撼于峡谷。

峡谷，你是从什么时候起，隐身在巍巍群山的腹部，静卧于莽莽丛林的深处？你静观红尘滚滚，冷眼世事沉浮，纵然是朝代更替，你也总是从容淡定。喧嚣的街道嘲笑说：“让你寂寞着去死吧！”林立的楼群讥讽道：“我藐视你的高度！”峡谷不语，仰望日月星辰，相伴青松翠竹。峡谷平静得如同得道的禅者，安然得如不食周粟的伯夷、叔齐。哦，峡谷，安静是你的性格。

峡谷，你本是大地最深的伤痛，可你从不戚戚于此。你忍受了成千上万年的寂寞，硬是在这滴血的伤口上孕育出了勃勃的生机。你总是敞开无比宽广的怀抱，任松涛阵阵、流水淙淙、鸟鸣虎啸。我知道，那被水冲刷得五彩斑斓的岩石，是你含泪的笑容；那闪烁着跳跃着的泉水，是你含笑的眼泪。哦，峡谷，博大是你的胸怀。

峡谷，奇形怪状处，你显示着刚毅坚强；刀削斧劈处，你书写着造型之美；深不见底处，你蓄含着莫测神秘。小草看不起你，在你的面前轻浮招摇，你不去理会；日月不钟情于你，吝啬得不肯给予温暖和清辉，你从未抱怨。你也不羡慕那明珠般的堰塞湖，只将所有的时间都用在与自然的抗争上，将所有的精力都用在生命的复活中。哦，峡谷，深沉是你的品质。

感受峡谷，感受你震撼人心的力量。

最美的声音（外一篇）

清早查班，刚踱到教室门口，七八个学生便一哄而上，向我送上用五颜六色的玻璃纸包装好的平安果。

我不知所措地被动地用手接着，然后是用双手捧着，最后只能是用两臂抱着。看着我的尴尬样，全班同学都发出了笑声。

我的心中深深地受到了感动。此时此刻，学生的祝福怕是这世界上最美的声音了。

的确，这个世界因声音而美好。

对于工人，机器正常运转的轰鸣声是最美的声音；对于农民，镰刀飞舞收割庄稼的嚓嚓声是最美的声音；对于军人，训练场上的厮杀叫喊声是最美的声音；对于母亲，婴儿的啼哭喧闹声是最美的声音；而对于莘莘学子，邮递员送来录取通知书的呼唤声是最美的声音……

的确，这个世界被声音感动着。

我们听到过惨遭蹂躏家破人亡的悲痛声，但我们更能听到霍霍磨刀奋起反抗的呐喊声；我们听到过山崩地裂房屋坍塌的嚣叫声，但我们更能听到众志成城共渡难关的宣誓声；我们听到过疾病肆虐痛失亲人的哭泣声，但我们更能听到万众一心全民捐款的钱币哗哗声……

的确，这个世界从来都没有少过最美的声音。这些声音相伴着全人类，温暖着全人类。

学会陶醉

陶醉在春天里，让美妙的春光滋养冬眠的心情。田野里的平畴远风、满眼新绿，草地上的纸鸢飞天、春燕振翅，小溪边的蝴蝶野花、古木青苔，长河上的汹涌澎湃、博大雄浑，深山中的激瀑清泉、云气雾岚，果园里的姹紫嫣红、绚丽缤纷，无不让你极尽视听之娱。春天的一切都是美好的，柔柔的风可以透过肌肤吹舒每一根神经，诱人的绿可以流进瞳孔润泽每一个细胞，奇异的香可以吸入鼻息浸染每一滴血液。陶醉在春天里，你便有了好心情。

陶醉在运动中，让激情的动作唤醒生命的活力。不管是清晨的慢跑还是夕阳下的散步，不管是球场上的龙腾虎跃还是泳池里的劈波击浪，不管是健身馆里的挥汗如雨还是田径场上的你追我赶，有了运动便有了青春。不必强求设施的先进，哪怕是一根细绳、一个毽子，也足以让你痛痛快快地出一身汗，足以让你的生机和活力彰显无余。也不要去管是寒冬还是酷暑，生命在于运动是永恒的真理。陶醉在运动中，你便有了好身体。

陶醉在文字里，让优美的文字拨动情感的琴弦。读一本好书，就是和一个高尚的人交谈。你可以痴迷于小说曲折的情节中，可以沉浸在散文如水的情感里，可以神游于诗歌迷人的意境中。捧读一本本名著，感受大师们的情怀，让自己的心灵随着文字而澄澈明净、纯洁无瑕。你也可以挥洒一篇小文，抒写自己的所见所闻、所思所想、所感所悟，述说自己的喜悦、幸福与热爱。陶醉在文字中，你便有了好性情。

陶醉在自信中，让满满的信心充实人生的旅途。不必羡慕别人的富有，不必迷恋别人的容貌，也不必匍匐于别人的才华之下。尺有所短，寸有所长，你要看清自身的优点，奋进、发扬，做最好的自己，做最真实的自我。天生我材必有用，你要高昂起头颅，在自信中展现才华、张扬个性。陶醉在自信中，你便有了好品质。

你还可以手握一盏香茗，陶醉于音乐的曼妙；可以面对一幅油画，陶醉于生命的静美；可以……

学会陶醉，陶醉在多彩的世界里，陶醉在美好的人生中。学会陶醉，你便拥有了矫健的身姿、快乐的心情、健康的情感、豁达的心胸、高尚的品行。这些，都是金钱买不来、权贵换不到的最最宝贵的财富。

转弯在暑假

暑假不是遮风避浪的港湾，不只有着波平水静、闲适安逸；暑假是前行路上的枢纽，有时一个转弯，便会给人带来更顺畅的通途和更美好的风景。

1988 年暑假，一张师范学校的录取通知书让我的生活方向有了一个陡转。出生于农村家庭，家里老的老小的小，父亲又常年在外忙于自己的事务，很少能顾及农活，作为长子的我虽然一直在上学，但学上得断断续续，始终处于半读半农的状态。很小时，放牛是我的主业，稍大点，我便在爷爷的带领下奔走于田间地头，逐渐熟稔了乡村农活的百般技能。我能在水田中弯腰退行，将禾苗栽成绿色的诗行；能把装满化肥的箢筐挂在臂弯，在水稻田里走一步撒出一个扇面；能用“稻夹子”捆好水稻，将扁担稳稳地放在肩头；能站到颠簸的耙上，一手鞭打水牛，一手平衡身子，并尽量将身体微微后仰……到初中毕业时，我几近成了一个“田间能手”，围堰蓄水、播种施肥、间苗除草、收割安插、扬场堆垛，几乎样样在行。这期间，还常有亲戚邻居建议我弃学务农，但家里坚持让我读完了初中。考取师范，捧起了“铁饭碗”，吃上了“商品粮”，这在当时、在我们村引起了不小的轰动，为我们家赢得了尊重，也直接为后来弟弟妹妹们的升学开了个好头。

2005 年的暑假，对我来说意义也特别重大。师范毕业之后，我一直在一所乡村小学任教，一干就是十余年。虽然我利用业余时间刻苦钻研，自学完了中文专科和本科课程；虽然我在教学上肯下功夫踏实苦干，多次获得了县“优质课”一等奖并获得县“教坛新星”称号；虽然我勤于动脑深入探究，发表了多篇教学文章，甚至在《人民教育》上发文，在《中国教育报》上获奖……但当时我被分配到那儿就得牢牢地钉在那儿。直到 2005 年，人事制度改革才吹来了一丝清新的风，我们县有了第一次教师招聘考试。记得那次考试来得相当突然，8 月 12 日通知报名，8 月 19 日举行考试，根本没有几天准备时间，好在我从未中断过学习，考到了我们县城最好的一所初中学校任教。这之后的每年暑假，省、市、县各级的教师招聘考试逐渐放开，而年龄的限制已冷冷地将我拒之门外，我也只能落寞地坐观垂钓徒羡鱼了。现在回想起来，2005 年暑假，也是一个让我转弯的暑假，这之后，我的视野明显地开阔了，我对各方面的认识也都有了质的飞跃。

五年之后的 2010 年，机遇又一次来临。那一年，我们县招商引资新建了一所私立高中，为了扶持其发展，县政府面向社会公开选调四十名公办教师予以支持，服务期为五年。当然，这次招考的年龄限制放得较宽。而我深知，这样的机会对于我来说已为数不多。那个暑假，我成了“拼命三郎”，对语文学科的知识进行了一次系统的梳理复习，常常挑灯夜战至凌晨两点。笔试之后，我又找来全部的高中语文课本，一课一课地熟悉内容、探寻教法，并尽量在网上搜索教学视频加以研磨，为面试的讲课做充分的准备。那段日子，我蛰居室内，连天加夜，体重都轻了好几斤。不过，结果出来，我高居榜首，选调成功。成为高中教师，不仅弥补了我当年初中毕业时因家庭原因无法上高中的缺憾，而且让我的教学水平进一步提升，几年历练后，我又凭借实力顺利地进入了县一中（一所老牌省示范名校）任教。

回顾走过的路，坎坷而艰辛。而几个暑假，均让我的教学生涯峰回路转。我从“泥腿子”到小学教师，到初中教师，再到高中教师，无不得益于暑假。因而，每个暑假来临之际，我都会认真地做好安排和规划，以在暑假中充实自己，让暑假成为一个弯道，成为一个超越别人、超越自我的弯道。

未接来电

网上有个段子，说手机消灭了很多行业，其中就包括小偷。因为现在人们出门大都用手机支付，小偷便无钱可偷；而手机，又被大家时时玩弄于掌间，小偷更是无从下手。

我是个多年当教师的人，对此有着较为深切的感受。我早已不再依赖于字典、词典等工具书，也无须再费尽心思到处查阅资料，只待需要时，手中一部智能手机，一切问题便迎刃而解，真有一种“春风得意马蹄疾，一日看尽长安花”的舒爽与惬意。

正是因为当教师，上课期间不能将手机带入教室，也就有了未接来电的诸多烦恼。

一般情况下，我下课之后看到有未接来电都会及时地回拨过去。因为我多年做班主任工作，很多电话都是学生家长打过来的。我能理解，他们或是有事转告孩子，或是想了解孩子在校的表现，或是有什么情况需要与我沟通，心情往往都比较急切。可不知从什么时候起，未接来电中竟多了不少房屋销售和产品推销的，回拨之后，搞得我一头恼火。一段时间，我劳力费神地将全班几十个学生父母的电话都输入手机内，无奈不少学生家长打工在外、漂泊不定，手机号码常有变动，再加上与我联系的有不少是学生的爷爷奶奶，所以情况并没有多大的改观，反而因为没有及时回复未接来电，漏掉了几个饭局，得罪了几位朋友。

每有重复来电，我就觉得找我的人定有急事，搞得我比来电者更紧张。一次我在上课，是妻子连打了好几个电话，下课后第一时间回拨过去，原来妻子骑电瓶车不慎摔了一跤，还是被路人送去了医院。想到妻子当时的无助与焦急，我就很内疚。还有一次一节课上完，竟有一个电话重复拨打了十九遍，手机电量几近耗尽。我更急了，回拨之后，并无大事，只是一个家长简单地问了下孩子的情况。末了，我委婉地问了下，没有什么急事，为何要在短短的四十来分钟内打这么多遍电话。那个家长说，他就坐在车上没事，打几遍之后没人接，不知啥情况，就又拨打了起来。

前段时间高考监考，更是不准带手机。我的一个在外地打工的同宗弟弟，为了下学期孩子转学之事，在我监考的几个小时之内，打了八遍电话，见既没有接听，也没有回复，便又发来短信，问我这到底是什么意思。中午联系上之后，他说整个半天都找不到我，很为我担心，搞得我哭笑不得。

暑假期间，我总是让手机不离左右，且时时支棱着耳朵，生怕漏听一个电话。不过，暑假期间相对清静了许多，手机往往一闲就是半天。但我的脑子可没闲着，我在想能否请哪位高手帮我设计一种个性化的回复铃声，让我的未接来电能够奏出和美的音乐。

第四辑　校园影像

我面前的一个个孩子，犹如一株株闪动着露水的嫩苗，激荡着我的灵感；我身边的一颗颗童心，宛若一簇簇火焰，点燃着我的激情。我爱在朝霞初现的清晨，用微笑迎接着孩子们一个个到来；爱在日坠西山的傍晚，目送学生们浪花般欢跳着退潮而去；爱在蛙鸣虫吟的夜晚伏案备课、批改作业；爱在明月朗照的静夜独自漫步校园，品味工作中的一份份愉悦……

——《校园》

校　园

十余年的校园苦读，二十余年的校园执教，注定了我此生要与校园结下一世情缘。

校园是圣洁的殿堂，弥漫着知识的芬芳。在这里，人们从“1、2、3”开始，从“ɑ、o、e”开始，从“上、中、下”开始，从“锄禾日当午，汗滴禾下土”开始，踏上了对知识的漫漫求索之路。幼儿园、小学、初中、高中、大学，犹如一个个台阶，引领着人们一步步攀上知识的高峰。于是，一个个名人学者从这里开始了星光的闪耀，一个个科学泰斗从这里扬起了远航的风帆，一个个文化巨匠从这里展开了翱翔的翅膀。即使是平常市民和普通百姓，也是在这里吮吸了知识的甘霖，提高了自身的素质和修养，从而开始了生活的征程。在这里，人们完成了从懵懂无知到心灵聪慧的转化；在这里，人们明辨了假、丑、恶，理解了真、善、美；在这里，一双双眼睛不再迷惘，一颗颗眸子无比清亮。这里，是人生的起跑线，是生命的加油站，是文明的起源地。

校园是成长的摇篮，盛满了无数个青春的故事。一幕幕课堂上的激情对话，一次次灯光下的攻克难题，一回回考场上的奋笔疾书，将莘莘学子的执着追求彰显无遗；一幕幕师生间的促膝长谈，一次次教室里的爽朗大笑，一回回同学们的对月当歌，将师生情、同学情酝酿得很浓很浓；一幕幕舞台上的深情演唱，一次次球场上的奋力拼搏，一回回绿荫下的追逐嬉戏，将飞扬的青春抒写到了极致。不经意间一回首，你会惊讶地发现，你的个子长高了，你臂膀上的肌肉鼓起来了，你稚嫩的想法不见了，你的心灵被净化了。原来，你长大了，成熟了，不再是一个不谙世事的无知少年了。你用你德、智、体的全面发展诠释出校园中的一个个动人的青春故事。

身为教师，我常年身处校园，无时无刻不被校园的气息陶醉着。我面前的一个个孩子，犹如一株株闪动着露水的嫩苗，激荡着我的灵感；我身边的一颗颗童心，宛若一簇簇火焰，点燃着我的激情。我爱在朝霞初现的清晨，用微笑迎接着孩子们一个个到来；爱在日坠西山的傍晚，目送学生们浪花般欢跳着退潮而去；爱在蛙鸣虫吟的夜晚伏案备课、批改作业；爱在明月朗照的静夜独自漫步校园，品味工作中的一份份愉悦……校园使我热血沸腾，使我的心中时刻充盈着温情和甜蜜，澎湃着荣耀与自豪！

是啊，校园，多么温馨的字眼呀。不用说睁着好奇的双眼对校园无限憧憬的顽童，不用说正置身校园享受校园的学了和老师，就是早已远离了校园的人们，他们在回眸一瞥的时候，又怎能不对校园、对自己曾经的校园生活深情一笑呢？

寒　假

寒假，我该用什么样的语言来表达我对你的钟爱呢？

你是温情的恋人，带给我心灵的安宁。放寒假了，我无须在晨曦初现的清晨迎接学生的到来，也不必在日坠西山的傍晚目送孩子们潮水般地离去，身体得到了彻底的放松，心灵得到了彻底的愉悦。近二十年的教学生涯，寒假与我有了近二十次亲密的约会，带给我的总是温馨的气息与轻松的色彩。我可以尽情地享受一个一个静谧的夜晚，或捧读一本名著，或挥洒一篇散文，不必担心时钟悄悄地指向黎明。我可以安然酣睡在一个个清晨，去消除夜晚读书写作的疲倦，不必在意旭日的冉冉东升。我可以在午后走进俱乐部，置身精彩的乒乓王国，用球拍将小小银球勾画出一道道柔美的弧线。我还可以安排一次远足，让“读万卷书”与“行万里路”有一个完美的结合。去年寒假，我便带着女儿去了上海，因为弟弟刚刚从南京大学环境工程系取得博士学位落户沪城，我和女儿在弟弟的带领下感受了上海的繁华与美丽。更不虚此行的是，正上初中的女儿被知识的芬芳深深陶醉，立下了赶超叔叔的志向。

你是新年的母亲，孕育了红红火火的春节和亲情四溢的正月。因为寒假，我有了更多的时间去恭候新年的降临。我可以将居室装扮得焕然一新，可以将大红灯笼高高挂起，可以将彩炮礼花燃放得分外绚丽，可以让喜庆的锣鼓声不绝于耳，然后期待着新春佳节的隆重登场。节日的氛围可以被我营造至最浓，节日的韵味可以被我酝酿至最醇。而春节之后的正月，我也不像其他上班族一样在初七便匆匆地去单位。我可以访遍所有的亲朋好友，贺岁、拜年、祝福、叙旧，之后品尝着喷香的腊肉，畅饮着烫热的美酒，唠叨着甜美的生活，让亲情、友情河流一般在自己的心底流淌。

你是神奇的化妆师，装点出童话般的世界。你吹一阵寒风，万木凋零，显露出铮铮铁骨；你一声欢笑，青松更绿，蜡梅绽放；你挥一挥衣袖，整个世界便银装素裹，洁白无瑕；你抖一抖精神，鞭炮炸响，烟花满天。每至落雪时节，我会回到童年一般，和女儿一起融入童话般的世界中去。我们在雪地里疯跑，堆雪人，打雪仗，让歌声飘荡在街头巷尾，让欢乐洋溢在房前屋后，让激情飞扬在大地平畴。我们让童心永驻，让冰雪低头，让寒冷却步！

说了这么多，仿佛寒假是我们教师的专利。其实，寒假更是莘莘学子的一个小小的驿站，是他们漫漫求学路上的一个小小的逗号。他们会在寒假里养足精神，蓄足力量，等待着更高的跳跃和更脆响的展翅，就像冰封的种子等待着破土、忍冬的麦苗等待着拔节。

暑假 1988

1988 年的暑假，对于我家来说，意义非同寻常。那时，我和二姐相继领回了师范和中专录取通知书，这就意味着我和二姐同时捧起了“铁饭碗”，吃上了“商品粮”。这在我们村可是史无前例，因而我家获取了许多羡慕的目光，得到了很多由衷的赞赏。

家人们都非常高兴，当然，也包括爷爷。爷爷本来是不赞同我们兄妹读书的，他老人家一生漂泊，见惯了世道波动和时事变幻，自然特别珍惜安稳的日子。爷爷从做佃户开始，之后为了躲避兵痞匪患，一直奔波在淮河两岸，过着飘忽不定的日子，直到土地承包到户之后，他才定居下来。在爷爷的眼里，书生最是百无一用的，爷爷只信奉土里刨食，只知道土地的金贵，所以他深爱着土地，对每一寸土地的脾性都了如指掌，对每一种庄稼的种植都能安排得恰到好处。在我家的那些田地面前，爷爷是一个出色的将军，能从容地指挥所有农作物的生长与成熟，能将每一个季节都调度出各自的亮丽色彩。爷爷希望我能成为像他一样的田间能手，所以在我很小时，爷爷就以此为标准对我量身打造。我记得，爷爷将我拽下水塘，托着我小小的身子教我练习“狗刨”；我记得，爷爷用“稻夹子”捆好水稻，将扁担重重地放在我的肩上；我记得，爷爷把装满化肥的篾筐挂到我的臂弯上，让我在水稻田里走一步撒出一个扇面；我记得，爷爷将我扶到耙上，让我一手鞭打水牛，一手平衡身子，并尽量将身体微微后仰……在爷爷的精心指导下，我自然也掌握了田间农活的百般技能，到初中毕业时，围堰蓄水、播种施肥、间苗除草、收割安插、扬场堆垛我几乎样样在行。然而，面对我那红彤彤的录取通知书，爷爷在高兴之余，也免不了叹息。我见到过爷爷木呆呆地坐在塘埂上一明一暗不停地抽着旱烟，直到月落星稀晨光微露；我听到过爷爷轻轻地感叹：“可惜了，好排场的一个棒劳力！”

最高兴的当然是妈妈。妈妈没进过一天学堂，吃尽了不识字的苦。因而妈妈多次坚定地对爸爸说："五个孩子必须都读到初中毕业!"妈妈顶住了来自家庭内外的重重压力，土地承包到户之后，我们家九口人，劳动力奇缺，就是在这种情况下，妈妈也没动摇过她的许诺。那时，妈妈也并不知道我们能读到什么程度，那时可能全村人心中都不太有升学的概念。自然，我和二姐的升学给了妈妈巨大的惊喜，妈妈的高兴里面有她抗争的胜利，内涵就更深了一层。

然而，当时的我并不太懂得家人们的难处，青春叛逆的我不停地耍着小脾气，执拗地对抗着爸爸，这就给这个暑假增添了许多不协调的音符。

那个时候的招生与现在不同，中专和师范是第一批志愿，招完之后才轮得上高中招生。因而，高分的学生几乎全填报了中专和师范，农村孩子尤其如此，因为能够跳出"农门"是每一个农村家庭梦寐以求的愿望。我是个例外，我明确地和爸爸说过，我要上高中。于是我空缺了第一批志愿，在第二批志愿上填报了全市最好的高中——市一中。然而，我接到的却是县师范的录取通知书。我知道，是爸爸在我的志愿上做了手脚，他让我的大学梦就此破灭了。我拿着通知书去质问爸爸，爸爸小心翼翼地说："你还有弟弟妹妹，他们都要上学，我们家……"我可不管这些，我将通知书一摔，恶声恶气地吼道："我不上了，我再复读一年!"我看到爸爸的目光逐渐黯淡下去，犹如暮色四围的乡村夜晚。

那个暑假热得邪乎，屋前的稻场被晒得能烫痛脚板，屋后竹园里的竹叶全都蜷缩成一个个卷桶。奶奶总是一只手拄着拐杖，拖着她那条摔伤的腿，慢腾腾地挪动着小脚，一只手甩着芭蕉扇，嘴里不停地念叨着："这鬼天气，要热死人，真没见过。"那时，我将借来的一本《红楼梦》一口气读了两遍，我痛恨贾母，恨得咬牙切齿，恨她是一个最大的阴谋家，恨她采用瞒天过海的手法，让宝玉在揭开新娘红盖头的一瞬间疯癫了过去。中午，家人们都睡午觉，将凉席或被单子摊在茅屋里的泥巴地上，然后躺在上面不停地摇着芭蕉扇。我中午不睡觉，经常骑在屋后竹园边的那棵老桑树上看书，有时就待在水塘里，只露出半颗脑袋，一待就是几个小时。那天发现竹园里有个大马蜂窝，我带着满心的恶气一棍子打下去，看见一团马蜂腾地一下全飞了出来。虽然我跑得快，眼角还是被一只大马蜂叮了一口，于是脑袋肿成了一个"大面团"，半个多月才消下去。总之，我尽情地宣泄着自己的情绪，表达着自己的不满，只觉得被马蜂叮得酣畅淋漓。有一天晚上从地里农忙回来，我又顶撞了爸爸，然后我狂叫着奔出家门，奔得迅猛狂野，叫得撕心裂肺。许久许久，我看见妈妈打着手电筒快速地走过水塘，快速地走过一道道田埂，一声一声地唤着我的名字，带着哭腔，凄凉而又急切。此时，天黑沉沉的，几颗星星探头探脑地张望着人间，我就坐在妈妈走过的一块红麻地里，红麻只长到一人多高，麻秆很嫩，被我一脚一脚踢倒一大片。不知过了多久，我耷拉着脑袋走进家门，妈妈在油灯下一边做衣服，一边啜泣。见我进屋，妈妈猛然起身，猛地抓住了我的头发，猛地扬起了巴掌。我被吓住了，我从来没见过妈妈如此吓人，但妈妈没有打我，她松开了我，哭声更大了。

暑假的后半段，天气稍稍凉快了一点，农忙也就开始了。此时我已不太开口，有时一整天都不说一句话，害得奶奶为我操了好多心。割稻时，别人都穿上长袖褂子或是戴上护袖将胳膊保护起来，而我就是光着膀子，任凭胳膊伤痕累累，不管谁怎么说，我都不理不睬。我像和稻子有仇一样，将镰刀恶狠狠地杀向它们，杀得它们尸陈遍地。挑稻捆子时，我将重量加了又加，双肩磨得红肿破皮，也全然不顾。晚上打场，我用洋叉将稻秸挑得老高老高……我拼命地干农活，让劳累麻木自己。也只有这样，我觉得才解气。那一年，师范学校新建校舍，开学整整迟了一个月，我将所有的稻子收完入仓，将所有的稻草晒干堆垛，又将能犁的田地犁开耙平。此时，爸爸已将我的户口迁好，生产队也开始催要原本属于我和二姐的那份土地了。我背着简易的行囊，揣着一百二十元钱的学费，怅然若失地到县师范学校报了到。

时间只过了大半年，也就在第二年开春不久，奶奶便离开了我们。跪在奶奶的坟前，爸爸告诉我，除了弟弟妹妹都要上学外，奶奶的心脏病当时已十分严重，爷爷的双腿也疼痛得难以屈伸，为了保证几个孩子都能上学，同时还尽量多给爷爷奶奶买点好药，他只能让我读师范。爸爸说："家里只能负担起这些，你以后全得靠自己了。"

我记下了爸爸的话。师范毕业后我成了乡村小学教师，工作之余，我自学了专科和本科课程。从乡村到县城，从小学教师到初中教师再到高中教师，我踽踽前行，虽然步履艰难，但也一步一个脚印走得踏踏实实，走得从从容容。时光荏苒，岁月静好，我虽没能上成高中，但我成了高中教师，并且多年带毕业班。我完全理解了爸爸，完全走出了1988年那个暑假的炼狱，心中的缺憾也早已消散在岁月的风中。如今，每每看到我的学生捧着录取通知书时的快乐，我的脸上也总会浮现出最开心的笑容。

老 照 片

昨天正拿着数码相机给孩子们拍照，一个学生突然问道："刘老师有年轻时候的照片吗？您那时一定很帅吧！"我一愣，竟一脑子茫然，忙用网络上的一句话敷衍而过："帅有什么用，最终还不是被卒吃掉。"

也就是一笑而过的事，但笑过之后我却并没有忘。今天在家打开抽屉，一样一样翻出各种物件，一页一页翻开各种纸张，细细寻觅。还别说，功夫不负有心人，我真找出了一张初中时的照片，一寸黑白照片，不过早已变黄发旧，且表情呆板，形同木刻，见不得人。遗憾之余，突然想起师范毕业时的毕业照。那可是我学生时代唯一的一次正规照。一则毕业证就是"铁饭碗"，那时还没想过后来要上专科本科，当时就知道一辈子得靠着它；二则学校统一制作了毕业纪念册，每个人都在同学的纪念册上有一张纸的位置，上面要贴照片，因此当然小视不得。记得那时我和同学一道专程到"人民照相馆"拍了一张二寸黑白照片，洗了几十张，庄重地贴在了毕业证和每位同学的毕业纪念册上。

相比之下，现在的学生幸运多了。我的数码相机几乎就放在办公室里，我随时随地抓拍他们学习和生活中的精彩瞬间：拍他们军训时的飒爽英姿，拍他们辩论赛时的严阵以待，拍他们运动会上的动如脱兔，拍他们小组合作时的聚精会神，拍他们升旗仪式上的庄严肃穆，拍他们领奖台上手捧奖状时的满脸自豪，拍他们食堂就餐时的尽情饕餮，拍他们整理宿舍的井然有序，拍他们复习迎考时的深夜拼搏，拍他们步入考场时的信心满满，拍他们……从他们入校第一天的军训开始，所有的活动都留有照片。我每学期都会给每位同学拍张单人照，以此来记录他们的成长过程。我的电脑中有个文件夹"青春的我们，亮丽的风姿"，专门存储这些照片。家长会上，我精选的照片循环播放，赢得了家长们的好评。我想，如果有可能的话，我会把这些照片刻录成光盘分发给学生珍藏（至少我会永远保存这些照片)，学生以后不管在哪，不管干啥，他们随时都可以分享。若干年以后，这些照片就会非常珍贵，因为大家每看到一张照片就会想起一个故事，每看到一张照片就会收获一次感动，每看到一张照片就会忆起一段温馨时光，不会像我的学生时代那样，很多珍贵的记忆早已遗失在岁月的风里，觅不到踪迹。

除了这些，我的一些旅游照片还在课堂上帮过我很多大忙。学生高中语文学习的第一课就是毛泽东的《沁园春·长沙》，以前我也教过这一课，在讲“橘子洲头”时，只是简单地告诉学生这是湘江长沙段的一个水陆洲。而自从我带着相机游历长沙之后，再上这一课，我就会先用PPT出示橘子洲的相关照片，并偶尔讲述自己在橘子洲上的活动，学生从这第一课开始，就会一下子喜欢上语文课，一下子喜欢上我这个语文老师。在上白居易的《长恨歌》时，我把自己到华清池旅游的一组照片展示出来，当学生看到御汤遗址“海棠汤”时，看到贵妃出浴的汉白玉雕塑时，他们瞬间就能感受到“春寒赐浴华清池，温泉水滑洗凝脂”的诗意朦胧，想象着杨贵妃“回眸一笑百媚生，六宫粉黛无颜色”的倾城容颜，为学好后面的内容奠定了基础。还比如在教学柳永的《望海潮》时，读到“怒涛卷霜雪”时，配的是我站在钱塘江边观潮的照片，背景就是际天而为的滚滚怒潮；读到“三秋桂子，十里荷花”时，配的是我在西子湖畔拍的“曲院风荷”的照片……可以说，照片成了我教学中的一个不可或缺的教具，增强了语文课堂的生动性，甚至也可以这样说，照片增加了我这个语文老师的教学魅力。

盯着师范毕业照，我沉思了良久。这张照片上的我真年轻，看上去好像也有那么一点帅气，就用这张照片在学生面前秀一下吧。但是我得给这张照片配上故事，那就是我学生时代的生活，我得让他们从今昔的对比中、从照片的故事上进一步领悟到点什么。

一 袋 红 薯

下午没课，我静静地坐在办公室里批改学生的作文。

“咚，咚，咚……”敲门声打破了宁静。我没有理会，上课期间，偶尔会有学生到办公室来。门其实没锁，门把手一拧便可打开。

“咚，咚咚，咚咚咚……”敲门声很不礼貌地继续。我只得起身开了门。

不是学生。一位六七十岁的老者站在门口，瘦削的身体，深灰色衣裤，脸上刀刻似的皱纹，典型的农村大爷。

“是刘老师吗?”他问。“是。”我说。

“是周晓东的班主任吧？我是他爷爷，我们通过电话。”他说。“是。”我说，“可周晓东已经毕业啦!”

“是呀。”他说，“你等下，我下楼一趟，马上过来。”说完，他转身下了楼梯。

不知道他什么事，我虚掩了门，回到了办公桌前。

过了一会儿，门被推开，老人扛了鼓鼓的一蛇皮口袋东西进来，弯下腰尽量小心地放下。我忙起身帮忙，不知道袋子里是什么，挺沉。

见老人气喘吁吁，我忙请他坐下，又从抽屉里拿出一次性杯子给他倒了杯水。

“老人家，袋子里是什么？这是怎么回事?”我问。

“刘老师，晓东能考上大学，真得感谢你呀！他可是我们家祖祖辈辈第一个大学生呀！这孩子其实并不爱学习，脾气怪，不听话，懒得搭理人，还好上网，可自从到了你班，他就变了一个人。他能考上大学，我们全家都不知道怎么感谢你呢！晓东也几次打来电话，念叨着让我一定要来看看你。这是家里新收的红薯，我就弄了一袋子来，不知道合不合适，刘老师千万别见笑呀!”老人挺激动，说话间不停地搓着手。

周晓东的性格是有点内向，不太善于同别人交流。可他三年来并没有让我操多大心，我同他的“正面交锋”应该只有一次，所以印象极深。

我们县是个农业大县，可因为是国家级贫困县，劳务输出量大，农村已很难见到青壮年劳动力，“空巢老人”现象、“留守儿童”现象已成了我们县的“县情”。我们学校就是针对这种状况开办的一所全寄宿制学校，所收的学生百分之八十以上都是“留守学生”，有不少家长把孩子送来就图个放心，对他们的学习要求普遍不高，所以管理起来难度极大。

三年前，我从高一新接手一个班级，周晓东就是其中一员。第一次放大假，周晓东就找到了办公室，低着头嗫嚅着说：“刘老师，我回家的路费不够了，能借一百元钱给我吗?”

学生中的很多困难，我都会尽力解决。周晓东的要求并不过分，我当然不会拒绝。但周晓东并没回家，而是去了网吧。当他爷爷打电话告诉我他的情况后，我真的有些愤怒，有种被愚弄了的感觉。返校后，我第一时间把周晓东找到了办公室。可不管我怎么问，他就是不出声，耷拉着脑袋。

见谈不出所以然，我便语气沉重地说：“周晓东，我再和你交流四个问题。第一是诚信，人而无信，不知其可。你说我下次还敢借钱给你吗?你以后走入社会，如果这样，别人还会相信你第二次吗?你怎么立足于这个社会呀?第二是习惯，好习惯能成就一个人，坏习惯能毁掉一个人，把大好的青春年华浪费在上网上，浪费在游戏上，你不觉得可惜吗?每次走出网吧，你有没有一种空虚感?第三是孝心，你的父母远在上海，整日劳累，我如果一个电话打过去，你能想象到他们会多么焦心吗?你的爷爷年龄那么大了，谈到你的事都哽咽难言，你能体会到他的心情吗?人无孝不立，你有没有想过该怎样尽孝呀?第四是处罚，因为是第一次，我对你不做任何处罚，不会让你写检讨，不会通知你的父母，不会让你的爷爷到校。你现在可以走了，但我对你有要求，你回去后好好想想你的未来。”

说这些话时，周晓东一直木然，只有说到不处罚时，他扬了一下眉，内心仿佛有所触动。事实证明，正是我的不处罚切中了他的“七寸”。这之后，周晓东的确想通了，虽然仍不太和同学交流，也不太和我接触，但平时总是能静下心埋头学习，成绩上升得也比较快，后来考取了一所“211 工程”大学。领取录取通知书时，我向他表示祝贺，他也还是一如常态，对人没有多少温度，只是递给了我一封信。信上说：刘老师，三年前，您如果打了我，或是找来了我的家人，我想我还会像初中一样，越来越对抗，那时我根本没想过考大学。可您没有那样做，您的宽容让我明白了很多。我说不好，也表达不出来，但我会在心里永远记着您。

见老人一连喝了三杯水，我问他："老人家，你家离县城有一百多里路呢，你是什么时候到的?"

老人咧嘴笑了笑，说："我上午到的，可来迟了，来到时已经放学了，我就没联系你，一直等到你下午上班。"

我突然想到，上午放学回家时，好像就看见有位老人蹲在学校门口的院墙边。我震惊了，虽然季节已过中秋，可正午的阳光依然火辣，一位年岁已高的老人，就为了送一袋红薯，熬过几个小时，又艰难地扛上五楼，送到我的办公室。老人中午可能就只啃了一个红薯，甚至都没舍得买一瓶水喝……

送走了老人，我的心情久久不能平静。作为教师，我不太喜欢和家长联系，学生有了问题，我总是自己想出各种办法加以解决，一则是不想让家长身处外地还为孩子牵肠挂肚，二则也就是为了避免与一些家长的人情往来。可我今天收下了老人的这一袋红薯，因为这袋红薯凝聚着真情，凝聚着周晓东一家人的心意。我本想回报给老人一点钱，可这念头瞬间就被我打消了，我怕亵渎了老人的感情，同时我也觉得这袋红薯对我的意义是无法用金钱来衡量的。

魏书生先生在《教师劳动的三重收获》一文中写道："教师除了收获各类人才之外，还有一个更大的收获，就是真挚的感情。"从教近三十年，类似红薯这样的感动还有不少次，也正是这种"真挚的感情"支撑着我一路走来，我将更加坚定地一路走下去。

女儿的高考

又近六月，又听到高考临近的脚步声。

看到教室里日拼夜搏的学子，接触到一些神情紧张的家长，我不禁又想起了女儿的高考。

五年前，女儿高中毕业。因为我是高中教师，多年当班主任，我们学校年年又必被设定为高考考场，所以我每年都会以不同的方式参与到高考中去，可以算得上是一个资深高考人了。多年的历练，使得高考在我心中早已激不起太大的波澜了。因而，对待高考，我总是引导我的学生以平常之心泰然处之，对待女儿亦然。然而这引起了妻子的嗔怪，用她的话说，我是不上心，是没当回事，是没引起高度的重视，是没尽到责任……

女儿不是我的学生，她是在距家二百多里路的六安读的高中，平日里由爷爷奶奶照看着。三年来由于工作太忙的缘故，我去看望她的次数寥寥无几，对她学习上的事也很少过问。按规定，有直系亲属参加高考的那一年，教师就不准监考，不准领队，不准参与到高考的考务工作中去。所以闲下来的我就与请了假的妻子在六月六日上午赶到了六安，不承想，这引起了女儿的不满，她边撒娇边一个劲儿地嚷着："都回去，都回去，不想叫你们在这儿，打乱了我的生活节奏！"直到妻子答应第二天回去上班，而我将送考的自行车借好，女儿才作罢。

七号去考场的路上，车辆拥挤堵塞，而我们的自行车却像水中的一条鱼，在车与车的缝隙中自由穿行。女儿和我说说笑笑，心情相当愉悦。头天晚上，女儿还是像以往一样，接近深夜十二点还没上床就寝，妻子怕她休息不好，几次轻手轻脚地走进女儿的小房间，轻声轻语地催促她早睡，女儿却说："我平时都是那个点睡，早睡怎么能睡着呢？况且没必要不和平时一样呀！"看来，女儿的情绪没有因为高考的到来而波动，这使我不由得在心底暗自高兴。在等待进考场的那个片刻，女儿的一个同学和她打招呼，并从口袋里掏出口香糖递给她，说嚼口香糖可以缓解紧张。女儿摇了摇头谢绝了，说：“我不喜欢口香糖的味，我也没感觉到紧张。”女儿的这句话又让我一阵激动。

下午的数学考试结束，我在校门口接到女儿。和上午一样，我没问女儿的考试情况，女儿却主动和我说了，她说考得不算太好，最后一大题很难，后两问空了。我正准备说两句安慰她的话，女儿却笑了笑，补充了一句：“没事，那题是留给考清华、北大等名校的学生做的，我没准备考那样的学校。”可以说，五年来，女儿的这句话时常响在耳畔，每次回想起来，我都觉得女儿那时就有了一种超乎寻常的沉稳和大气。我当时也就释然了，说：“这就对了，走，我们转转，买点小吃去！”

女儿就这样平静地完成了她的高考，平静得悄无声息。被很多家庭视为惊天大事的高考，在我们家也就这样淡如清风地过去了。而结果，自然和我预料的一样，女儿以远远高出一本线的分数被合肥工业大学录取。女儿从小就养成了爱看书、爱学习的好习惯，所以我心里才有这个底。

在这高考即将到来的时刻，我写下这些，只是想现身说法，告诉我的学生和他们的家长们，不必将高考看成是一场战争，甚至将高考描述得面目狰狞、残酷无情。面对高考，我们完全可以摆脱压力，轻松应对，只要孩子们保持了良好的学习状态，在平日里多流些汗水，高考后绝不会再流泪水。

永远的课题

太阳离地面还有老高一大截，学校就早早地放了学，一个七八岁的男孩蹦蹦跳跳地跑回家，“吱呀”一声推开破旧的板门，发现父母和往日一样还没有收工，便调皮地将书包在空中抛出一道弧线，兴高采烈地钻进了厨房，从衣袋里掏出一大把零散的爆竹放在灶台上，又从灶洞里拿出火柴，点着一个爆竹便扔掉火柴梗躲到门后开心地等待“啪”的一声炸响。然而响声未起，男孩却发现灶台后的干草冒起了青烟，燃起了火花。他愣了一下，慌忙用手去扑，火苗一下子蹿得老高，手被烧得生疼，男孩只得向门外奔去……

当父母和邻居赶来时，这间土墙草顶的厨房已在火光中訇然倒塌，上空久久地盘旋着黑灰色的浓烟。望着拍地号哭的母亲，望着蹲在地上一声不吭、闷头吸旱烟的父亲，男孩的泪水在面颊上汇成了两条涓涓的细流。

这个男孩就是小时的我。那时，我不知父母一天劳累能挣几分工，也不知一间厨房需要多少工分才能搭成，但我依稀记得这之后的几年时间，我家的生活更加清苦，母亲原本消瘦的身体更显单薄，父亲的叹息声也越发凝重。

白驹过隙，一晃许多年过去了，淘气的岁月早已被时间的车轮碾压成历史，然而孩提时的那场火灾仍鲜活在记忆中，挥之不去，历久弥新，如一滩永不褪色的墨渍涂抹在心灵深处。这刻骨铭心的记忆不停地噬咬着我的片片心叶，咀嚼着我的根根神经，多年来一直苦苦折磨着我，直到我登上讲台，将心中深深的自责羽化为一个永远的课题之后，情感的湖面才变得柔波荡漾。

初为人师，一大群和我当年犯错时同龄的孩子常常勾起我痛苦的回忆。突然有一天，孩子中的一个类似错误使我幡然醒悟：我应该在孩子们稚嫩的心灵上播下防火的种子，以弥补自己孩提时的过错。从此，消防这个课题成为我教学中不可分割的一部分。

我用触目惊心的事实演绎这个课题。我讲自己的故事，讲得泪流满面；讲身边的火情，扼腕叹息；讲重大火灾，身心震颤……我从大火造成的财产损失、生灵涂炭讲到火对于人类的益处及危害，讲到防火、用火常识，讲到火药，讲到灭火的方法，讲到火警“119”……

我用催人泪下的故事编撰这个课题。从燧人氏钻木取火追溯火的起源，于火烧赤壁中感受火的悲壮，从大兴安岭的森林火灾中体会火的无情……

我用自身的示范行为例证这个课题。一次暑假过后，校园内杂草丛生，我带着学生铲草，晒干后堆在操场边，虽然远离教室和宿舍，但我还是让学生找来脸盆、水桶装满水以防不测，然后才点燃草堆，直至“灰飞烟灭”，我才让学生解除“戒严”。

从教多年来，消防这个课题一直与我如影随形。稍稍回想，课题中的一些镜头便如一帧帧风景画在眼前不停地闪现。我深知：这个课题不光只伴随着我走完我的教学生涯，它还将与人类共始终，永远，永远。

学校门口摆摊的女人

我多年来一直在一所乡镇中学任教。

校门口有一道永远不变的“风景”：一个身着深色衣衫的中年女子手忙脚乱地招呼着一个小摊，被高高矮矮、男男女女的一群学生团团围着，“大门口，大门口”的喊叫声响成一片。

每次上班和下班，是小摊生意最好的时间段，因此，这个场景在我的眼前出现的次数也最多。

时间长了，我对这个摆摊女人的情况也有了一些耳闻。她就住在镇上，丈夫因病失去了劳动能力，不知从何时起她就依附到了学校的大门旁。她卖文具兼食品，因为学校的学生数多，她的生意很好。也不知是从哪个年月开始的，学生们给了她一个通称——“大门口”，现在不要说学生不知道她叫什么名字，就连我们很多老师也是一样。

“大门口”很有一套“生意经”，她摆出来的一些玩意儿总能吸引学生们的眼球，她卖的一些并没有合格证的食品总能让学生吃得津津有味，她的小摊的诱惑力足以让学生将学校的一些明文规定当成一纸空文。

“大门口”给我们老师们留下的印象并不好。我们很少见过脸庞如此黧黑的女人，黑得让人看不清脸上的皱纹。我们中途到校或是中途离校，也就是在她没有生意时，她总是小心翼翼地搭讪着，而我们往往都会昂首阔步地径直走过。我们还见过她畏畏缩缩地应付着学校的领导。有时偶尔有老师将小孩带到学校，她也一样会脸上堆着讨好似的笑，慌忙从小摊上拿下一把包装得花花绿绿的、被我们称作“垃圾食品”的东西向着孩子递过来。

但“大门口”对我们学校和老师的态度仿佛没有任何觉察，她依然将学校大门口当作自己的“领地”。炎热的夏日，她会撑开一把偌大的黄色油纸伞；雨天，她甚至置学校领导冷冷的目光于不顾，将小摊摆在了学校的大门下方。“大门口”在学校门口一待就是一整天，连中午饭都是女儿从家里送来，倚着学校大门吃完，再由女儿收拾回去。她还瞅空在校园里寻寻觅觅，捡拾一些可回收的矿泉水瓶和饮料罐，远远地看见校长、主任或老师走来，她也会顺势捡起一点包装纸和方便袋。

我们学校领导对“大门口”很是气愤，又很是无奈，把她看成是校门口的一块揭不掉的“牛皮癣”。学校的卫生搞不上去，“大门口”成了“罪魁祸首”。领导在教师会上通报了她将香烟散卖给学生，而去交涉时她矢口否认的情况。领导指责她，要求全体老师教育学生不要再买那些不卫生的“垃圾食品”。

遇到上级检查的时候，学校便有了借口，总是将她赶到离校门远远的地方，她也总是很配合，慌慌张张地拾掇着东西，搬弄着出摊的桌板。可恼的是，上级领导经常会不打招呼地来到学校，“大门口”便直接成了“校园周边环境治理不力”的一个证据，校领导因此挨批评，自然对“大门口”的意见又多了一成。

如果不是那日午后发生的事，我们对“大门口”的平淡还会依然如故，“大门口”不会在我们的情感之湖上激起任何的巨澜微波。

那天午后，学生和以往一样陆陆续续地到校，“大门口”的生意还没有到最佳时间。这时，几个平时流里流气、横三横四的学生颜色大失，惊慌失措地跑进学校。他们的身后，一个醉醺醺的大汉手里拿着一把水果刀，吆吆喝喝、骂骂咧咧地追来。“大门口”这时忙丢下小摊，堵在校门口劝拦那大汉。三拉两拽之际，不知怎的，水果刀深深地刺进了“大门口”的腹部，殷红的血流了一地。大汉吓蒙了，本来是趁着酒劲想吓吓那几个在他家门前生事的顽皮学生，不曾想闹出了事。大汉慌忙扔了水果刀，将瘫倒在自己臂弯中的“大门口”送到了医院。

我是和学校领导一起去医院看望“大门口”的，病床上的她没有了往日的忙碌，不过还是那样的小心翼翼，说不出几句像样的话。我们领导说了一大堆感激的话，她也只是一个劲儿地憨笑。

过了一段时间，“大门口”和她的小摊又出现在了学校的门口。我们又能日日看到她了，只不过学校领导的目光中多了一丝柔情，我们的目光中也多了一丝柔情。

偷得浮生半日闲（外二篇）

梦儿香甜，一晌贪欢。

醒来时，我习惯性地看手机，吓了一跳，早已过了上班时间。欲起，又忽然想起下午没课，不如索性偷懒半日。

这段时间太累了。清晨早早起，深夜迟迟归。从正月十六到现在，没能休息一次。高三不该这样，没有周末，没有双休日，连续上近四十天的课，工作激情和职业的幸福感还能不被磨成粉末?

用遥控器打开电视，看了一刻新闻，再调到 CCTV-5，是足球赛，便觉无味。多年痴迷的足球如今成了我眼中的弃妇，这两年不知咋了，竟莫名其妙地喜欢上了斯诺克，喜欢上了斯诺克的安静。这或许与年龄有关吧，就像我现在总是在逃避以前热衷参与的那些喧闹的饭局一样。这也像生命，热烈之后，最终会趋于平静。

慵懒地倚在床头，翻了几页书，觉得应该起来了。打开窗，是一个春光正好的下午，风儿柔柔地吹，阳光暖暖地照，各色花儿在窗外静静地开。春天真好。

肯定不会走进春光里，那必须是在节假日，需要最放松的神经；也不会走到大街上，不忍心把别人匆忙的脚步当成眼中的风景。

洗漱完毕，打开电脑，读几篇博文，写几行字。两个字：惬意!

懒散半日，宅在家里，有一种说不出来的舒坦。不过好时光总是转瞬即逝，看看时间，又得抓紧去吃晚饭了。晚上还有近四个小时的自习课，唉，这就是高三。

校园春来美如画

不经意间一抬头，学校早已是春色满园、美景处处。

樱花园、海棠园、桃花园、茶花园、杜鹃园正花开热闹，迎春花已是落蕊满地，桃花也是绿肥红瘦了，只有樱花开得青春年少，姿色正佳。

学校里的观景塘也正明眸善睐，锦鳞畅游，无限生机。

给我带来最大惊喜的是樱花。前年初栽时光秃秃的，没有一个小枝，没有一片叶子，不曾想去年开过春竟在光光的秆子上冒出了花蕾，以至于后来花开成海，老同学赵军先生在一个月明之夜突然来了雅兴，带着几个好朋友联系我来看樱花，印象颇深。

最看不上眼的是学校大门两侧那两个大大的紫薇园，初栽的树苗瘦瘦长长、纤纤弱弱，林妹妹般病恹恹的，但去年暑假竟花开灿烂，在最热的天气中绽放出最热烈的激情。后来在好友穆志强先生的博客中读到一篇优美的散文《早稻红》，才对它的脾性有了更多的了解。

樱花和紫薇很像一些人，起初其貌不扬，后来慢慢地崭露头角；也像我们学校，从新建时的遭人质疑，到现在慢慢有了好的声誉。

我平时不太注意花草，有很多植物我都叫不上名字，用朋友的调侃就是不爱“沾花惹草”，但今天放假，徜徉校园，移步换景，再加上惠风和畅，自然感觉美不胜收、惬意无比，于是便情不自禁地拿起了相机。

守时的女工

每天下午的课外活动，我都会去四楼大厅打乒乓球。

最近几日，四楼多了一个身着蓝色工装、五十多岁的微胖女工。她一刻不歇地忙碌着：清除地面上的脏物，拭去门窗上的灰尘，擦净墙面上的污渍。

有几次，她走过来问时间。看到我们大汗淋漓，她会笑着说：“打球比我干活还累得多呢！”

一次，我问她：“您几点下班呀？早走一会儿不行吗？”她回答说：“是六点。领导给我们定的时间呢！”我便调侃着说：“没事的。这么热，您别太累着了，早走一会儿，遇到领导就说是我让您走的。”她嘿嘿笑着不答话。

昨天，她竟将洗衣粉撒在地板上，用硬毛刷醮水刷个不停，刷起了一地的泡沫。看着她弓着身子的艰难劲，当然更是嫌乒乓球跳过去沾上水渍，五点半的时候，我告诉她："六点了，您可以下班了！"

看着她收拾完工具离去的背影，我为自己的小聪明暗暗自得。

今天再去打球时，她说："你昨天把时间弄错了吧！当老师的应该不会错时间的！"

我一惊，忙问："怎么啦，你昨天真的碰上领导了？"

"那没有。"她说，"我到家才知道回去早了呢！"

"那没事。你又不像我们上课，时间错一点没关系的！"我说。

"那也不行呀！事儿不一样，但理是相同的。"她说得竟是那样的认真。

我不禁为这名女工的守时而赞叹，同时心中也有了一丝自责：打破别人心中的规则，其实也是对人的不尊重。

老 师 二 题

一 次 考 试

那次考试我终生难忘。

其实，那只是小学三年级时的一次期中考试，一次再普通不过的数学考试，但对于当时的我来说，其意义却非同寻常。

当时，我是班中的“数学王子”，每次考试成绩总能遥遥领先，令其他同学望尘莫及。入学以来，我始终保持着这个纪录，从未有人能在数学分数上撼动我的“垄断”地位。这也使我赢得了老师的青睐和全班同学的羡慕，无论我走到哪儿，总有一些同学众星捧月般地围绕在我的身旁。然而就在上学期期末考试前，班里转入了一个叫李芸的女同学，她竟然在期末考试中以高出我半分的成绩拔得了头筹，使我几年来的优势，包括心理优势化为乌有。

对这次失利，我当然不服气。“哼，小丫头片子，下次我一定要超过你!”当时我就在心里狠狠地说。因此，我把那次考试看成了“复仇之战”，考试前，我进行了精心的复习、充分的准备，并对夺回我的“头把交椅”志在必得。

考试那天，我做得认真而又细致。题目很难，但对我来说不在话下。做完并检查了好几遍，确认无误后，我才抬起了头。嘿，其他同学的试卷上还有大片空白呢！于是我第一个交卷，走过李芸的身旁时，得意地瞟了李芸一眼：她正用牙咬着笔杆，绞尽脑汁地想呢，眉头拧成了一个大疙瘩。走出教室，我的心中一片开阔，抬头看天，天格外蓝，空中有鸟儿在自由地飞翔。我张开了双臂，哈，我也要飞起来了，李芸，你就在地上走吧……

几天后，当教我们数学的何老师捧着试卷和奖状走进教室时，我的心几乎要跳出胸膛了。我仿佛看到了何老师爱抚地摸着我的头将鲜红的奖状发给我，仿佛听到了同学们啧啧的赞叹声，也仿佛看到了李芸那哭红的肿眼泡…… “……李芸 91 分……刘××58 分……” “刘××，58 分，来拿试卷。” 我是在做梦吧，何老师在梦中喊我吗？58 分，怎么可能呢？我根本就没明白过来，但我感觉到了何老师确实是在喊我，全班同学的目光也在齐刷刷地盯着我。我不知道我是怎样站起来的，头重脚轻地撞向讲台，我只感觉眼前模糊一片、脑中空白一片……

何老师发完了试卷，我也清醒了一点。原来，由于考试时太兴奋，我竟压根儿就没有发现试卷背面的题目，只做了试卷的正面。这时，何老师踱到了我的面前，用手压在我的头上，笑着说：“刘家宝，你保留了一半的实力嘛！”

这次考试过去了多年，可每次想起我都会脸红心跳。不过，我还应该感谢这次考试，因为从这次考试中，我学会了认真，同时也从何老师身上学会了幽默，更学会了师爱。

一 句 话

马老师没教过我一节课，但在我心中，马老师是我真正的恩师。

当我完成学业回到母校任教时，马老师已因工作需要调离了学校。

再次见到马老师，是在我为更换工作而四处奔波之际。那时，年轻的我浮躁而又轻狂，总觉得当教师不太适合自己的性格，总觉得整天被困在学校有一种病恹恹的感觉，因此一心想“跳槽”从事其他工作。当时，我与马老师对面而坐，马老师听明白我的心思后，凝望了我片刻，然后语重心长地说：“我当了这么多年教师，感觉当教师清清白白，一尘不染，你若再能得到领导的器重、同事的尊重、学生的敬重，你会觉得自己过得充实而又快乐！”

马老师的这句话是一场及时雨，洒向了我的心灵，洗净了飘浮在我心间的尘埃。这句话使我醒悟了过来，使我回想起了与学生之间的无数个真情故事，使我能静下心来看书、教研、写作，于是，我留在了学校并逐渐爱上了自己的工作，直至今日。

回想起来，这么多年，我都是按照马老师说的这句话去做的。我兢兢业业地工作，踏踏实实地自修，从不敢苟过半日。我将全部的热情和满腔的爱都献给了学生，献给了教学。工作中，我取得了不少成绩，成了一名小有名气的骨干教师，成了领导、同事、学生心目中真正的好老师，我也因此像马老师所说的那样过得充实而又快乐。

马老师的这句话一直激励着我，陪伴着我走过了一个个春夏秋冬。

老夏的哲学

老夏，何许人也？我一个办公室的同事，数学教师，五十六岁。他与我们办公室的几个年轻人年龄差距挺大，于是大家都喊他老夏。可在我心中，这“老夏”的称呼一点敬重都不少，当与“夏老”无别。

老夏平日轻松幽默，成天乐呵呵的。看到我们有时因学生出现问题而苦闷甚至发脾气，老夏就说：“工作嘛，要快乐为本，天天和学生生气，那日子怎么过呀！再说，要让所有学生都考一样的高分，那这个世界就无法精彩纷呈了。”我们一想，可不是吗，我们班上的顽皮学生在市青运会上取得了好成绩，我们不还受到上级的表彰了吗？老夏的这句朴实的话不正揭示出了当下素质教育的真谛吗？

我们办公室以前有个小青年，嘴巴巴叫，虚浮得很，一天到晚牢骚满腹，抱怨收入低，抱怨环境差，抱怨领导不重视。我们其他几个人一听他说话，就一句话也不接他的。老夏有一次就对他说：“我看你生活得太累了，有本事你就出去闯吧。我干了一辈子了，工资由最低的三四十元到现在，我从来都是和自己的以前做纵向比较，何苦去和其他单位做横向比较呢！我现在上有老下有小，感觉也没有你累呀！”说这话时，老夏的岳母就病卧在他家的床上。老夏有三个儿子，本来第二胎想要个女儿，不曾想又是儿子，并且是双胞胎。我们听过他的话后，都在心中大声称快，并对他佩服不已。我当时就想到了刚上过的梁启超的《敬业与乐业》中的一段话：“第二等苦人，便是厌恶自己本业的人，这件事分明不能不做，却满肚子里不愿意做。不愿意做逃得了吗？到底不能。结果还是皱着眉头，哭丧着脸去做。这不是专门自己替自己开玩笑吗？”老夏的话与之何其相似呀！

你可别小瞧老夏这年龄，玩起开心农场来，比我们都带劲。他早上起得早，我们还在酣睡之时，他就已经到我们的农场去巡视了一番，随手捎带一些回去。见我们和他开玩笑，他就编了一首叫《农场歌》的打油诗给我们看：“当初有田跳出来，现今没地网上开。朋友之间互照看，轻松愉悦乐开怀。”呵呵，老夏把快乐当成生活的第一要义，始终保持一颗平常心，这正是他对生活最透彻的理解呀。

我和老夏多年来都带同届，又都是班主任，因此少不了经常聚会。有段时间，我到了“望酒生畏”的地步，一端起酒杯就感觉肠胃不舒服。老夏善饮，看到我酒桌上的难为情，便对我说：“能不能喝是心理作用，你越是畏畏缩缩越不能喝，真正挺直腰杆，只要不超过能量限度，不会不舒服的。”我试着去做，豪爽一点，果真改善了许多。再一想，做人何尝不是这样呢，挺直腰杆做人，不卑不亢，不欺不媚，人生岂不多了几分潇洒与自如?

学校地处城区，学生家长比较重视孩子的教育，经常会搞一些“谢师宴”。对此，老夏是能推掉的尽量推掉。老夏说：“我倒不是怕吃过了没把孩子教好，关键是只要孩子努力，家长不问我们也照样喜欢。”呵呵，这句话说到我心坎上去了。我常投稿，可编辑我是一个都不认识，我们老师喜欢好学生和编辑喜欢好稿子是同一道理啊!

我们办公室有一男同事在与朋友交往上遭到妻子猜疑，搞得他灰头土脸，痛苦不堪。我们可不管那些，有事没事总是没心没肺地拿他开心取乐。老夏却有板有眼地说：“你怕什么，不做亏心事，不怕鬼敲门。”听听，说得多好呀，自古以来，清者自清，浊者自浊，身正怎会怕影子歪呢?

前不久，我写了一篇散文《老家的稻场》。许是勾起了老夏对农村生活的回忆，头天晚上在我的空间读过后马上写了评论，第二天一早他又在办公室里大肆宣扬，绘声绘色地描述：“写得太亲切了，我经历过大集体，土地承包到户后又种过多年的地，你完全把农村的那种生活描绘出来了。”他还多次当着学校领导和同事的面褒奖这篇文章，搞得我挺不好意思的。末了，他对我说：“你好好写，会有前途的，比人家打牌、跳舞强多了。”作为语文教师，我本来只是随手写着玩儿，不指望能写出什么名堂，但老夏的话还是让我挺暖心的。老夏还把我的几篇文章打印了出来，拿到他班上读给学生听，并一再强调我们老师在努力。我不得不感慨，老夏这么做用心真是太良苦了，他是把自己当成放大镜，在放大我们老师言传身教的作用呢。

朋友们别忘了，老夏是教数学的，言语中没有多少文气，可在我看来，他的生活态度、做人标尺、工作准则都给了我不尽的启示。不过我也要给你老夏提个意见：以后别动不动就提快退休的事，说得我们心里慌慌的。要不，你退休后扯一杆大旗，你教数学，我教语文，其他几科的名师你还不是一呼百应？那时，我们心情舒畅地干，毫不懈怠地干，激情四射地干，你信不信我们真的能折腾出一所名校来！

教育“老照片”

检索记忆的硬盘，无意之间发现文件夹中三张尘封已久的老照片，情感的湖面顿时泛起了朵朵浪花。

一束野菊花

初中毕业的那个暑假，我一闷气读完了《红楼梦》，并有了一个偏执的意念：贾母学过《孙子兵法》，她的一计“明修栈道，暗度陈仓”葬送了让我牵肠挂肚的宝黛爱情，也让如花的黛玉香消玉殒。我憎恨着贾母，同时也在暗恨着父亲，暗恨他利用当教师的职权之便，“阴谋”地将我上重点高中的志愿改成了师范。那个暑假，叛逆的我和父亲的关系异常紧张。

纠结着这种情绪，三年后我走上了讲台。因不是自己的最初愿望，工作起来自然是多了松懈，少了激情。白天，校园的喧嚣甚过树上的蝉鸣，蝉儿有停歇的时候，可学生的吵闹声却日复一日；傍晚，学生打扫卫生，校园里便尘埃满天，我不得不将单身宿舍的门窗“砰砰”关闭；夜晚，校园又黑得伸手不见五指，让我从心底泛着寒意。几回梦中，我变成了一只鸟，翱翔在蓝天之下的鸟，自由和洒脱的鸟！

不到两个月，我便支撑不住了，以生病为由请了几天假，到外地的同学那儿转悠了一圈。

回来的那天早上，上课铃响过已有两分钟，我才慢吞吞、病恹恹地走进教室，心头仍飘着丝丝烦躁，脚步仍踩出缕缕懒散，突然发现讲桌上插着一束娇嫩的野菊花，淡淡的香气正慢慢地散发着。花是刚采来的，花蕊上还闪动着清亮的晨露。束花的红丝带连着一个小卡片，上面写着几个略略歪斜的字："送给您，刘老师！"我还没反应过来，全班五十多名学生齐刷刷地站立起来，异口同声地说道："祝刘老师身体健康！"那一刻，我愣了，呆了，傻了，嗓头哽得一句话也说不出来，只感觉泪水已汹涌而出，带着激动，带着后悔！

一束野菊花，五十多颗童心，是给我送来的一剂良药，顷刻间就使我病态的心理起死回生了！

如今，那束野菊花仍鲜艳在我的灵魂深处，并且永远是那样芬芳。

腾飞的母鸡

放学铃响过，夕阳给大地镀上了一层迷人的金色，与农田里成熟的稻谷同一色调，分外美丽。

我的单车穿行在农田边的小径上，心中踌躇满志，相信凭着我的三寸不烂之舌，我能说服李二牛的父亲。

李二牛家有一个单独的宅院，四周由围沟环绕，仅留一条通道。几间破败的草房，房门旁弯曲着一棵老梨树，房前是一小片稻场。

刚要从通道进入宅子，扑上来迎接我的是一条毛色灰白相间的大狗，"汪汪"地狂叫着。我只得搬起自行车左拦右挡。终于，李二牛跑了过来，赶开了大狗。

稻场上的忙碌并没有因为我的到来而停歇。李二牛的父亲牵着一头老黄牛正在一圈一圈地压着场，石磙在铺开的稻秸上"咿咿呀呀"地唱着歌。

终于，我们面对面坐在了门前的老梨树下。

"李二牛的成绩很好，在校表现也不错，不让他上学太可惜了。"

"唉，能让他上到现在已经不错了，你看看我们家，没法子呀。"

"我们学校答应我了，可以免去二牛的学费。如果再有困难，还可以跟我说，我是二牛的班主任，也可以帮他的。"

"他不可能再上学了。他个子这么大了，可以挣钱了，我想在稻子收完之后，让他和我们家大牛一块儿出去打工。"

…… ……

"你总不能让你的儿子还都重复你走过的老路吧，你的眼光看得也太近了。”不知不觉中，我的语气已经有了几分冲劲。

“考上了又能怎么样，像你们这样当教师的，一个月不也就那么点儿钱吗?”李二牛的父亲显然也被我磨叽得有点烦了，再说，我这个不速之客正耽误着他稻场上的活儿呢。

我很无能，说服不了李二牛的父亲，我还几乎快被他说服了。真是一头老犟牛，我真想上去照着他那一张一翕的嘴巴来上一拳，打掉他几颗犟牛牙。但这当然不可能，看到旁边的李二牛哀求而又无助的眼神，我还得压抑着心中的火气，心平气和地分析着、劝解着。

我心里琢磨着，我就和你磨吧，不然我怎么回去交差呢，我可是在校长面前立下过“军令状”的呀。于是，我们便僵持着、尴尬着，空气中弥漫着一种不和谐的气息。

这时，一只归巢的老母鸡正想从我们中间的夹缝穿过，从而通过房门，再进入后院。它肥肥硕硕，慢慢悠悠，走走停停，还不时地“咯咯”地叫着，恰巧就停在了李二牛父亲的脚前。他猛一抬脚，老母鸡也随之“腾”地飞起，溅起一阵尘土，还附带着卷起几片落叶，其中一片还正好落在了我的膝头上。

回去的路上，暮色已开始降临，我感觉自己被完全包裹在黯淡之中。

摸过头的男生

二十世纪末那几年，农村的“康居工程”搞得如火如荼。

通向我老家的那条我痛恨了多年的土路也已修成了石子路，只是因为长期的负重，成段成段被车轮噬咬得坑坑洼洼。走在路上，不时就会有一辆满载建材的大卡车驶过。到了坑洼的地段，车子就像一个喝醉酒的汉子，走得歪歪扭扭、跌跌撞撞；而一到稍微平整点的路面，车子又如同一头发了疯的水牛，横冲直撞，不可一世，同时还挟裹起漫天黄尘。

一次，我骑摩托车回学校，就路遇了一头“疯牛”。交会之后，我便遭遇了灰尘的浪潮。一不留神，人仰车翻。人倒无大碍，只是手臂和膝盖蹭破了点皮，但车前胎爆了。没办法，离街道还有四五里路，只能累累地推着摩托车走了。

后面追来一个骑自行车的小伙子，我看看他，他看看我。我没出声，他却跳下了自行车。

“刘老师，我是你的学生呀，你不记得我了吗?”

我没印象。

“刘老师，我以前在学校犯过错误，你找我谈心，还摸过我的头呢!”

还是记不起来。我工作时并不比学生大多少，摸摸后脑勺拍拍肩膀的事儿常有。

“刘老师，我给你推摩托车。”

我过意不去，但小伙子一再坚持。推车很累，特别是在那样的路面上。走了很远，他的衬衫已经贴到了后背上，但他就是不肯松开手中的摩托车，并且一直把我送到修车处。

当他骑上自行车就要离去时，他再一次向我说:“刘老师，你摸着我的头和我谈心的事，我一辈子都忘不了。”

三张“老照片”，三个相互游离的主题，内容上根本联系不到一块儿去，却都能唤醒我记忆中的酸甜苦辣。我还是赶紧把它们当成珍贵的资料，收藏到我人生的档案中去吧!

中秋月儿圆

那是两年前的中秋之夜了。

那晚的月亮饱满、圆润、皎洁，静静地绽放在湛蓝的天宇中，如水的银辉泻向人间，流淌在我们学校的操场上。

最后一节晚自习，我提前将全班五十六名学生带到操场中央。大家团坐一圈，将我围成了圆心。

那种场合，自然少不了月饼。

月饼是我下午专程上街买回来的。小城有一家特别有名的月饼作坊，现场配料、现场烘制、现场出售，门前排着长长的队，香味飘溢到好几条街。他们生产的有豆沙月饼、蛋黄月饼、五仁月饼、火腿月饼四种，为了保证每位同学都能吃上每一种口味的月饼，我购买的量就比较大，这也就遭到后面排队者的诸多抱怨。但当我说明情况之后，便得到了大家的理解，他们还纷纷赞赏道："有你这样的老师，家长肯定都非常放心。"

也还别说，他们真说对了。这么多年来，我在工作中就是一直在努力做到"让家长放心"。

的确，我的学生百分之八九十都是"留守孩子"，他们也大多是第一次离家住校，投奔到我们这所寄宿制学校来的。而我，几乎是全天候地陪护着他们，除了尽到教师的职责外，个人认为，还操了不少本该家长们操的心。

怎能忘记，入校军训，炎炎赤日下，我协助教官为同学们纠正军姿，扯开嗓子与他们一同拉练军歌，而不愿躲到办公室里独享清凉，甚至到稍微阴凉一点的地方远远望着他们都觉得不好意思。休息时，我为他们递上纸巾，送去矿泉水，和他们说笑聊天，营造出轻松愉悦的氛围。晚训结束，我轮转于几个寝室，了解每个学生的情况，为他们解决初次住校的困难。记得当时有个男生特别想家，情绪低落，我就一直陪他聊天，还安排同寝室的同学与他一起活动，分散他的注意力。

怎能忘记，每个曦光初现的清晨，我带着班上的同学在操场晨跑，整齐的步伐铿锵有力，嘹亮的口号盘旋回荡，然后是回到教室，精力充沛地放声诵读。每个深夜，待学生晚自习结束到宿舍就寝后，我才拖着疲惫的身子走向家的方向。每次到家，家人大都已在梦乡。一次，对门的邻居问妻子："你家人到底是干什么的，每天走这么早，回来这么迟?"

怎能忘记，那深夜的惊魂电话。那一次，已是午夜时分，我刚刚睡下又被电话惊起，班上有位女生头疼呕吐，四肢瘫软，把同宿舍的同学吓得不轻。我边拨打120边急火火地赶往学校，然后将学生送到了医院。CT检查排除险情，药物治疗静静观察，直到症状缓解已近凌晨三点，将学生送回学校之后看看表，离新的一天的工作已没有多长时间。等到第二天的中午，学生家长才知道情况，打来感谢的电话。

怎能忘记，高二时班里更换物理老师引发的那场风波。我们班之前的物理老师是一个大学刚毕业不久的帅小伙，他和学生的关系特别融洽，无话不说，并且他的教学语言幽默风趣，课堂上往往是笑声一片，学生觉得和他一起学习轻松愉快。而他中途调走，新换的陈老师是位中年教师，性情较为古板，不苟言笑，过多地看重学生的学习态度和考试成绩。因为两位老师的反差太大，学生一时适应不了。那段时间，我们班的物理课堂没了欢声笑语，学生大都耷拉着脑袋心不在焉地听着课，对陈老师讲的内容基本上是只听而不去做任何回应，课堂上的空气有时跟凝固了一样，沉闷、压抑。很快，物理测试，全班同学的成绩都出现了较大的下滑。那段时间，我急得直挠头，经常是坐卧不宁，感觉自己处在极度焦灼的状态。终于，在我的不懈努力下，学生与陈老师的距离拉近了，我们班的物理学习又回到了正常的轨道。

怎能忘记，家长会前，为了全方位多角度地展现班上每一个孩子的风采，我多方收集资料和图片，连夜制成幻灯片，直熬到通宵不眠。

怎能忘记，篮球赛场边，我带着全班同学为我们班的队员鼓劲加油，我还为队员们擦拭汗水，整理衣衫。

怎能忘记，每一个节日到来，我与同学们在一起温馨互动。

怎能忘记……

是啊，学生一年中在校时间最长，在校期间与我相伴的时间又最长，那一桩桩、一幕幕，早已成为我心灵上的刻痕，又怎能忘却呢?

那个中秋夜，大家吃着月饼赏着月，说着笑着，不知不觉时间过去了近一个小时。我告诉大家：这是我们高中阶段最后一个中秋夜了，大家对着月亮，许下心愿，然后每人给家长打一个团圆电话。

令我没有想到的是，结束时当我站起身准备带大家回宿舍时，五十六名同学竟自发地排好了队，每人给了我一个温情的拥抱。当时我激动得热泪盈眶，心里暗暗地说：值了，值了，我所有的辛苦、所有的付出都值了，这个拥抱就是他们给我的最好的回报。

那天夜里，我回到家中，妻子和女儿已经酣睡，家里静悄悄的。我没能陪她们欢度中秋节，但我不后悔，因为我的心中装着一轮最大最圆的月亮。这轮明月，于我而言，足以光耀过去、秉照未来。

第五辑　生活漫步

在高高的城墙上骑车，一手是历史，一手是现代。城内，一些古建筑抑或是仿古建筑成群出现，青瓦飞甍，古色古香。城外，高楼林立，色调明丽，摩天大厦直插云霄。而城墙，是一道公正的分界线，清晰地分隔开了时光；也可以说，城墙是一个温情的交汇点，让时光在此自然融合。站在城墙上，既能感受到西安的古老，又能呼吸到西安的时尚，仿佛让人迷失在时间流淌的长河中，迷失在历史前行的风雨里。

——《在西安骑车》

家居淮上

一条大河就是一道风景。

淮河自然也不例外。

初春的早上，走上淮河大坝，荡荡漾漾的河水便铺展在眼前，河水蓄积得是那么深、那么厚、那么宽广。风从水面上吹来，带着河的气息，凉丝丝、水润润的。坝坡上也是新绿惹眼，各种植物随意地拱出地面，便能长出两片嫩叶，擎出一朵小花，煞是可爱。堤坝的一侧是一条大河波浪宽，另一侧则是广袤的田野、安谧的农庄。油菜花开时节，大地成了斑斓的画卷，遍地尽是黄金甲，房屋、村舍被簇拥在花海中，成了金色海面上的小小船只。油菜花那带着甜味的馥郁芬芳，也氤氲在清新洁净的空气中，浮动于碧波粼粼的水面上，丝丝缕缕，亲吻着人们的鼻息，滋润着人们的肺腑。

夏天的傍晚，一轮鎏金的夕阳斜射在水面上，半江瑟瑟半江红。此时，看日坠西山、浮光跃金，听渔歌声声、欸乃有韵，冉加上水波浩渺、涛声阵阵，极目远望，长河的尽头又与远天融为一体，于是，视线顿时为之开阔，胸怀也顿时极度舒展。月亮升起来，在一片清朗明净中，随意地漫步淮堤，你会抛开世俗的尘嚣与浮躁，忘却人间的烦恼与忧愁，感受到人生的博大与壮美。

秋日的午后，淮河两岸的庄稼次第成熟，空气中时时弥漫着果实的馨香和金秋的气息。淮河岸边的人们喧闹着、欢笑着，尽情地收获着大地的恩赐。劳作之余，人们都喜欢走上堤坝，说说笑笑，甚至吼上几嗓子，以表达对淮河无私哺育的感激之情。此时的淮河水雄浑沉稳，凝重大气，一如既往地敞开胸怀，流淌得不急不躁，恰合了时令的节拍，显得成熟而静美。

落雪的冬日，天地一片苍茫，淮河成了大地裂开的一道缝隙，清冷的河水泛着青绿，在大地的怀抱中缓缓蠕动，并将南北一分为二。而事实上，在区域位置、环境气候、风土人情、历史文化等方面，淮河的确是南方与北方的一条明显的分界线。《晏子春秋》里不是有那么一句名言嘛——橘生淮南则为橘，生于淮北则为枳！

淮河就像是嵌在大地肌肤里面的一条血管，终年流淌，流淌成了一条露天的大动脉。

家居的这座淮畔小城，古名蓼城，今叫霍邱。走出家门，十几分钟车程，便可抵达淮河堤坝，因而我有很多机会走上堤坝、亲近淮河，以至于早已谙熟了淮河的涛声，早已见惯了淮河的颦笑。

我经常沿着淮河堤坝行走，或向着上游，或向着下游，走出很远很远，走到很久很久。沿淮河行走，能觅见很多诗意。堤坡上采摘青蒿的女子，能让人联想到“于以采蘩，于沼于沚”；浅滩上的杞柳，能让人联想到“蒹葭苍苍，白露为霜”；狂风刮过河面，能让人联想到“惊涛拍岸，卷起千堆雪”；航船驶过，能让人联想到“百舸争流，奋楫者先”……

当然，登上堤坝，临淮岗洪水控制工程也就近在眼前了。这个声名远扬的治水工程，横跨霍邱、颍上、阜南三县，涉及安徽、河南两省。我就曾多次走过淮河故道，多次参观临淮岗洪水控制工程，流连于主坝、南北副坝、引河、船闸、进泄洪闸等建筑之间，感叹其雄伟壮观、工程浩大。

有时，我就静静地坐在河边，静静地凝望着水面，我想，淮河也一定在凝望着我，这怕是我们独有的交流形式吧。有一次，我突然想到了《红楼梦》里的那句“女人是水做的骨肉”，就不着边际地想：这淮河水也该是用来做女人骨肉的原材料吧，也该温柔缠绵，可为何表现出那样多的绝情绝义、给沿淮人民带来那么多的灾难呢？

的确，淮河自古以来就是一条多灾多难的河，千万年来，她从未像当今这样安分过。历史记载中，狂暴肆虐是其惯常的表现，溃堤改道是其常施的伎俩。她给两岸人民留下的痛苦不计其数，她给全国人民留下的记忆伤痕累累。

可以说，淮河之灾在中国河流的灾难史上位居前列，“大雨大灾，小雨小灾，无雨旱灾”是其真实的写照。从父辈们的口中，我听到最多的是1954 年和 1968 年的淮河大水。那两次，城西湖、城东湖蓄洪，良田被淹、房屋倒塌、亲人失散、牲畜被冲走……每每说到这些，乡亲们总是痛苦万分，泣不成声。而我印象最深的，还是我亲眼所见的 1991 年的淮河大水。那时，虽然淮河的全流域已进行了较为全面的治理，但因为灾情严重，仍然造成了巨大损失。蒙洼、城东湖、城西湖、瓦埠湖四大蓄洪区全部开闸蓄洪，好在党中央、国务院高度重视，提前做好了人员安置工作，才最大限度地避免了人员伤亡。

1991 年初夏，浓云密布，连月不开；暴雨如注，数日不停。淮河水位持续上涨，险情不断，不好的消息一个接一个传来。先是上游的河南段水漫堤坝，造成大面积洪灾。接着下游的正阳关告急，淮南、淮北煤矿告急，华东火电基地告急，蚌埠告急，津浦、京九、京广铁路告急……淮河堤坝险情四伏，危在旦夕。7 月 11 日下午，淮河中游四个蓄洪区的第一大控制闸——城西湖泄洪闸缓缓开启，面目狰狞的淮河水卷起巨大的漩涡涌进闸口，猛扑向湖区内的五十万亩耕地，喷起的水头高达七米，发出的轰鸣声震耳欲聋。我的家园呀，瞬间被洪水吞噬，古蓼大地一片汪洋。

那一刻，堤坝上数十万受灾群众，齐聚在大闸边，目光呆滞，面无表情。

那一刻，我永远铭记，古蓼大地上的人民永远铭记，历史也永远铭记。

霍邱向东，几十公里之外就是寿县古城。古城墙的宾阳门上，有两块黑色的标志，清晰地标记出了 1954 年和 1991 年大水的最高水位。我曾多次站在宾阳门下，仰着头注视那两块高高在上的标记，就那样久久地伫立着，脸色虽平静，心头却被那刺目的黑色扎得生痛——这两块黑色标志该承载着多么深重的灾难啊！

"一定要把淮河修好"——毛泽东主席怀着沉痛的心情写下这句话时，是 1950 年的夏天，到 1991 年，时间已经过去了整整四十一年。

1950 年淮河遭遇百年不遇的特大洪水，毛主席在翻阅当日的《人民日报》时读到了这么一个报道：淮河灾民爬树求生，结果在树上被蛇咬死。毛主席当时心情十分沉重，久久不语，沉思之余提笔写下了"一定要把淮河修好"几个大字。之后，周总理主持了治淮工作，中央人民政府政务院出台了《关于治理淮河的决定》。

然而，中华人民共和国成立初期乃至改革开放初期，我们国家的经济实力严重制约了淮河治理的进度，这不得不让人扼腕叹息。

改革开放，春风满地。

2006 年 6 月，举世瞩目的临淮岗洪水控制工程主体工程初步完工。临淮岗洪水控制工程是集防洪、除涝、灌溉、供水于一体的工程体系，堪称淮河上的“三峡工程”和“小浪底工程”，是将淮河干流防洪标准提高到百年一遇的关键工程，在治淮历史上具有里程碑的意义。当然，这是发生在我家乡的大喜事，是我亲眼看见、亲身见证的重大事件，怎不令我心潮澎湃、自豪万分呢？

随着临淮岗洪水控制工程巨大作用的发挥，随着苏北灌溉总渠等十九项治淮骨干工程的逐步推进，狂野暴虐的淮河水再无逞凶之地，只得老老实实、安安静静地待在河道内，像一个不再犯错的孩子，将其不堪回首的过去抛给历史。

《左传》有言：“微禹，吾其鱼乎！”我不想套用这样的语句来赞美，但身逢盛世，又怎能不让人感到荣耀和自豪呢！的确，执长缨、缚洪魔，淮河的转变就是改革开放四十年来祖国取得巨大成就的一个最好例证！

如今，千里长淮，从桐柏山太白顶滔滔而来。她吸纳泗水，带着孔孟的气息；吸纳涡水，带着老庄的气息。她从我的身边流过，带着大禹劳作时滚烫的汗水，带着沿淮人们曾经的泪水，带着“风吹稻花香两岸”的欢笑，目不旁视，直奔入海。她的身后，是世人啧啧的惊叹和四季绝美的风景。

傍一条安静的大河而居，是一件多么幸福的事！

香 山 回 眸

在北京海淀区的西郊，有一座因红叶而出名的山，名曰香山。每至深秋季节，红叶漫山遍野，红彤彤的，火一般，燃烧着半边天。

而我们此行去的香山非彼香山也。

此香山位于洛阳市城南十三公里处，与世界文化遗产——龙门石窟西山窟区一衣带水，隔着从中穿流而过的伊河水相望对峙。到洛阳，不到龙门石窟等于白去。因香山与我心目中仰慕的大诗人白居易渊源颇深，所以我在惊叹于龙门石窟之际，又将更多的目光投向了香山。

白居易于贞元十六年中进士，在历任左拾遗、东宫赞善大夫、江州司马、杭州刺史、苏州刺史、太子宾客、河南尹、太子少傅等官职之后，晚年寓居香山，过着饮酒、弹琴、赋诗、游山玩水和“栖心释氏”的生活，号曰香山居士。

白居易是一位才华横溢的诗人。初到长安，白居易叩拜大诗人顾况，顾况戏之曰：“长安物贵，居大不易。”当读了《赋得原上草送友人》一诗后，顾况不得不改口说：“有句如此，居亦何难？老夫前言戏之尔。”白居易留下了三千余首诗作，篇篇精品，千古名句俯拾皆是，妇孺皆知。他还是中唐新乐府运动的主要倡导人，针对当时奢华的文坛，大胆地提出了“文章合为时而著，诗歌合为事而作”的主张，影响极为深远。

白居易是一位心系黎民的诗人。他的诗作敢于针对当权者的弊政，反映人间疾苦，深刻地揭露了当时的社会矛盾。为文如此，为官更甚。在任杭州刺史时，他修筑杭州湖堤蓄水灌田，留下了著名的“白堤”。香山寺本来名不见经传，时任河南尹的白居易捐资重修，并亲自撰写了《修香山寺记》，从而使香山寺名声大振。就是到了晚年，他仍然时常想到人民，七十三岁时，他还出家资募人凿开龙门八节石滩，以利行船。白居易深受百姓爱戴，却常因为百姓争得利益而得罪权贵。所以和苏轼一样，白居易也是多次遭受贬谪的人，但他践行儒家“达则兼济天下，穷则独善其身”的思想始终未变。在《与元九书》中，他明确地说：“仆志在兼济，行在独善，奉而始终之则为道，言而发明之则为诗。谓之讽喻诗，兼济之志也；谓之闲适诗，独善之义也。”

这是大诗人白居易让我最为敬佩的两个方面。

我庄重地拜谒了位于香山琵琶峰上的白园，诗人白居易就长眠于此。这是一座依山傍水、秀色宜人的小巧园地，占地四十亩，分为青谷、墓休、诗廊三区，系根据诗人性格、唐代风采和得体于自然的原则设计建造的纪念性园林建筑。苍松翠柏簇拥的白居易墓冢，就卧在“琵琶”端首。琵琶峰顶酷似一把大琵琶，就连墓后的路也修成了琵琶状，这当然是后人因名诗《琵琶行》而制作出来的牵强附会之品。迎门为青谷区，丛竹夹道，悬瀑飞洒，荷池送爽，一些仿唐建筑引人入胜。园中间为墓体区，有墓冢、卧碑、乌头门、登道、碑楼。整个墓区翠柏葱郁，奇花飘香。诗廊区环绕墓冢，陈列有当代书画家和国外友人书写的白诗碑刻。1961 年，国务院公布白居易墓为全国第一批重点文物保护单位，1982 年洛阳市政府拨款一百余万元重修白园，于 1985 年建成开放。

知道白居易嗜酒，但很遗憾，我没有带酒，只能打开手中的矿泉水，将纯净的矿泉水洒在诗人的墓前。面对“唐少傅白公墓”“唐太子少傅香山白文公墓”等碑刻，我不知该说什么，于是我默默地静立，只愿“此时无声胜有声”。

斯人已去，芳香永存。“空山寂静老夫闲，伴鸟随云往复还。家酝满瓶书满架，半移生计入香山。”默念着白居易晚年所写的诗，回眸香山，感慨系之！

在西安骑车

“西安城墙呈长方形，墙高十二米，底宽十八米，顶宽十五米，总长近十四千米。有城门四座：东长乐门，西安定门，南永宁门，北安远门。西安城墙是在唐皇城的基础上建成的，以城墙为主体，包括护城河、吊桥、闸楼、箭楼、正楼、瓮城、角楼、女儿墙垛口、城门等一系列军事设施，构成严密完整的冷兵器时代城市防御体系，城墙的厚度大于高度，稳固如山，墙顶可以跑车和操练。现存城墙建于明洪武七年到十一年，至今已有六百多年历史，是中国现存最完整的一座古代城垣建筑，也是世界上现存规模最大、最完整的古代军事城堡设施……”

导游介绍这些的时候，我们正站在西安古城墙上东门——长乐门的正楼阴凉处。末了，导游犹犹豫豫地说：“有租自行车的，二十元钱，可以在城墙上绕行一周，但天这么热，又这么远，得一个多小时，你们怕是受不了这份罪。你们就在这段城墙和这几个城楼上自由地走走看看，拍拍照，然后我们去大雁塔。”

导游的意思很明确，想让我们在这儿少耽搁一点时间，少看景多购物是他们最希望的。我们对导游也不大理睬，转了一会儿，很不过瘾，感觉如果就这样走了，就像吃苹果，刚啃了个皮，就把果子丢了一样。于是，我们几个不安分的家伙一合计，决定去租车，过把在西安城墙上骑车的瘾。

租车很顺利。于是我们几个嘻嘻哈哈、说说笑笑地上路了。

在高高的城墙上穿行，就像小鸟在天上自由地飞翔一样，目力所及之远是平日里难以想象的，没有了街头巷道的阻挡逼仄，视野极为开阔。我们不紧不慢地行着，不大一会儿便停下来喝喝水，但更多的是拍照，想将整个西安城都装进数码相机带走似的。不时会遇到坐着电瓶车或是骑着自行车的外国人，有迎面而来与我们擦肩而过的，也有从我们身后超出，或是被我们从身后超过的，我们都会“嗨、嗨”地向他们挥手，礼貌地打招呼。每到一处角楼，我们都要休整片刻，放开喉咙高喊几声，放肆地将自己的情绪向着天空、向着城内城外宣泄一番。虽然墙顶很平整，可毕竟气温高，我们个个都是汗湿衣衫，但我们心不累则身不累，依然笑语连连，调侃阵阵，趣味无穷。南门——永宁门是保存最完整的城门，三道楼门：闸楼、箭楼、正楼完好无缺，三道楼门围出了两井瓮城，闸楼前有护城河，护城河上吊桥仍在。这是我们停留时间最长的地方，我们停好自行车，从箭楼下到第一井瓮城中，然后从闸楼门下通过，直达吊桥。当我们到达北门——安远门时，我们又登上了箭楼，从瞭望孔和射击孔居高临下地鸟瞰，俯视正前方，自然感受城楼的雄壮。阳光很辣，但我们的心情像阳光一样灿烂，有欣赏到了美景的愉悦，也有挑战自我的兴奋，更有身心放松的激动。

在高高的城墙上骑车，一手是历史，一手是现代。城内，一些古建筑抑或是仿古建筑成群出现，青瓦飞甍，古色古香。城外，高楼林立，色调明丽，摩天大厦直插云霄。而城墙，是一道公正的分界线，清晰地分隔开了时光；也可以说，城墙是一个温情的交汇点，让时光在此自然融合。站在城墙上，既能感受到西安的古老，又能呼吸到西安的时尚，仿佛让人迷失在时间流淌的长河中，迷失在历史前行的风雨里。众所周知，西安是举世闻名的世界四大古都之一，居中国古都之首，是中国历史上建都时间最长、建都朝代最多、影响力最大的都城，是中华民族的摇篮、中华文明的发祥地、中华文化的代表。西安，由周文王营建，建成于公元前 12 世纪，先后有二十一个王朝和政权建都于此，是十三朝古都，中国历史上的四个鼎盛的朝代——周、秦、汉、唐均建都西安。西安从古到今曾用名有酆京、镐京、长安、京兆、大兴、西京等，以“长安”最为著名，“长安”取“长治久安”之意。汉唐时期，西安是中国对外交流的中心，是当时最早超过百万人口的国际大都市，在其发展的极盛阶段，一直有着世界中心的地位，吸引了大批外国使节与朝拜者的到来，“西方罗马，东方长安”是其在世界历史地位中的真实写照。“春风得意马蹄疾，一日看尽长安花。”“冲天香阵透长安，满城尽带黄金甲。”“长安陌上无穷树，唯有垂杨管别离。”“总为浮云能蔽日，长安不见使人愁。”“长安大道沙为堤，早风无尘雨无泥。”“长安回望绣成堆，山顶千门次第开。”“长相思，在长安。”“忆来惟把旧书看，几时携手入长安。”这些朗朗上口的诗句，无不说明西安的声名远播，也在一定程度上更加促进了西安的声名远播。当然，现在的西安已经是一个现代化的大都市，但其浓郁的文化底蕴和深厚的历史积淀无不让每一个到过西安的人难以忘怀。

在西安骑车，在西安古城墙上骑车，穿行在中华文明时空转换的美景里，浸润在古都今朝无穷的魅力中。

沐浴华清池

“春寒赐浴华清池，温泉水滑洗凝脂。”

不少名胜都是因为诗文而名扬海内外的，像寒山寺、滕王阁、兰亭。但华清池不是，相反，是华清池给了白居易灵感，成就了千古名篇《长恨歌》。

位于西安市临潼区骊山北麓的华清池，南依骊山，北临渭水，东距古都西安约三十公里，文化资源丰蕴，自然风光秀美。优越的地理位置、旖旎的山水风光自然而然地使其备受历代帝王的垂青。考古发现，华清池作为古代帝王的离宫和游览地已有三千多年的历史，周、秦、汉、隋、唐等历代帝王都在这里修建过行宫别苑。

当人们面对着“莲花汤”“海棠汤”“星辰汤”“太子汤”“尚食汤”等五处皇家汤池遗址时，大都会明晰地意识到温泉水不仅浸泡出了有名的美玉——蓝田玉，更浸泡出了李隆基与杨玉环的缠绵悱恻的爱情。

而我并不认同他们的爱情。

华清池只是唐玄宗荒淫生活的一个见证。不能说早期的唐玄宗不是一个明君，他创造出了政治清明、经济繁荣的“开元盛世”。而到了晚年，他却一反常态，“汉皇重色思倾国”。当然，他是皇帝，天底下没有他办不到的事，于是他不择手段，将身为自己儿媳的杨玉环占为己有。之后，“后宫佳丽三千人，三千宠爱在一身”，直接导致了安史之乱，以致繁盛大唐从此一蹶不振。骊山本来就是一个不乏故事的地方，周幽王为博得美人褒姒一笑，就曾在这儿上演过“烽火戏诸侯”的闹剧。唐玄宗也不差，“春宵苦短日高起，从此君王不早朝”。朝政算什么，天下算什么，我有的是功劳，我要躺在功劳簿上，躺在美人怀里，何况是这样一个“回眸一笑百媚生，六宫粉黛无颜色”的美女杨玉环呢！李隆基就是用这种享乐哲学诠释着他的人生，把杨玉环当成了上天赐予他的最后的宝贝，他要抓住生命的尾巴，极尽奢华尽情作乐。有着天然的温泉水，于是他就为贵妃修造精美绝伦的汤池；贵妃爱吃荔枝，于是“长安回望绣成堆，山顶千门次第开。一骑红尘妃子笑，无人知是荔枝来”。但，这都不是爱情，帝王本身就无权谈爱情，他们不具有爱情的专一性。这些只能说是李隆基向美女献殷勤。马嵬坡前，三军不前，在这关键时刻，李隆基的爱情谎言被彻底戳穿，露出了君王的本来面目，致使羞花之貌的杨玉环香消玉殒。如果说李隆基对杨玉环有爱情，最多也只能说李隆基爱美人更爱江山。

华清池只是杨玉环悲剧人生的一个见证。毫无疑问，杨玉环是靠美貌和才艺征服唐玄宗的，但这并不是她的错。在那样一个男权社会中，她有什么能力来主宰自己的命运呢？何况她面对的这个男人是“普天之下，莫非王土；率土之滨，莫非王臣”的皇帝！没有少女不怀春，杨玉环也是一样，心中肯定有着自己的情郎，但绝不是年迈苍老的李隆基。即使杨玉环有着特别浓重的“恋父情结”，她也不一定愿意嫁给李隆基，她会更渴望与心上人过着安定平凡的生活。但这一切都不是她说了算。据说杨玉环认了安禄山做干儿子，尽管安禄山比她大很多。如果我们说她是“红颜祸水”，那我们还是没搞明白杀人的到底是刀还是拿刀的人。杨玉环被李隆基看见的一刹那，便为她的整个悲剧人生埋下了伏笔。直至马嵬驿前，她早已注定的命运得到了践行，“花钿委地无人收，翠翘金雀玉搔头”。年轻美丽的生命就这样随风而逝，可悲！可叹！

游览华清宫，震撼最为强烈的有两处。

一是御汤遗址之一“海棠汤”。这是唐玄宗送给杨贵妃的一件珍贵礼物。浴池被设计成一朵正在慢慢盛开的海棠，池壁由美观防滑的墨石拼砌而成，分上下两层。池中间有个进水口，出土时有个汉白玉雕刻的莲花底座。底座上边接有莲花喷头，下边接通陶水管，与泉水总源相通。因温泉水压大，水从喷头中喷出，飞珠溅玉，自然而成淋浴。池中间有贵妃沐浴时所用的条石，可以清楚地看到上面刻着一个“杨”字。由此一“斑”可见唐玄宗当年荒淫奢华之“全豹”。

另一处是贵妃出浴的雕塑。她半披浴纱，体态丰腴，美不胜收。据说有段时间因遭人议论太“露”而被藏起，但游人们还是争相寻找，合影留念，后来只得把它塑在了水池中央。

前面已经说过，我并不认同李隆基和杨玉环的爱情。但毋庸置疑，华清池景区打的就是李、杨爱情的招牌。游历了一次华清池，就如同经历了一场李、杨凄美爱情故事的沐浴。

沐浴华清池，浸润在那段永远无法尘封的历史中。

爱晚亭记

滁州的醉翁亭、杭州的湖心亭、北京的陶然亭、长沙的爱晚亭，是我国的四大名亭。

进入湖南大学的校区，便到了岳麓山。穿过著名的岳麓书院，便看到了掩映于绿树丛中的爱晚亭。走近一看，其貌不扬，而其如此有名，全因人而起。

爱晚亭建于清乾隆年间，是当时的岳麓书院院长罗典创建的。因岳麓山每至秋天便“万山红遍”，所以取名“红叶亭”。当时年轻的诗人袁枚远道而来，拜见罗典，但罗典因袁枚创建女学而轻其为人，闭门不见。袁枚居数日之后，仍不甘心，于是在临走之前，书诗数首，随处置于书院各处。袁枚的每一首诗都让罗典佩服不已，但他置于红叶亭处的诗却不是自己创作的，而是抄录了杜牧的《山行》。在写到“停车坐爱枫林晚”一句时，袁枚却写成了“停车坐枫林”。罗典顿时醒悟，此句在于讥讽自己不爱惜晚辈，于是连忙邀来袁枚，坐谈数日，后又将亭子改名为“爱晚亭”以警示自己及后人。亭名“爱晚亭”三个字是由毛主席亲笔书写的。毛主席题字不少，但为景区题字却极少，一是因为毛主席是湖南人，二是毛主席也深感爱晚亭的历史底蕴。

爱晚亭内有一横额，上刻毛主席手书《沁园春·长沙》诗句，笔走龙蛇，雄浑自如，更使古亭流光溢彩。亭子三面环山，东向开阔，紫翠青葱，流泉不断。亭前有池塘，桃柳成行，四周皆枫林。亭前石柱刻对联：“山径晚红舒，五百夭桃新种得；峡云深翠滴，一双驯鹤待笼来。”

多次教学过韩愈的《马说》，对“世有伯乐，然后有千里马”感悟颇深。虽然我们常激励学子“是金子总会发光的”，但我们心里非常清楚，金子有着永恒的保质期，人才却没有。如果每个人都能多“爱晚”一点，那么将会有更多的“千里马”脱颖而出。

我们争相拍照，坐在亭前小憩，然后作别。

登 泰 山

真的没有想到，我竟能在一年之内有两次机会登上自己心驰神往的东岳泰山。

和长城、黄河一样，泰山是我们中华民族的象征，它雄伟、坚毅的形象亘古以来高高矗立在人们的心中。重如泰山、稳如泰山、国泰民安、泰山北斗、五岳独尊、有眼不识泰山、泰山压顶不弯腰等成语俗句我们耳熟能详，孔子的“登泰山而小天下”、杜甫的“会当凌绝顶，一览众山小”等名句更是脍炙人口。司马迁在《报任少卿书》中就写道：“人固有一死，或重于泰山，或轻于鸿毛。”其以此向老朋友任安解释自己的忍辱负重。毛主席也用“为人民利益而死，就比泰山还重”的话语来教导我们心系百姓。

泰山在人们心目中的地位之重当然缘于“封禅”。公元前219年，千古一帝秦始皇，带领三万人的封禅队伍，从长安出发，浩浩荡荡，一路东行，用了三个月的时间来到泰山脚下。他命令士兵凿山开道，摆开仪仗，轰轰烈烈地登上泰山山顶。他在山顶上筑坛祭天，郑重其事地向上天报告了自己扫清六合、一统天下的丰功伟绩，然后祈求上天保佑，保佑秦王朝万代千秋、江山永固，保佑自己长生不老、万寿无疆。然而据说秦始皇并非“封禅”的开创者，这之前已有数十位君王先他而至。到了公元前110年，雄才大略的汉武帝亲率十八万大军“封禅”泰山。这位睥睨千古、雄视万邦的帝王站在泰山极顶向上天虔诚地报告了自己平定边疆的功绩，祈求上天保佑自己江山永固。然后他在泰山山顶立了一块无字碑，因为他知道，无论是天地造化还是人的功业，最高的境界是文字所不能表述的。“封禅”的帝王之中，最有名气的怕是要数唐玄宗李隆基了，他在开元十三年冬季决意“封祀岱岳，谢成于天”。在祭天之坛上，他召问礼官学士贺知章，问以前帝王的玉牒书为什么都埋在地下秘而不传。贺知章回答说：玉牒是天子写给天帝的私人书信，请求天帝保佑自己长生不死，所以秘而不知。李隆基说：我今天只为天下苍生祈福，并无私求。于是他把他的玉牒文宣之于众，公告天下，并亲笔御书了《纪泰山铭》。这也就是我们现在看到的金光闪烁、庄重堂皇的“天下大观”。直到清朝的康熙、乾隆，历代的帝王无不把泰山“封禅”看成是他们统治生涯中的辉煌，无不把泰山“封禅”看成是国家统一、皇权无上的标志。

我们不难想象，当年的“封禅”队伍是何等的气势磅礴：车流滚滚，锦旗如云，人欢马叫，声震寰宇。于是，巍巍泰山便在这宏大的气势中成了人们心中的圣地，成了一座屹立于中华大地的民族丰碑，成了中华民族亿万民众万代瞻仰的不朽灵魂。

登攀着泰山，我心潮难平。想着那些帝王们的封禅致祭、勒石纪功，看着那些名人雅士、官宦权贵的大小石刻，我甚至也萌动了在泰山留下自己印迹的念头，可我不能。不过这丝毫无法减退我心中的自豪，因为我毕竟两度将泰山踩在了脚下，两度将汗水洒在了泰山之巅。

走过天街，导游说我们看到的最高处还不是泰山极顶，这也就是“有眼不识泰山”的出处。不过，据我所知，彼“泰山”并非此“泰山”也。实际上成语中的“泰山”并非山，而是人，是木工祖师鲁班的一名弟子，其名为泰山。据传，泰山天资聪颖，心灵手巧，做活总是别出心裁，但常常耽误师父的事儿，这就惹恼了鲁班，将其逐出“班门”。斗转星移，时过数载，一次鲁班大师在集市上看到有人摆放着精巧别致的竹器出售，一打听，原来这竹器精品皆出自其徒弟泰山之手。惊愕之余，鲁班大师愧叹道：“我真有眼不识泰山呀！”尔后这个成语就用来比喻地位高或本领高强的人就在眼前，而自己却认不出来。譬如《水浒》第二回中就有这样的句子：“师父如此高强，必是个教头，小儿有眼不识泰山。”

第一次从泰山回来，我只字未敢记录，第二次回来，我还是迟迟不敢动笔。因为上初中时，我就熟背过桐城派鼻祖姚鼐的《登泰山记》，其中“苍山负雪，明烛天南”的句子带给我无限的遐想。后来我又读过冯骥才的《挑山工》，读过李健吾的《雨中登泰山》，更为他们的文笔惊叹不已。我知道，我的文字无法写出泰山雄奇的十万分之一，我的文字更不及前人文字的十万分之一。但两登泰山，若不写上两句，实在说不过去，也会成为自己记忆中的一个不小的遗憾。于是，我写下以上文字，以期在日后打开日记本回忆时，能露出会心一笑，足矣！

我打江南走过

一

一段长长的车程，便到了让我眼前一亮的水乡小镇——乌镇。那种惊喜，不亚于儿时的夜晚，走进菜园，顺着长长的藤摸到一个圆圆的瓜。

乌镇不愧是江南古镇的典范。流水，拱桥，水阁，乌篷船，石板巷，无不透溢着她身处江南的清丽，也无不记载着她从风雨岁月中穿行的历史。

然而，乌镇的众多景致我都是一瞥而过，身为中学语文教师，我则将更多的目光投向了茅盾故居和茅盾纪念馆。乌镇是一代文豪茅盾的出生地，是茅盾童年生活和学习的地方，我们读茅盾的文章，教茅盾的文章，自然不会错过这个近距离接触文豪、感受文豪气息的机会。我在茅盾的铜像前留影，在陈云和叶圣陶手书的“茅盾故居”匾额前逗留，在茅盾后来翻修并在此写作的书房前沉思，在茅盾手植的南天竹和棕榈树前观赏，更在纪念馆中众多的文物资料前研读品味。不知不觉时间过去，我为享受了这样一道精神大餐而满足。

傍河而筑的民居，经纬般的条条石板街道，穿镇而过的狭窄河道，一座座雕刻精致的石桥，乌镇的形象无数次地出现在茅盾的作品中，恍惚中，我觉得就在乌镇，一定能够找寻得到“林家铺子”。可以说，茅盾为人类留下了一大笔宝贵的精神财富。而直到现在，他用稿费设置的“茅盾文学奖”仍然是国人们梦寐以求的最高文学奖项。

二

四天之后，我到了绍兴，近距离地接触了另一位文豪——鲁迅。

绍兴水多，据说坐上乌篷船，便可到达绍兴的每一个角落。然而随着城市现代化进程的推进，现在的绍兴城区已很少能见到水，水都隐藏到了绍兴的地下。

鲁迅并非出生在鲁镇，鲁镇是鲁迅小说中虚构的地方。鲁迅是地道的绍兴人，并且是绍兴城的大户，尽管后来他家道衰落。

鲁迅故居前有河道，有乌篷船。“三味书屋”不在鲁迅家，是寿镜吾老先生的房子，书房的样子和教材中的插图一模一样。“碧绿的菜畦，光滑的石井栏，高大的皂荚树，紫红的桑葚”，在“百草园”中只隐约可见其中的一点影子。那被鲁迅拔何首乌拔坏了的泥墙只剩下遗迹，并被保护了起来，在泥墙之外建起了高高的石墙，上面刻上了鲁迅散文名篇《从百草园到三味书屋》的手稿。

整整一上午，我都被鲁迅的气息浸润着。鲁迅的两处故居，三味书屋，百草园，鲁迅纪念馆，鲁迅笔下的风情园等，让人目不暇接。游人如织，想在有纪念性的景观前留个影，却往往变成了与陌生人的合影。

记得在读初中时，语文老师教给了我们记忆鲁迅的好方法。首先是三个字：文、思、革。作品四类：小说、散文、散文诗、杂文。小说集三部：《呐喊》《彷徨》《故事新编》；散文集一部：《朝花夕拾》；散文诗集一部：《野草》；杂文多多。我现在教学鲁迅的文章也是沿用这样的方法，效果颇佳。

鲁迅是人教版中学语文教材选用作品最多的作家，共有十余篇。有些学生大呼“一怕文言文，二怕写作文，三怕周树人”，一些专家也跟着瞎起哄，认为鲁迅的作品时代背景久远，不适合现在的中学生阅读，应该删去。我对此颇不以为然，鲁迅这样的“民族魂”理应让每一个中国人永久铭记。如果依着少数学生，把这“三怕”都删去，那我们的语文还学什么呢?

三

现在的人教版中学语文课本中仍然有余秋雨先生的《信客》，它还获过大奖。教学这篇课文时，我主要是让学生自由地读读，不作过多的讲解。

但我非常喜欢余秋雨先生的那篇选在高中语文读本中的《江南小镇》，我多次一口气读到底。余秋雨先生重点写了另外两个典型的江南小镇——周庄和同里，周庄因陈逸飞先生的一幅画而名扬海内外，同里的最佳去处是退思园。余先生写作《江南小镇》时，乌镇还鲜为人知，直到后来黄磊和刘若英在乌镇拍摄的《似水年华》热播后，乌镇才一下子热闹了起来，并且人们惊讶地发现，乌镇比起周庄和同里，更独具“枕水人家”的特色。余先生更不会去写鲁镇，鲁镇在历史上根本不存在，换句话说，是先有鲁迅的小说，再有了鲁镇，并且鲁镇应是中国的旅游业兴起之后的产物，尽管它现在搞得像模像样，有咸亨酒家，有鲁四老爷，有阿Q，有祥林嫂，甚至还有小尼姑来让阿Q摸头皮，以赢得阿Q十分得意的笑和看客们九分得意的笑，可它毕竟是赝品，是为了赚取游人口袋中的票子而复制的鲁迅小说中的场景。

“当代大都市的忙人们在假日或某个其他机会偶尔来到江南小镇，会使平日的行政烦嚣、人事喧嚷、滔滔名利、尔虞我诈立时净化，在自己的鞋踏在街石上的清空声音中听到自己的心跳。”这是余秋雨先生到过江南小镇留给我们的启悟，而我觉得我更感受到了文豪的气息，触摸到了文豪的心跳。当然，包括余秋雨。

漫步红石谷

位于皖西金寨县境内的红石谷，因峡谷中的众多石块呈红褐色而得名，并因有山、有水、有峡谷、有茶而小有名气。然而红石谷算不上名胜，其是深藏在大别山腹地的一块未被精心雕琢的璞玉，是未出落到“女大十八变”的青涩少女。因而，到金寨旅游的人，首先想到的往往是梅山和天堂寨，而非红石谷。

但红石谷适合于漫步，适合于案牍劳形之后的心灵栖息。沿着细细长长的峡谷向上走，便走进了绿色满眼、竹木森森的大山深处，走进了山风清新、香气氤氲的天然氧吧。这里游人稀少，格外幽静，你可以让思绪随意地翩飞而绝不会受到干扰，可事实上你会立时消了鸢飞戾天之心，所有的荣辱、得失、名利都会在躯体内慢慢沉淀、沉淀，然后溶解在这一山一山、层层叠叠的绿色中。走着走着，偶一抬头，对面山崖上一簇映山红闪入眼帘，红彤彤的，火一般燃烧着，营造出“万绿丛中一点红”的视觉效果，又会让人惊喜不已。峡谷也特别的安静，流水似有若无，让人感觉不到她的存在。偶尔听到水声，转过山弯，便会看见一束跳动着的激流，清亮的水花，碧绿的清潭，煞是可爱。峡谷不深不险，完全可以走下去，踏着谷底的石块走向对岸，再攀到对面的山崖上回头张望，摆出一个“蜘蛛人”的造型。也可以坐在水潭边，听泉声、听鸟音，坐得心静如禅、心生莲花。如果有雅兴，你还可以爬山访茶。红石谷景区的尽头便是名茶六安瓜片的原产地——齐头山蝙蝠洞。山路一弯弯，石阶一级级，便会看到山坡上一畦畦茶树，看到山洼处一户户人家。在这里，可以看采茶女轻松自如地采摘茶叶，可以看茶农们辛勤快乐地进行着茶叶制作的一道道工序，可以和他们亲切交谈，询问他们茶叶的品质和市场的价格，还可以嗅到最正宗最新鲜的扑鼻茶香。红石谷少有人文景观，虽然在猴头山的对面有着“劝君遥指猴头，升官发财不愁”的石刻，但绝不多，绝不会妨碍你沉浸于绿色的超脱情怀，绝不会破坏你漫步于自然的忘我心境。

来到红石谷，自然要去亲近一下被称作将军湖的响洪甸水库。金寨是著名的将军县，将军湖自然得名于此。乘小艇行进于碧波之上，快意便会涌上心头。将军湖是高山湖，湖水不会受到污染，碧玉般清澈，达到饮用水标准。因湖面阔大，水汽升腾，烟波浩渺，欲雨非雨，四周的青山便显得虚无缥缈，如梦似幻。待小艇停到湖中央，体验着“纵一苇之所如，凌万顷之茫然”的感觉，视野顿时为之开阔，心胸也顿时无比博大。流连湖面，恍惚间忘记了身之所在，自然会抛开世俗的尘嚣和浮躁，消融人间的忧愁与烦恼，感觉人整个儿都澄澈透明了。

清明时节，春意正好。漫步红石谷，带着悠闲的心，迈着轻松的步，在山间，在水面。

寂寞老街

毛坦厂是一个壮硕矫健的汉子，老街就像一条御赐的蟒带，松松垮垮地系在他的腹部；毛坦厂是一位靓丽时尚的女子，老街就像一挂祖传的项链，古色古香地悬在她的颈间。

这蟒带，这项链，让人过目不忘。

漫步老街，仿佛穿行于历史的隧道。那老式的封火墙，那古旧的店铺门，那原始的石子路，那孤寂的手工作坊，无一不在诉说着岁月的流逝、历史的沧桑。徜徉老街，仿佛在解读那湮灭于历史深处的繁华，商贾云集，游客如织，人流攘来熙往，车马喧腾欢叫。

有了这番联想，走出老街时，心中便不免生出丝丝遗憾。因这老街现在的寂寞清晰可见，就像一个曾经千金难求、如今容颜不再的女子，不得不面对“门前冷落鞍马稀”的悲情与凄凉。

不过我很快又得以安然，因有毛坦厂中学在。我最初听到毛坦厂的名字，就是缘于毛坦厂中学。身边的人提起，班上的学生转入，我都不大以为然。切，一个镇中，怕吹嘘得名不副实吧！可是我不得不面对现实，毛坦厂中学的强势腾飞，让我始料未及；毛坦厂中学创造的教育神话，令我刮目相看。教育产业的发展，让毛坦厂名扬四方。

不必掩饰，作为教师的我，更喜欢毛坦厂中学，更喜欢现代化的毛坦厂，就像所有的人都喜欢年轻和朝气一样。“昔孟母，择邻处，子不学，断机杼。”同样，随着人们对教育的重视提高、对教育的投入增大，毛坦厂中学的深巷酒香，必将招引得省内省外的学子们不断涌来。

这样想来，又感觉老街并不寂寞。老街就像是用现代画框镶嵌的历史画卷。老街与新镇，不正是历史和现代的完美结合吗?

笔会记趣

初　见

4 月 17 日，周六。

一早赶往《皖西日报》社门前报到，参加“古镇新韵”主题笔会。隔着马路，就看见流冰在那儿转悠。因见过流冰的照片，所以一眼便能认出。我急急地走过去，紧紧地抓住了他的手。流冰对我却是一脸茫然，这也难怪，我入住“兄弟文学论坛”的时间迟，平日又疏懒得很少发帖，所以给大家留下的印象不是太深。自我介绍的时候，旁边一溜站着的三位美女都轻出声响，表示对我略有记忆，而我却傻了眼，一个不认识，只得厚着脸皮打听！听第一位说是“艾蔻”，我忙笑道：“太熟了，我不但知道你叫黄丹丹，而且知道你的女儿叫杨若兮呢！”再问第二位，答曰“陈艳”，我又惊呼道：“树人教育网站的陈站长，陈校长，也是老朋友了！”正待请问第三位，只听身后一声呼唤“流流”，忙回头，见是老朋友丁美科和胡仁丽，走过去，他们便介绍说：“这是黄圣凤。”谁？黄……我一下子有点懵了，黄圣凤可是我早就相熟相知的最铁最好的朋友了，并且还是她告诉我论坛地址的，是我加入论坛的引路人呢！于是，我就像小时候照相，还没摆好造型，那边已迫不及待地“咔嚓”一声摁下了快门，显出了局促和无措，不知道给人家留下的第一印象是好是坏、是深是浅、是俗是雅。好在大家大都是第一次见面，张冠李戴的笑话闹了不少，但很快又都由“故而不识”到“又故又识”了。

有道是：论坛好友今聚首，毛坦古镇一同游。笔会搭台唱大戏，文字生辉竞风流。

爬　山

山不在高，有“笋”则名。

东石笋果然名不虚传，高高的石笋犹如擎天一柱，让文友们惊呼不已。平日里蛰居小城，早厌倦了它那凝固的表情和呆滞的面容，此时面对这满眼的绿、起伏的山，自然不肯放过这难得的机会。于是我就一个劲儿地怂恿着几个“把子兄妹”，开始了山路之行。上山还好，大家体力充沛，欣喜有余，夜雨蔷薇、胡仁丽、黄圣凤、丁美科、祥瑞乾坤、杜全发、淮河岸边柳，还有我，几个人嘻嘻哈哈，说说笑笑，赏景听泉，颇多乐趣。而一到下山麻烦就来了，这黄圣凤许是平时写诗写多了晕的，一往下看就心虚腿软，金莲难移。此时丁美科便迅捷地伸出了他的手，十二分情愿又故作牺牲状地来了个“英雄救美”。俺这个丁师哥本来就是属“一支黄花”的，他扎根到了哪儿，哪儿的主角就是他。这会儿更是把他美得一会儿来句庐剧，一会儿吟句新诗，穷形尽相，乐颠了魂，全然不顾黄诗人的其他几个粉丝脸上流的汗已比醋儿还酸。可恨的是，这山路好像也和他撺掇好了一样，一时半会儿总也走不到尽头。终于盼到了山脚，终于盼到了丁美科松开了黄诗人的手，我们便取笑说，他俩牵着手，只能往下走。当然，也不会忘了调笑丁美科的香汗淋淋、娇喘吁吁。

有道是：多情自古人间有，缠绵悱恻何时休。不合时宜去牵手，所以只能下坡走。

印　象

去毛坦厂的路上，我们都戏称流冰是主持这次笔会的“坛主”。读他的《芋头别传》等作品，总也感觉流冰应是个放浪形骸之人，即使不会去让力士脱靴、贵妃研墨，也总该是咋咋呼呼、谈笑朗朗。可一见，反差太大，流冰竟稳实得可爱，往往只用最简约的语言去表述最丰满的内容。他眼睛睿智犀利，洞察世间的一切绝无问题。还有吴孔文，网名“爱笑的石头”，爱笑不假，可我要说他是石头，那我可真就成了顽石。他的散文水样的润泽，《萝卜在歌唱》等名篇让人爱不释手，哪儿能找到这样有灵气的石头？黄圣凤，“静”是她的一切，真不知道她那澎湃的激情和火热的诗心怎么就冲不破外表的平静。若是到了叶集，她顶多是静静地烧熟她那“太空蔬菜”让你就着喷喷香的火烧馍吃，你要是想放歌纵酒，然后沉醉不知归路，怕是没门，所以还是甭去。那两个在车上一直并肩坐着的，我一句招呼没打的女生，感觉和我的学生一般大小，待她们临下车时，一问，吓了一大跳，竟是汪娟和张玉两大编辑。咳，看走了眼，真个郁闷！还领教了多位著名作家的高论，见到了老乡徐缓主任，听到了文济齐的段子，握了无数文友的手，唯独不知道自己给别人留下了印象没有。

有道是：《皖西日报》架彩桥，才子才女尽妖娆。张张笑脸心中记，流连山水乐逍遥。

返　　程

车子返程，一天的活动接近尾声，大家累并乐着。然而遗憾的是，一天的时间太短，同行的人我都没认全。车近六安，已是“人稀板凳稠”，不由得生出丝丝惆怅。下了车，本想拉几位好友去喝酒，未果，只得焉巴巴地回家。我边走边琢磨，大家急呼呼的，莫非都赶着回家写作业？难道真像夜雨蔷薇说的那样，怕完不成作业被请家长！一想，也好，在一中读书的女儿只有周六没有晚自习，我还是把时间留给她吧。

有道是：莫言时光能停留，笔会以后年年有。兄弟论坛聚兄弟，南北东西任尔走。

小城印象

情系小城

身居小城，自然而然地心为之所牵，情为之所系。

放眼小城，人来车往川流不息，高楼商厦鳞次栉比，繁华喧闹着每一个白昼，霓虹绽放在每一个夜晚。小城沐浴了三十多年改革开放的春风，正焕发着无限的青春和活力，将自己的朝气蓬勃展现在世人的面前。然而，现代化的小城并不缺乏厚重的历史，她像一位饱经沧桑的老人，从蛮古洪荒走来，从历史深处走来，并留下一串串深深浅浅的足迹。不必说祭拜孔子的文庙，不必说历史名人的故居，也不必说革命烈士的纪念碑，单是远近闻名的水门塘公园就是小城悠久历史的一个见证。水门塘位于小城的东北角，紧邻小城，与被称为“天下第一塘”的寿县安丰塘齐名，是当年孙叔敖治水的杰作，两千多年来一直泽被小城。如今，水门塘已被县政府开发成旅游景点，塘中岛上建有业陂阁，立有孙叔敖的塑像。在这里，小城的历史与现代被完美地融合在了一起。

小城不大，但一些文化、教育场所却占据了显著位置，使得浓郁的文化气息充盈着小城的每一个角落，这也与小城优良的文化传统一脉相承。小城走出了无产阶级文学家蒋光慈，走出了历史文化名人王冶秋、李何林，走出了“未名社”的骨干韦素园、台静农、李霁野、韦丛芜，走出了《历史的天空》的作者、茅盾文学奖获得者徐贵祥，走出了中国打工诗歌的创立者柳冬妩。如今正身居小城，并活跃在文坛上的中国作家协会会员、著名作家陈斌先、张子雨，安徽省作家协会会员、著名作家张烈鹏、穆志强、王余九等，他们也是从小城起步，扬起了远航的风帆。而像本人这样偶尔捉笔的文学爱好者，在小城是不可胜数的，但我更清楚地认识到，对于小城的文化传承，我们教师所起到的桥梁和纽带作用是不可忽视的。

漫步小城，不时会有如花的笑脸从对面走来，不时会有亲切的问候在耳边响起，不时会有友好的双手从身边伸出。是啊，小城有着热情的居民，有着淳朴的民风，有着和谐的氛围。这里有生我养我的父老乡亲，有朝夕相处的同事朋友，有曾经相伴的老师学生。这良好的人文环境使得小城温情四溢，我又怎能不深深地爱上这个美丽的小城呢？何况我们小城现今的决策者们并没有满足于现状，他们正殚精竭虑，为实现实力小城、魅力小城、和谐小城的目标而努力着，为将小城打扮得更加亮丽而奋斗着。

其实，你要想真正了解小城，那就请到小城来。只有你亲身体验一番，感受一番，才能真实地领略到小城的风采，更能真切地领略到小城人民的风貌。小城是谁？其实很多朋友早已知晓，小城古名蓼城，今叫霍邱，是皖西的一个小县城，地处淮河岸边、豫皖交界处。

小城出租车

在小城，出租车是一条条匆忙的鱼，游弋于小城喧闹的海洋里；又是一只只勤劳的蜘蛛，攀缘在小城用街道编织的网上。

小城不大，走出家门便会看到一辆辆出租车穿梭忙碌的身影，车顶上是清一色的闪着荧光的“TAXI”标牌，就像在头上镶嵌了一颗惹眼的明珠。只要你手臂轻轻一挥，便会有其中的一辆稳稳地停在你的面前。

小城出租车的档次不高，绝大多数是面包型的白色“昌河”，间或有那么几辆轿车型的红色“夏利”。而这正契合了小城的消费水平，无论你到哪儿，只要是不超出小城的辖制范围，车费一律五元，绝不会高出一分一文。于是，不管是宽阔笔直的大街，还是七扭八拐的小巷，它们用红、白两种颜色描画出了小城的一景，用或疾驰、或慢移的步态记录着小城人的生活。

小城出租车，方便快捷。小城很小，固然有小的妙处。不管是在哪儿，出租车招手即至，而到了目的地，一声招呼，随即下车，不像大城市里有那么多的交通限制，有那么多的条条框框，有那么多的碍手碍脚。即使是在较为偏僻的街巷，出租车也会熟练地来来往往，绝不会耽搁你的一分一秒。因此，小城的出租车成了小城人不可或缺的生活内容，成了来小城办事者的必不可少的交通工具。

小城出租车，热情温馨。开出租车的师傅们心里清楚，出租车是小城的一扇窗口，他们的文明礼貌代表着整个小城的形象。因此，他们在赚取经营利润的同时，更注重的是服务的质量。他们将车身清洗得锃亮发光，将车内打扫得一尘不染，将座位调整得舒适无比。顾客是行动不便的老者，他们立马下车搀扶一把；顾客是青年男女，他们送上一个甜蜜的微笑；顾客有货物，他们不怕脏不怕累，帮着提携；顾客是病人，他们会送上一方散发着香味的纸帕。客人多给的钱，他们立刻找零，毫厘不爽；客人不小心指错了路，他们绝对不会有半句怨言。他们即使心里有气也绝不会表现出来，因为他们不愿意丢小城的脸，他们要用自己的一言一行为小城的和谐创建书写出浓墨重彩的一笔。

小城出租车，少不了现代化气息。虽然小城很小，但小城能紧紧跟上我们国家改革开放的步伐，现代化进程一点都不比大城市差。请看这些出租车师傅们，虽然他们很少有机会与外宾交流，甚至很少有机会见到外宾，可他们把“How are you?”“Sorry！”“Thanks！”“Goodbye！”等日常口头用语说得通顺流畅，说得亲切自然，说得婉转动听。他们绝对不是为了赶时髦，而是自身职业素质和水平提高的一种外在表现。

“百闻不如一见”，你要想真正了解小城的出租车，那就请到小城来。只有你亲身体验一番、感受一番，才能真实地领略小城出租车的风韵，更能真切地领略到小城人民的风貌。小城是谁？其实很多朋友早已知晓，小城古名蓼城，今叫霍邱，是皖西的一个小县城，地处淮河岸边、豫皖交界处。

地 拍 子

夕阳西沉，暑气渐消，街道两边的店面门前一派忙碌。他们先是清扫门前的杂尘，再拽出一根水管冲刷一番，然后扫去上面的少许积水。之后，大大小小、或高或矮的桌椅便排成了一片，桌子上面铺上台布，为了防止被风吹起，他们必将台布的四角系在桌腿上。整箱的啤酒摆放在桌腿边，泛着金黄色泡沫的大罐扎啤端放在桌子的中央。他们又从室内扛出一个筛子面大小的黑头风扇，又将罩有纱网的卤菜车推出来，里面分层铺开油亮的猪爪、红艳的龙虾、喷香的鹅块、鲜嫩的笋丝……

这就是小城有名的地拍子。

在小城，因双湖路、五岳路两边门挨门全是各色饭店，自然成了名副其实的“美食一条街”。又因店面门前地点宽敞，于是每年从春暖到秋凉，地拍子便成了各家饭店的主打节目，以至于逐渐形成特色，成了小城一景。每天傍晚，店家们就像临阵的士兵，严阵以待，敬候着大批食客的蜂拥而至。当然，为了招徕更多的顾客，各家又巧出花样，亮出品牌，什么“地锅鸡”“瓦块鱼”“特色龙虾”“小简卤菜”“鏊子馍”“手擀面”，等等，不一而足。

黄昏来临，路灯照亮了整条街道，并将夏日的蚊虫引向高高的空中。此时，奔忙了一天的人们纷至沓来，选择中意的地方大饱口福，让“地拍子”畅快淋漓地滋润自己的味蕾。这中间，有流汗一天的民工，一杯冰啤下肚，劳累的身体便随之放松；有刚刚结束运动的健身者，用大块的肉食增补体能；有职场打拼的小青年，聚在一起神侃海聊；有一家几口，围坐一桌，免去了厨房弄灶的酷热……当然，也有公职人员，下班之后，路遇同事好友，或是想起了某时的应允，便临时拨通电话：“过来过来，舞个地拍子！”于是三五知己，小酌几杯，其乐融融。更有一些棋牌爱好者，待到夜寂人定之时，才恋恋不舍地结束战斗，找到一家地拍子觅食填肚。因而，有的店家索性打出“夜不收”的招牌，直到凌晨还照样营业。

放眼一望，地拍子上景象万千。有猜拳行令的，有大杯白酒放罍子的，有一瓶啤酒一口闷的，有白啤混喝的，有吆喝着添酒加菜的，有喝到兴起处生猛地扯去上衣光着膀子的，有不胜酒力当场趴倒的，有喝到拍桌子摔凳子的……总之，在一番觥筹交错、杯盘狼藉之际，地拍子活现出了一幕幕生活剧，各色人等均毫无掩饰地尽情表演。某人什么状态，某时什么场景，往往还成了人们第二天的谈论话题，让人调笑许久、回味许久。但不管怎么说，地拍子奏出的是最真实的生活之歌，地拍子绝对可以算作是小城人休闲生活的最好注脚。

朋友，如果您因事留宿小城，一定要联系我，让我带着你去地拍子感受一番、体验一番。地拍子价廉、物美、口味正、气氛浓，花钱不多，开心快乐。当然是我做东，因为“朋友来了有好酒”嘛！什么，小城在哪？

噢，差点忘了告诉您，小城古名蓼城，今叫霍邱，地处淮河岸边、豫皖交界处。

光明大道

（一）

一个人的成功，能荣光一个家族。同样，一条道路的修筑，能成就一座小城。

光明大道就是这样的一条路，其成就了小城的发展与兴盛，成就了小城的繁荣与文明。建成二十多年来，其依然是小城最亮丽的景致，其一步步走进小城人的心中，成了小城的标志和象征。

小城是个县城，巴掌大。小城北依淮河，东、西两面分别是淮河的两个最大的蓄洪区——城东湖、城西湖。三面相连的天然屏障决定了小城的偏僻与闭塞。当年日寇侵略中国，看到小城在交通上不具有任何战略意义，于是绕道而过，小城也就免遭了日寇铁蹄的蹂躏。改革开放之后，城东湖、城西湖成了小城的宝地，湖鱼、银鱼、虾蟹、莲藕、芡实等水产品大量出产，然而它们都只是“养在深闺人未识”的土货，无法给小城人带来丰厚的经济收益。可以说，小城的地理位置严重制约了小城的发展，阻碍了小城人迈向小康的步伐。于是，光明大道应运而生。

从南面进入小城，也只有一条路——310 省道。光明大道便直通 310 省道，直南直北，将小城一劈为二。于是，小城仿佛是突然敞开了怀抱，迎来了一个又一个接踵而至的发展机遇。从此，小城发生了天翻地覆的变化，一个国家级贫困县的面貌也随之焕然一新。

如今的光明大道宽阔、笔直，全长四千多米。机动车道上车水马龙，非机动车道和人行道上游人如织。路两边的建筑鳞次栉比，店铺林立，以前仅有的几家机关单位也悉数搬迁至政务新区。光明大道的北端直抵人民广场，而人民广场不仅是小城唯一的一个大型休闲娱乐广场，而且拥有大型的地下商铺。因而，光明大道成了小城的商业中心，成了小城迎来送往的门面，繁华与现代自不必说。以前与她平行的相同规模的西湖路，如今也只能无奈地接受现实，黯然神伤地成了老街，拥挤和逼仄得令人窒息。

光明大道东面近几年新修的卧阳大道，沿路在两边因势造型，修建了景观带，突出了休闲的成分，其繁华程度与光明大道也不可相提并论。当然，我们自然也会想到，光明大道的周侧，寸土寸金，房价高得令人咋舌。

小城就是这样一个不乏人间烟火味的普通的小县城，她有着与其他城市相同的大众化的一面，也有着具有自身特色的个性化的一面。光明大道的诞生改变了小城人的思维方式，因此其形成了小城的性格，在全省乃至全国都是独一无二的。

（二）

光明大道的修建，在当年颇受争议。

时光回溯到20世纪80年代与90年代的交接处。

县委常委扩大会议上，修建光明大道已达成共识，但道路的宽度成了大家争论的焦点。“四十米！”“最多不超过五十米！”……大家七嘴八舌，难以定论，而时任县委书记却沉吟不语。待会议室里的气氛趋于平静后，书记发言了。“同志们，为什么只能是四十米、五十米，而不能是六十米、七十米，甚至更宽？”书记的语速很慢，话说得平缓而轻柔，却像一颗炸弹，会议室顿时又热闹起来。“要这么宽的路干啥……”“有必要这么宽吗……”“这么宽的路给谁走……街上根本没有几辆车呀……”“这比省城的长江路要宽多了……其他城市没有这样的先例呀……”“这报到市里、省里能通过吗……老百姓能同意吗……”“拆迁的量那么大，能完成吗……钉子户的问题，能解决吗……”待大家或直接或委婉的反对意见说得差不多时，书记又发言了：“同志们，改革开放的步伐一年比一年加大，城市化的进程一年比一年加快，我们不能低估社会发展的速度，不能让重复拆迁、重复建设的悲剧再次上演，我们是领导者，是决策者，我们的决策失误会给全县人民带来难以估算的损失，因而，我们不能不把眼光放得远一点呀。”此时，他的语调坚定而果决，透溢出让人难以抗拒的庄重与威严。

筹划时就有颇多异议，施工起来更是举步维艰。于是，一场旷日持久、艰苦卓绝的攻坚战开始了，很多领导干部为了修路说破了嘴唇，磨破了鞋子，克服了一个又一个困难。光明大道就像一个命运多舛的孩子，遭受到了很多磨难和打击。在当年半机械半人力的条件下，在工期一拖再拖的情况下，1993 年，那个花香四溢的季节里，光明大道终于修建完工。然而，那时的光明大道显得空旷、辽阔，街面上车辆稀少，道路两边的土地、店面一度也无人问津。光明大道显露出一丝与季节不太相符的凄凉，显露出一丝与时事不太合拍的尴尬。

时间能消灭很多东西，包括生命，但它公正地对待了光明大道，使光明大道焕发出了青春与活力。光明大道很快便成了小城的一张亮丽的名片，给小城人民带来了实实在在的实惠和福利。光明大道没有辜负时代的重托，以宽广的胸襟在小城迈向现代化的进程中发挥了巨大的作用。当然，光明大道甚至革新了小城人的思维方式，当年那些不协调的声音也早已变成了啧啧的赞叹声，变成了人们发自肺腑的感激和崇敬。

（三）

中国历史上有个“天高三尺”的典故，可谓臭名昭著。而在风光旖旎的杭州，苏轼、白居易给我们留下了著名的治水工程——苏堤、白堤；在偏远的潮州，韩愈给我们留下了饱含深情的韩江、韩山和韩堤；在广袤的成都平原，李冰父子为我们留下了造福至今的都江堰……在我所居住的小城，光明大道无疑也是一条值得纪念的路。可以说，历史不仅仅铭记住了这些功勋卓著的惠民工程，更传承了人类最为宝贵的精神财富。当年主持修建光明大道的县委书记，早已在小城人不舍的目光中离开了小城，历任很多地方的重要职位。这样一位目光超前、谋虑深远的领导，处在更高更好的位置上，为更多的人民群众谋福祉，带领更多的人走上时代发展的光明大道，自然是情理之中的事。

小城是谁？其实很多朋友早已知晓，小城古名蓼城，今叫霍邱，是皖西的一个小县城，地处淮河岸边、豫皖交界处。

后　记

一

与文字结缘，可以算得上是“意外”。

初中那会儿，我最喜欢的就是数理化。每天夜深人静时，我都会痴迷于理科的习题，不知疲倦，享受着一道道难题、偏题、怪题被我攻克的快乐；每天的闲暇时间，校园里也总能看见我追随着数理化老师，与他们探讨交流的身影。中考结束，我为数学考试时的笔误丢了两分而懊恼不已，为物理、化学都接近满分而欣喜若狂。至于语文和英语，平时就学得半生不熟，考了个不高不低的分数，也就无所谓了。

我很自信地认为，我应该是一名较为出色的工科男，然而囿于家庭的贫穷，我不得已上了师范。师范那时没开设英语课，正中下怀，我就势名正言顺地将英语这门学科从我的生活中彻底删除，至于语文，我依然学得漫不经心，压根就没正儿八经地读过几本书。师范还没毕业，我就已经参加了数学专科的自学考试，一方面为成为一名合格的数学老师做着准备，另一方面也希望自己在数学学科上更上一层楼。

师范毕业那年，全县“一刀切”，师范毕业生无一例外地全都分配到了小学。到学校报到的那一天，我本来就带着几分失落，而教导主任的一番话，又给我迎头泼了一盆冷水，让我的心跌进了冰窟。他说：“你必须带语文课，我们现在数学教师充足，并且都是从一年级到五年级的大循环，中间谁也不好换。”我强调了我的优势学科是数学，并且已开始了数学专科的学习，但他还是说：“你先带着，等以后有机会了再给你调成数学课。”我心里当然清楚，既然都是五年一个循环，他肯定也不会在中途把我调掉，他的话明显有着敷衍和搪塞的成分。

就这样，阴差阳错，在那个小学校园里，我步入了一片自己本不太情愿涉足的文字的“荆棘园”。

二

“唯有门前镜湖水，春风不改旧时波。”

我生于乡村，长于乡村，同时还把人生中最美好的青春年华也留在了那所乡村小学，因而乡村中的一草一木、一事一物、一情一景，无不在我的心中烙下了深刻的印迹。这印迹永远都是那么清晰，丝毫不曾褪色，哪怕我离开乡村已有很久。

乡村是博大的，她滋养了我。家里的宅院、草房，村头的池塘、溪流，地上的荠菜、蒿草，水中的莲藕、芡实，枝头的槐花、香椿，等等等等，无不与我的生活息息相关，无不为我的生命铺开了底色。

乡村是艰辛的，她锻炼了我。我们家种植过的农作物有水稻、小麦、油菜、红麻、花生、红薯，还种过不需要收获、待到花开烂漫时就翻到田里沤肥的紫云英，我们都叫它红花草。我熟稔每一种农作物的脾性，熟知它们种植的每一个环节。直到我工作数年后，我们家才放弃了土地，所以在当年，那些稼穑之事，对我来说，全都不在话下。

我见证了乡村教育的发展变化。在那所乡村小学，年轻的我精力充沛、干劲十足，为迎接上级检查规划校园、布置教室，不怕劳累；为完成“普九”“扫盲”任务，星期天放弃休息；为教学评比能取得好的成绩，常常加班加点，直到深夜还在刻制钢板。

我体味过乡民们的真诚与淳朴。他们劳作的汗水，他们生活的酸楚，他们收获的快乐，他们眼前的希望，他们不屈的意志，总能让我时时感动、为之钦佩。

…… ……

这么多年来，这些与乡村有关的一切，无不让我魂牵梦萦，每次回味起来，都令我特别陶醉。最为根本的是，我的先人们也埋葬在乡村的土地里，这就注定我的根永远扎在了乡村，所以我会经常回到老家，投入乡村的怀抱中。也因此，在我的笔下，这些与乡村有关的文字，我就写得特别投入，全都是发自内心、出乎真情，没有一丝一毫虚假造作的成分。

三

对于出书，我其实并没有多大的热情，所以这个书稿整理好以后，一放又是好几年。

而年过古稀的父亲，非常希望能读到我的书，他也多次催问这个书稿的情况。书稿校对时，也是他戴着老花镜，一页一页地认真查对，着实令人感动。几经权衡，我还是决定将此书付梓，是对自己文字的一个总结，再者也是为了了却父亲的心愿。

我的好友，中国作家协会会员黄圣凤也多次鼓励我付印此书，她还仔细地阅读了我的文字，写出了评论文章，并专门为本书写下了洋洋洒洒数千字的序文。

我的恩师，中国作家协会会员张烈鹏先生，多年来一直关注着我的写作。还是在我刚参加工作不久，他得知我发表了一些作品后，就写信给我予以鼓励，并且还到那所乡村小学去看望我，给我送去文学书籍。近些年，联系方便了，我们的接触就更多了，我经常能从他那儿得到很多有益的启迪。

还有很多一直默默关心、支持、鼓励着我的文友，在此一并表示感谢！